ICH ERMITTLE HIER NUR

Manu Wirtz

Bibliografische Information der Deutschen Nationalbibliothek: Die Deutsche Nationalbibliothek verzeichnet diese Publikation in der Deutschen Nationalbibliografie; detaillierte bibliografische Daten sind im Internet über http://dnb.dnb.de abrufbar.

Bildnachweis: Alle Fotos sind von der Autorin, Rahmen freepik.com

Cover und Layout: Manuela Wirtz, www.manuwirtz.de

Herstellung und Verlag: BoD – Books on Demand, Norderstedt

ISBN: 9783752811308

Ich ermittle hier nur

3 Jule-Katzenkrimis
plus Bonusgeschichte

Todes-Wind

Vor vielen Jahren ...

... war Landreform in Walsdorf, Eifel. Die oft kleinen und sehr weit verstreuten Äcker, Wiesen und Felder der landwirtschaftlichen Betriebe sollten im Zuge einer Landzusammenlegung zu je größeren Einheiten geschlossen werden. Das sollte helfen, Kosten zu sparen und Ressourcen zu schonen. Wie immer bei im Grunde genommen guten Ideen gab es auch hier unterschiedliche Meinungen und – wie sollte es auch anders sein – politische Zielstrebungen.

Die sehr engagiert geführten Diskussionen in den Gemeinderatssitzungen konnte man bis auf die Kölner Straße hören – am lautesten von der Fraktion der Freien Wähler.

Auch an der Wirtshaustheke beim Schull unterhielten sich die Landwirte über den groß angelegten Tauschhandel. Heinrich Huber aus Walsdorf war nicht glücklich über seine Zuteilung.

»Den Dreckshügel hann se mer jenn. Oben an den Bunkern. Wat soll ech mit dem buckeligen Jestrüpp?« Wütend leerte er sein Glas Bier in einem Zug. Die Haltung des kleinen und drahtigen Mannes machte den Eindruck, als sei er auf Krawall gebürstet, die Arbeitskleidung war unordentlich, die wuscheligen, dunklen Strähnen hingen wild durcheinander, dichte Augenbraunbüschel standen kreuz und quer, der Blick aus den dunklen Augen war unstet.

»Meine anderen Flächen sind alle unterhalb vom Arensberg.«

Sein Thekennachbar aus dem benachbarten Zilsdorf bestellte zwei weitere Biere »Joh, ech wees, ech hann och en Feld do leijen. Dann beschwer dich doch und warte die Güteverhandlung im Gemeinderat ab oder du tauschst mit nem anderen.«

»Das Vieh mag die Ecke auch nicht, weil es da immer zieht«, brummelte Huber weiter. »Wo bist du dann eingeteilt worden, Kalli?«

»Auf halber Strecke zwischen Zilsdorf und Goßberg«, antwortete Karl-Heinz Vogel aus Zilsdorf.

Wer die beiden zusammenstehen sah, musste unwillkürlich an Laurel und Hardy denken. Vogel war das Gegenstück zu seinem Trinkkumpan, groß und kräftig gebaut, mit kurzen, roten Haaren und blauen Augen mit vielen Lachfältchen ringsherum.

»Ich kann ganz zufrieden sein, hab jetzt nicht mehr zehn Felder Jottwedee anzufahren. Bis auf das eine Feld beim Arensberg hab ich alle beisammen.«

Nachdenklich trank Heinrich Huber einen weiteren Schluck Bier.

»Was meinst du mit tauschen?«

»Naja, ich glaub nicht, dass so ein Sesselpupser von der Kreisverwaltung vor Ort wirklich Bescheid weiß. Manchmal hat man den Eindruck, die würfeln die Felder zusammen. So eine Landzusammenlegung geht nicht ohne Reibereien ab und nachgebessert werden muss immer.«

Kalli Vogel lachte hämisch auf. »Du müsstest mal Rottbergers Gerd hören, was der am toben ist.«

»Hmpfff«, grunzte Heinrich Huber in sein Bier hinein, »der ist nicht gegen die Landreform, der will nur mehr Zeit, damit er sich noch ein paar Felder unter seinen gierigen Nagel reißen kann.«

Für einen friedlichen Augenblick lauschte Huber den typischen Geräuschen der Dorfkneipe, der lauten Skat-runde, leisen Unterhaltungen und der Musik, die aus einer kleinen Hi-Fi-Anlage gegen den Gesprächspegel anquäkte.

Die alte, schwere Biertheke war von den unzähligen Armen, die sich schon auf ihr abgestützt hatten, auf der Platte uneben und dunkel poliert. Gedämpftes Licht von ein paar Hängelampen über den Tischen und der dichte Zigarettenrauch bildeten eine warme Atmosphäre.

»Kannst du nicht dein Feld am Arensberg mit meinem an den Bunkern tauschen, Kalli?«, schlug Heinrich Huber vor, «dann hättest du sie alle nahe beieinander, und ich auch.«

Auf halbem Weg zum Mund stellte Kalli Vogel sein Bier wieder ab. »Hm. Ich weiß nicht. Über wie viel Fläche reden wir?«

»Knapp fünf Hektar groß.« Huber sah ihn eindringlich an. »Hör mal, du machst doch eh meistens Getreide. Für Anbau ist der Boden super, nur mein Vieh mag die Lage nicht.«

»Das muss ich mir erst einmal ansehen«, sagte Kalli zurückhaltend und trank langsam sein Bier aus.

»Dajö, wenn ich jetzt nicht endlich nach Hause verschwinde, dann kriege ich noch ne teflonbeschichtete Begrüßung von meiner Frau ab.« Die Lachfältchen an seinen Augen vertieften sich. »Ich fahr die Tage zu den Bunkern rauf und sag dir Bescheid, Hein.«

Vogel durchwühlte die Tiefen seiner Latzhose nach Geld und legte ein paar Münzen auf die Theke. »Schönen Abend noch alle«, grüßte er in die Runde und ging durch die Eingangstüre in die Nacht hinaus.

Karl-Heinz Vogel setzte sich auf den Bock seines alten John Deere und fuhr über den Friedhofsweg weiter in Richtung der Felder zum Hügel rauf. Er wollte sich das Stück Land schon jetzt ansehen. Der Vollmond hellte den Feldweg so auf, dass er fast keine Scheinwerfer brauchte, um seinen Weg zu finden.

Oben angekommen stellte er den Trecker aus und stieg ab. Er ging ein paar Schritte. Hinter ihm rauschte ein leichter Wind durch das kleine Wäldchen. Im Zweiten Weltkrieg hatte hier eine Flakstellung gestanden mit einer Bunkeranlage, von dort hatte diese Ecke auch im Volksmund ihren Namen bekommen.

Bei Fliegeralarm hatte die Flak hier auf die Bomber geschossen, die unterwegs waren nach Köln, Dresden und Berlin. Zahlreiche tiefe Krater in dem Wäldchen rings um die alten Fundamente zeugen auch heute noch von dem gegenseitigen explosiven Schlagabtausch.

Zilsdorf lag friedlich in der nächtlichen Stille vor ihm in der Senke, durch das Mondlicht und ein paar Straßenlaternen mäßig erhellt.

Vogel spürte den Bergwind im Rücken. Er nahm seine Kappe ab und fuhr sich mit der Hand durch die roten Stoppelhaare. Er musste am Tag noch mal hierher kommen, wenn Talwind herrschte, um ganz sicher zu gehen.

Aber er wusste jetzt schon, dass hier eigentlich der richtige Platz wäre. Lächelnd stieg er wieder auf seinen Trecker und startete den Motor. Auf seinem Heimweg wurde das Lächeln zu einem Grinsen, als er über den Artikel in der Eifelzeitung nachdachte, den er heute Morgen beim Frühstück gelesen hatte: »Neue Windenergieparks in der Eifel geplant«.

Bolsdorf, heute

Die helle Stimme rief »Juule«. Dann lauter, »Juuuulchen«.

»Och nööö«, dachte ich, *»wenn sie jetzt auch noch …«* Und mit hellerer Stimme: »Mullemaauuus«. Die beiden Kater, mit denen ich zusammenstand, grinsten nur breit. Ich verdrehte die Augen.

Bevor es vor denen noch peinlicher wird, trabe ich lieber nach Hause. Ich ließ Tomtom und Lucky, die beiden Nachbarkater, stehen und pflügte von dem Hügel

Pees runter in kurzen Sprüngen durch das hochgewachsene Gras.

Mit jedem Sprung tauchten Dächer und Kirchturmspitze von Bolsdorf kurz über den Grashalmen auf. Am Rande des Feldweges hörte ich immer noch das Kichern der beiden Kater hinter mir.

»Das kriege ich bis zum Sankt-Nimmerleins-Tag unter die Barthaare geschmiert, wetten? Und morgen wissen es alle Dorfkatzen. Wetten?«

Liebe Tiere haben viele Namen, heißt es im Volksmund. Wenn das so ist, muss ich ganz besonders beliebt sein, denn ich werde von meinen Menschen mit gut einem Dutzend verschiedener Namen gerufen und nicht alle sind schmeichelhaft, und »Mullemaus« ist mit Sicherheit nicht öffentlichkeitstauglich. Schade, dass wir unsere Wunschnamen nicht den Menschen mitteilen können. Um wie viel fantasievoller hatte sich doch T. S. Eliot[1] Gedanken um die Nöte einer Katze mit ihrem Rufnahmen gemacht.

Nun, der Name Jule mochte gerade noch angehen für eine stämmige Vertreterin der Europäisch Kurzhaar aus der Eifel.

Ich trug eine getigerte Felldecke auf Rücken und Kopf; Bauch, Brust und Beine waren samtweiches Weiß, ein dunkler Farbfleck auf einem Hinterbein, und das Köpfchen weiß bis zur Stirn.

Einigen Kummer verursachte mir ein dunkler Farbfleck mitten auf meiner Nase und meiner Schnüss, was mir ständig das Aussehen gab, als wenn ich im

1 *T.S. Eliot, Old Possums Katzenbuch, Vorlage zum Musical Cats*

angeheiterten Zustand vor einen Laternenpfahl gelaufen wäre. Es gab ja Menschen, die das drollig fanden und es daher als Auswahlkriterium zwischen mir und meinen Geschwistern ansahen. Hellgrüne Augen, rund und leicht schräg gestellt, mit einem schwarzen Rand, rundeten das Gesamtbild vollendet ab.

»Wenn man mich wenigstens Julia oder Juliette genannt hätte«, dachte ich frustriert.

Ich erreichte die Bauerngärten, die zum Dorfrand gehören, und zwängte mich unter dem Holzzaun durch auf eine Obstbaumwiese. Von dort aus konnte ich auf kürzestem Weg in den Garten nach Hause traben. Ein typischer Eifeler Bauerngarten, liebevoll gepflegt und mit Kartoffeln, Gemüsen, Johannisbeeren, vielen Kräutern und Blumen bepflanzt.

»Strafe muss sein«, dachte ich und stiefelte mit hoch erhobenem Schwanz durch das Salatbeet auf die offene Terrassentüre zu. In der großen Küche herrschte das übliche Durcheinander zur Mittagsstunde.

Meine beiden Versorger wuselten, um das Essen fertigzubekommen. Die eine, Marieke-groß-blond-weiblich stand am Herd und hantierte mit drei Töpfen gleichzeitig, der andere, Jonas, männlich oben ohne Fell, deckte den Tisch.

Ich begrüßte Oma mit einem Nasenstüber, strich um ihre Beine herum und prompt streichelte eine faltige Hand sachte meinen Rücken.

»Na, Mullemaus«, kam die Begrüßung vom Herd, »wo hast du dich denn schon wieder die ganze Nacht herumgetrieben?«

Ich sprang auf die Ofenbank und begann, mich ostentativ zu putzen. So blöden Bemerkungen dreht man selbstverständlich den Rücken zu. Ich wartete eigentlich nur auf mein Futter.

Nach meiner ausgiebigen Fellpflege sprang ich von der Bank runter und stellte mich vor meinen Futternapf. Angelegentlich sah ich ihn und Brekkiesverteilerin-Marieke an.

Sie reagierte inzwischen schon sehr gut auf meine hellgrünen Blicke. Ich konnte mich also noch vor den Menschen auf mein Futter stürzen. Schritte näherten sich der Terrasse und am Tempo erkannte ich Jonas' Bruder Ludwig, wie immer in Eile. Ein allgemeines Hallo entbrannte und jeder wurde begrüßt, als wenn man sich jahrelang nicht gesehen hatte. Eifeler Familie halt. Meine Menschen saßen jetzt endlich um den Tisch herum, verteilten das Essen und unterhielten sich fröhlich und lautstark.

Ich sprang wieder auf meinem Stammplatz und setzte die Putzaktion in aller Ruhe fort.

»Jon, kannst du dich noch an den Kalli Vogel aus Zilsdorf erinnern? Hast du nicht für den mal gearbeitet?«, fragte Ludwig.

»Hmmm, dem hab ich ne neue Küche eingebaut«, sagte Jonas-der-Handwerker. »Warum?«

»Der soll tot sein, hab ich gehört. Muss schlimm aussehen, die Polizei weiß noch nicht, ob das ein Unfall war. Es scheint da ein paar Ungereimtheiten zu geben.«

Ein erschrockenes 'Oh' und 'Auweia' war um den Tisch zu hören. Für einen kurzen Augenblick verstummten die Essgeräusche. Auch ich hielt mit meinem Putzen inne.

Bei dem Namen Karl-Heinz Vogel hatte ich schon die Ohren gespitzt. »Ich kannte den Toten!« Er hatte mir einmal das Leben gerettet. Wort für Wort folgte ich gespannt der Unterhaltung.

»Der wurde gestern in der Scheune gefunden mit eingeschlagenem Schädel«, erzählte Ludwig weiter. »Die Kripo war den ganzen Nachmittag da und die Spurensuche. Sie befragen alle Nachbarn und die Familie. Aber von da scheint es keinen Hinweis zu geben, was oder warum das passiert ist. Ich wurde angerufen wegen der Lebensversicherung, die er bei uns hat. Die Frau steht noch unter Schock. Die Nachbarn erzählen, er soll ein riesiges Loch im Kopf haben. So groß wie ne Faust, dass schon Gehirnmasse raus tritt. Sieht bestimmt schrecklich aus.«

»Was ist das denn für eine Unterhaltung beim Mittagessen?«, schimpfte Oma, sichtlich verärgert.

»'Tschuldige Mutter«, kam es von Ludwig-mit-roten-Ohren zurück. Für eine Weile war nur das Klappern von Bestecken und Geschirr zu hören, dann nahm Jonas den Faden wieder auf.

»Hat der nicht das Stück Land, wo jetzt die Windräder draufstehen?«

Ludwig sah mit vollem Mund auf und sagte:
»Schtimmt. Der musch gut dran verdient ham.«

Die beiden Menschenbrüder unterhielten sich noch eine Weile darüber, wie die Windräder vor ein paar Jahren nach Walsdorf gekommen waren.

Die Nachricht hatte damals eingeschlagen wie eine Bombe. Die Vertreter der Gemeinden Walsdorf und Zilsdorf waren dem Investor, der Eifel-Energie-Agentur GmbH aus Aachen, nicht gerade um den Hals gefallen, als das Projekt begann. Vom Landratsamt waren die Windräder durchgeboxt worden, zumal ein nennenswerter Protest ausgeblieben war. Das war dem Gemeinderat etwas sauer aufgestoßen.

Die Zustimmung der Bevölkerung für alternative Energiegewinnungsanlagen aber war gewachsen und es kam hinzu, dass sich die meisten Bewohner beider Dörfer nicht von den Windrädern belästigt fühlten. Nur der Anblick der drei »Spargel« war gewöhnungsbedürftig. Aus dem lebenslustigen und gern gesehenen Bauern Kalli Vogel hatten sie jedenfalls in kurzer Zeit einen Mann gemacht, der sich keine schlaflosen Nächte mehr wegen der Milchpreise oder Futterkosten machen musste.

Ich lag zusammengerollt auf der Bank und die Kaminwand wärmte mir den Rücken. Meine Menschen sahen nur das friedliche Bild einer Katze beim Mittagsdösen. Sie wissen nichts von unseren Träumen und Gedanken, auch nichts davon, wie viel wir von ihrer Welt mitkriegen und sogar verstehen.

Wenn sie es wüssten, wären die Menschen bestimmt viel zurückhaltender in unserer Gegenwart. Zumal wir den Vorteil von hoch spezialisierten Sinnesorganen haben, die ihresgleichen suchen. Wir können auch leise geführte Unterhaltungen durch die Wohnzimmerdecke belauschen.

Im Moment lauschte ich allerdings dem Tischgespräch der beiden Brüder, die sich weiterhin über die Windräder in Walsdorf unterhielten.

Mit halb geschlossenen Augen wanderte ich in meinen Erinnerungen zurück in die Zeit, als ich noch ein kleines Kätzchen in Walsdorf war.

Geboren wurde ich in der Scheune auf einem Bauernhof am Rande des Dorfes. Meine Kinderstube war ein Stapel alter Kartoffelsäcke, versteckt hinter etlichen Gerätschaften.

Meine Mutter war eine dunkel gestreifte, sehr energische Katzendame mit einem auffälligen Büschel Pinselhaaren an den Ohren. Ein Erbe, das sie an ihre fünf Kinder weitergegeben hat. Sie hatte schon einige Katzenjunge bekommen und machte sich daher keinen Stress mehr mit pädagogischen Erziehungstheorien und übergroßer Vorsicht.

Stattdessen war sie eine gefürchtete, weil sehr erfolgreiche, Mäusefängerin und häufig unterwegs. Und sie brachte uns ihr Handwerk schon früh bei. Meine Geschwister und ich bildeten eine wilde Bande von Heupiraten.

Nebenan, nur durch eine offene Türe abgeteilt, war der Kuhstall, es war immer warm hier und roch stark nach Silo und Kühen.

So jagten und tobten wir meistens zwischen Geräten, Strohballen und Kühen hin und her, ärgerten draußen den einfältigen Hofhund, und wenn wir Hunger und Durst hatten, fanden wir im Kuhstall immer eine Plastikschüssel mit frischer Milch und Resten der Menschenmahlzeit.

Wir waren schon immer sehr neugierig und kundschafteten schon früh die nähere Umgebung aus. Eines Tages hatte ich mich mit zwei meiner Geschwister ziemlich weit von der Scheune entfernt. Wir waren über die Obstwiese in Richtung der Felder gelaufen.

Am Rand des Feldweges konnten wir endlos weit in die Eifellandschaft sehen. Vor uns breitete sich das hügelige Vulkanpanorama bis zur Ruine der Kasselburg in weiter Ferne aus. Von der Sonne beschienen, leuchteten grüne Wiesen und knallgelbe Rapsfelder eingerahmt von den dunkelgrünen Flächen der Wälder. In der Nähe hörten wir das Tuckern eines Treckers.

Auf der Wiese gegenüber dem Weg standen ein Stapel Europaletten und eine große Zinkwanne. »Das wäre das richtige Arrangement für ein Eroberungsspiel«, dachten wir uns, ich und mein Bruder oben auf dem Stapel würden die Anlage wie eine Burg verteidigen gegen den Ansturm der anderen. So hangelte ich mich mit Krallen und Klettern die Paletten rauf, mein schwarzer Bruder hinterher und oben angekommen, sah ich, dass die Wanne voll war mit Wasser. Ein wenig mulmig war mir schon, als ich vorsichtig den Wannenrand entlang balancierte.

Natürlich passierte genau das, was jeder hätte voraussehen können: Ich verlor das Gleichgewicht (obwohl wir

Katzen doch gerade darin so ausgezeichnet sein sollen) und rutschte prompt in das Wasser hinein.

Prustend und wild um mich strampelnd kam ich immer wieder an die Oberfläche und schnappte verzweifelt nach Luft. Ich hörte noch meinen Bruder erschrocken fauchen.

Vergeblich versuchte ich mit meinen spitzen, kleinen Krallen Halt an der glatten Zinkwanne zu finden. Meine Verzweiflung wuchs ins Unermessliche, weil ich mich nirgendwo festhalten konnte. Immer mehr Wasser drang beim Luftholen mit in meine Lungen ein und ich würgte und hustete in Panik.

Ich glaubte wirklich schon, das war's, mit gerade mal drei Monaten wegen Übermut und Dummheit verschieden. Mein Herz raste wie verrückt. Ich bekam schon keine Luft mehr und mir wurde ganz schummrig vor Augen. Da wurde ich am Nackenfell gepackt und in die Höhe gezogen. Blinzelnd und hustend sah ich in ein riesiges Gesicht mit roten Haaren und lachenden blauen Augen. »Na du, ich dachte immer, Katzen wären wasserscheu?«, lachte der Riese.

»Jetzt bin ich es auf jeden Fall«, fauchte ich und war völlig erschöpft. Meine Glieder fühlten sich bleischwer an und ich ließ mich einfach hängen. Der Riese legte mich in seine tellergroße Hand und ging zu seinem tuckerndem, grünen Trecker rüber. Ich spukte und hustete immer noch und zitterte am ganzen Körper.

Meine tapferen beiden Brüder hatten sich natürlich bereits aus dem Staub gemacht. Der Riese kletterte auf seinen Trecker, bettete mich vorsichtig auf seinen Schoß und deckte seinen Pullover über mich.

Ich hatte es nun warm und dunkel und um mich zu beruhigen, fing ich das Schnurren an. Dann fuhr er an und brachte mich nach Hause.

Mit einem Ruck kam der Trecker zum Stehen und ich wurde aus dem Pullover ausgewickelt. Der Riese kletterte vom Bock runter und ging auf die Bäuerin meines Zuhauses zu.

»Ich hab hier ne kleine nasse Pelzratte aus eurer Tränke gefischt, Kathi. Gehört die zu eurem Wurf?«

»Daach Karl-Heinz. Kann eigentlich nicht sein, wir haben nur trockene Kätzcher. Lass mal sehen«, sagte sie und nahm mich in ihre beiden Hände.

Ich sah nun in ein anderes Gesicht, das mir aber schon vertraut war. Kurze, braune Haare, warme braungrüne Augen und eine Haut, die viel von frischer Luft und Sonne erzählte.

»Naaaa? So klein und schon ein Rumtreiber? Weiß deine Mutter eigentlich, wo du steckst?«, fragte Bäuerin Kathi.

»Ach herrje«, dachte ich und mir sank erneut der Mut auf den Tiefstpunkt, *»das gibt Ärger.«* Ich ließ ein lang gezogenes, klägliches Miauen hören, vielleicht kann ich wenigstens bei den Menschen etwas Mitgefühl herausschlagen. Das war der zweite Fehler, denn sofort kam meine Mutter lautstark keckernd und miauend um die Ecke geschossen.

Die Bäuerin Kathi ließ mich zu Boden und meine Mutter kam sofort zu mir gelaufen, schnüffelte nervös und leckte mich überall ab. Dann packte sie mich am Nackenfell und schleifte mich zur Scheune.

Es war megapeinlich, mit drei Monaten noch getragen zu werden. Unterwegs stieß sie dabei hektische Gurrlaute aus. Der Riese lachte schallend über die Szene.

»Ich danke dir, Karl-Heinz, dass du uns das Kätzchen zurückgebracht hast. In dieser Woche sollte es nämlich von meinem Schwager und seiner Frau abgeholt werden, die es sich ausgesucht haben. Kann ich dir was anbieten, ein Bier oder nen Schnaps?«

»Da sag ich bestimmt nicht Nein zu. Wo ist denn dein Mann?«, fragte der Riese.

»Der sitzt drinnen in der Küch'. Komm einfach mit«, lud die Bäuerin-Kathi meinen Retter Karl-Heinz Vogel ein. Im Stall waren natürlich alle meine Geschwister aufgelaufen, die von Mutters Lauten alarmiert waren, und sahen meinem traurigen Einzug zu. Mutter hatte mich zwischen ihren Vorderpfoten eingeklemmt und putzte mir wild und rau das Fell, bis es wieder sauber war.

Ich sah unglücklich meine beiden Brüder an und murmelte leise: *»Feiglinge«*, was mir einen zusätzlichen Klaps auf den Kopf einbrachte. Langsam ließ die Anspannung von mir ab, das Schnurren, das ich jetzt von mir gab, diente nur meinem Wohlbefinden. Ich war so fix und fertig, dass ich mich in der offenen Scheunentüre zusammenrollte und einschlief. Das Geräusch eines startenden Motors weckte mich nach einer Weile auf und ich sah meinen Lebensretter noch einmal. Er lachte mir zu und winkte, dann fuhr Karl-Heinz Vogel vom Hof.

Leider sah ich ihn nie wieder, denn ein paar Tage später bekam ich ein neues Zuhause – ich zog nach Bolsdorf.

Aachen

»Haben Sie den Vertrag dabei?«, fragte Dr. Manfred Rosenstock, ein eleganter Rechtsanwalt aus Köln, den Geschäftsführer der Eifel-Energie-Agentur GmbH mit Sitz in Aachen, Jan Benneke.

Der reichte ihm über die gefrostete Glasplatte seines Schreibtischs hinweg einen Ordner und Rechtsanwalt Rosenstock blätterte in den umfangreichen Seiten auf der Suche nach einem bestimmten Paragrafen. »Wann ist das denn passiert?«, fragte er, während er weiter blätterte.

»Gestern Mittag ist er gefunden worden in seiner eigenen Scheune«, sagte Jan Benneke. Er hatte zunächst unterwegs im Autoradio bei RPR 1 von dem Tod Karl-Heinz Vogels aus der Eifel erfahren und heute Morgen die Meldungen in der Zeitung gelesen. In der Zwischenzeit hatte Jan Benneke ungefähr ein Dutzend Telefonate geführt und wusste genau so viel wie die Kriminalpolizei. Der Geschäftsmann hatte schon früh gelernt, dass nichts im Business so wertvoll war wie Informationen. Wissen bedeutet Macht und im heutigen Kontext ist Wissen Geld. Schon als BWL-Student hatte er ein Netzwerk an vorteilhaften Kontakten geknüpft, das er pflegte und ständig erweiterte und von dem er immer wieder profitierte, da seine ehemaligen Kommilitonen inzwischen weltweit zerstreut tätig waren.

Unter anderem beispielsweise in Brüssel bei der EU. Oder in Düsseldorf und Mainz bei den jeweiligen Landesregierungen, bei Großbanken, Werbeagenturen, Wirtschaftsverbänden und der Industrie.

Nach ein paar Jahren Volontariat bei Unternehmen in Europa und den USA war er vor zehn Jahren in den wachsenden Markt der neuen Energien eingestiegen, er hatte eine kleine Firma aufgekauft, die Windkraftanlagen im Erftkreis herstellte, und aus der verträumten Öko-Klitsche einen modernen Energieproduzenten gemacht, der mit eigenen Windparks im Westen Deutschlands mittlerweile an die Marktspitze avancierte.

»Hier steht es: ′Der Käufer verpflichtet sich, an den Verkäufer auf dessen Lebenszeit eine Leibrente in Höhe von blablabla Euro monatlich zu zahlen. Diese Leibrente wird durch Bestellung einer Reallast auf dem übergebenen Grundbesitz gesichert. Diese Rente gebührt dem Verkäufer auf seine Lebenszeit′« Dr. Rosenstock sah auf: »Und jetzt, wo er tot ist, gehört das Grundstück Ihnen.«

»Und seine Frau und vielleicht andere Erben?«, fragte Jan Benneke nervös weiter.

»Keine Chance! Dann hätte der Vogel besser keine Leibrente, sondern eine Zeitrente abgeschlossen, sagen wir mal zwanzig bis fünfundzwanzig Jahre, davon hätten noch die Erben profitiert. Jetzt gehen die leer aus.«

Hinter seiner Brille blickten die graublauen Augen des Rechtsanwaltes ausgesprochen zuversichtlich drein. Dr. iur. Manfred Rosenstock trug genau die richtige Mischung aus ergrauter Attraktivität und Distinktion zur Schau, die seinem Beruf so ungemein entgegenkam. Damit war er bestimmt der Schwarm aller Rechtspflegerinnen beim Kölner Landgericht.

»In der Zeitung schreiben sie, es war Totschlag«, sagte Jan Benneke zurückhaltend.

»Das ist wohl eher ein Problem der Polizei. Ihnen als Betreiber der Windkraft-Anlagen und zukünftig auch Eigentümer des Grundstücks kann es rechtlich gesehen egal sein, wie der Mann ums Leben gekommen ist.«

Der Rechtsanwalt setzte sich aufrecht und rückte seine Krawatte dezent zurecht. »Wir sollten dennoch so schnell wie möglich die Grundbuchumschreibung vornehmen lassen. Wenn Sie einverstanden sind, veranlasse ich das morgen.«

Jan Benneke nickte zustimmend.

»Dann steht ja auch der geplanten Erweiterung nichts mehr im Wege.«

Benneke lächelte grimmig. »Außer vielleicht das Gejammer der Bürgerinitiative. Hier sehen Sie sich das an.« Er kramte in den Unterlagen auf seinem Glastisch nach einem Fax und zitierte daraus: ».... ´Ergänzend schlagen wir vor, im Bebauungsplan festzulegen, dass nur getriebefreie Windkraftanlagen eingesetzt werden dürfen. Weiterhin regen wir an, die Anzahl der Windkraftanlagen aus Gründen der Sicherheit für den Verkehr auf der L421 und den umliegenden Wirtschaftswegen zu reduzieren. Zudem bitten wir Sie, die Umgebung der geplanten Windkraftzone auf Brutplätze besonders artgeschützter Tiere, insbesondere Vögel, aber auch Fledermäuse, zu untersuchen; so soll es Brutplätze von Rotmilanen, Kiebitzen und/oder auch Weihen in der näheren Umgebung der Windkraftzone geben bzw. gegeben haben.

Abschließend regen wir an, die festgestellten Flugrichtungen der Wildgänse und Kraniche, die häufig auf den Ländereien zur Nahrungsaufnahme landen, zu berücksichtigen ´«. Der Geschäftsführer der Eifel-Energie-Agentur GmbH legte das Fax wieder an die Seite und griff nach seiner Tasse Kaffee.

»Was soll's. Im Moment ist ohnehin die große Unabhängigkeitsbewegung in der Politik am Zuge. Weg von wankelmütigen Energieimporten, vor allem aus Richtung Osten, hin zur Energieautonomie! Die Genehmigungen von zusätzlichen fünf Windrädern machen immer viel weniger Probleme als die Erstaufstellung eines einzigen.« Er trank einen Schluck und lehnte sich locker in seinem Chefsessel zurück.

Jan Benneke wirkte völlig unscheinbar, durchschnittliche Größe, durchschnittliches Allerweltsgesicht, nicht mal seine Augenfarbe konnte man näher bestimmen. Eine Erscheinung, die jeder schnell wieder vergisst und die dadurch keine Revieraggression unter männlichen

Geschäftspartnern aufkommen ließ. Bis manche von ihnen die Erfahrung machen mussten, dass sie Jan Benneke sträflich unterschätzt hatten.

Er betonte dieses Unterstatement noch durch seine Kleidung, sehr teuer, sehr solide, aber völlig unaufdringlich. Hinter dieser unauffälligen Fassade funktionierte eine gerissene Intelligenz, die einem Schachweltmeister zur Ehre gereicht hätte.

»Schön, Dr. Rosenstock, Sie machen das morgen mit dem Grundbuch und ich schicke der Witwe einen Blumenkranz zur Kondolenz. Sind Sie mit dem Wagen gekommen oder soll unser Fahrer Sie zum Bahnhof bringen?« Benneke stand auf und begleitete den Rechtsanwalt bis zur Türe seines Büros.

Dr. Rosenstock verabschiedete sich. »Vielen Dank, zum Bahnhof bitte. Ich wollte nicht auf der Rückfahrt im Kölner Ring stecken bleiben.«

Jan Benneke gab noch die Anweisung an seine Sekretärin weiter und ging wieder zurück in sein Büro. Er sah sich in dem großen Raum um, die edlen, dunklen Möbel aus Mooreiche, Tische mit gefrosteten Glasplatten und Alurahmen, eine elfenbeinfarbene, bequeme Sitzecke.

Das Büro war sehr modern eingerichtet, natürlich ergänzt mit den dazu passenden modernen Gemälden an der Wand, gekauft von seiner Frau auf der Art Cologne vor zwei Jahren.

Benneke ging auf seinen Schreibtisch zu und nahm das mobile Telefon in die Hand. Er tippte auswendig eine Nummer ein mit der Vorwahl 065 und wartete auf das Freizeichen.

»Ja … «, meldete sich eine männliche Stimme.

»Jan hier. Wir machen weiter wie besprochen.«

»O. k.«, sagte die Stimme, »ich halte dich auf dem Laufenden«, und legte auf.

Jan Benneke blickte nachdenklich aus dem Panoramafenster seines Büros. Aus Richtung Südosten kamen dicke Gewitterwolken auf Aachen zu.

Daun

In der Polizeiinspektion Daun saßen sie in einem ebenso zweckmäßig wie geschmacklos eingerichteten Besprechungsraum mit Stahlrahmenstühlen und einer verstaubten Yuccapalme um einen langen Tisch herum. Kriminaloberkommissar Sigmund Wolf, fünfzig Jahre alt, Haare und Bart im Dienst ergraut, mit dem Charme und der Jovialität eines Teddybären.

Nur allzu oft hatten Verbrecher in der Vergangenheit seine scharfen Pranken dabei übersehen. Zu gerne spielte er den Gemütlichen und überließ seiner Partnerin Sybille bei Befragungen und Verhören die Rolle des Terriers.

Kriminalkommissarin Sybille Diesel lag knapp vier Zentimeter über der Mindestgröße für den Polizeieinsatz von 1,62 Meter, mit ewigen zehn Kilo Übergewicht, die dunklen Haare zu einem modischen Bob geschnitten und mit einem herben Zug um die schmalen Lippen. Der Dritte im Bunde war Kriminalkommissaranwärter

Kevin Leimann, jungenhaft und aufdringlich dynamisch. Die Leitung für den Fall hatte Kriminalhauptkommissar Schüssler von der Kriminaldirektion Trier.

Sie diskutierten den Mord an Karl-Heinz Vogel. Die Spurensicherung hatte am Tatort stundenlang alle Hinweise aufgenommen und gesichert, eine Tatwaffe aber nicht gefunden. Die erste Einschätzung des Leichenbeschauers am Tatort hatte ergeben, dass Vogel mit einer Metallstange erschlagen wurde. Die Verletzungen am Kopf zeigten tiefe Einschläge, die Schädeldecke war mehrfach gebrochen und gesplittert und die Gehirnmasse massiv eingedrückt. Kleinste Farblackpartikel waren in der Masse gefunden worden.

»Da hat einer mit viel Kraft oder mit viel Wut zugeschlagen. Wir wissen jetzt nach der Untersuchung, dass es eine Metallstange war. Vielleicht so was wie ein Kuhfuß, ein Brecheisen. Ein solches haben wir aber nicht bei Vogel gefunden. Eigentlich schon merkwürdig, schließlich gehört das doch in jede Landwirtschaft. Also kann es sein Eigenes gewesen sein und der Täter hat es vielleicht verschwinden lassen. Das würde bedeuten, der Täter hat es nicht unbedingt mitgebracht, hatte also vielleicht nicht geplant, Vogel umzubringen. Ich stelle mir vor, es gab einen Streit und spontan greift der Mörder zu dem Eisen und schlägt zu. Aber wenn es Streit gab, hat es vielleicht jemand gehört?«, fragte Kriminalhauptkommissar Schüssler in die Runde.

»Die Zeugenaussagen haben noch nicht viel ergeben. Der Hof liegt gut siebzig Meter abseits. Und hat eine hohe Umfassungsmauer, da hört man so schnell nichts.« Kriminaloberkommissar Wolf lehnte sich zurück und holte seine Zigaretten aus der Jackentasche. Er nahm eine Kippe aus der Schachtel und zündete sie an.

»Die Nachbarn sagen einhellig, dass der Vogel sehr beliebt war und viele Freunde hatte. Und er hat bei Festen immer kräftig mitgefeiert. Der Einzige, mit dem es mal Knatsch gegeben hatte, war vor Jahren ein Heinrich Huber aus dem Nachbardorf Walsdorf. Das soll wegen eines Landtauschs gewesen sein. Vogel hatte dabei das Feld bekommen, auf dem heute die Windräder stehen und jede Menge Kohle damit gemacht. Huber soll stinkwütend darüber gewesen sein und lauthals Krach geschlagen haben, bis rauf zum Landrat. Wie die Leute erzählt haben, ist es wohl zu einigen heftigen Auseinandersetzungen in der Öffentlichkeit gekommen, in der Kneipe, im Festzelt. Jedes Mal, wenn die Zwei aufeinandertrafen, gab es Streit.«

Kevin Leimann warf dazwischen: »Das ist aber schon ne Weile her. Wir sollten den Huber auf jeden Fall überprüfen.«

»Was ist mit der Familie?«, kam es von Schüssler.

»Auf den ersten Blick ganz normal. Die Ehefrau stammt auch aus dem Dorf, sie hat den Hof mit in die Ehe gebracht. Allzu viel Landwirtschaft wird wohl nicht mehr betrieben. Keine Menge Vieh mehr im Stall, auf der Weide stehen vielleicht noch vier bis sechs Kühe und ein paar Schafe, wohl eher zur Selbstversorgung oder Hobby. Selbst gemachter Schafskäse und so.

Die meiste Arbeit ist wohl nur noch der Anbau für die Biogasanlage oder der Silo zum Verkauf. Mit dem Geld von den Windrädern braucht die Frau auch nicht bei Lidl oder Aldi an der Kasse arbeiten zu gehen. Die beiden Kinder sind im Teenageralter, alle gehen sonntags in die Kirche, die Kinder sind Messdiener, die Eltern bei der freiwilligen Feuerwehr und beim Karnevalsverein. Alles so typisch Eifeler, so fürchterlich normal«, schilderte Sybille Diesel.

»Tatsache ist, wir haben hier einen toten Mann mit einem riesigen Loch im Schädel. Man muss einen schon sehr hassen, um so zuschlagen zu können. Und er oder sie mussten dicht an den Mann herankommen, da nirgends Kampfspuren zu finden waren.

Ergo Karl-Heinz Vogel kannte seinen Mörder und hatte nicht den leisesten Verdacht, was auf ihn zukam. Das schließt Huber als Mörder fast schon wieder aus, denn einem, mit dem ich seit Jahren Streit habe, dreh ich doch nicht den Rücken zu«, fasste Wolf zusammen.

»Gibt es Hinweise auf Streit zwischen den Eheleuten?«, fragte Diesel.

»Nicht von den befragten Nachbarn. Alle beschreiben die Leute als ganz normale Familie, immer freundlich, und bei allen beliebt. The perfect family.«

»Das ist ja nicht zum Aushalten«, sagte Sybille Diesel zynisch. Sie war achtunddreißig und geschieden. Die Kommissarin häufte immer mehr Überstunden an, nur um ja nicht nach Hause zu müssen, dort hätte sie sich mit ihrer Einsamkeit auseinandersetzen müssen. So war es einfacher, spät abends die Wohnung in Trier aufzuschließen und duschen zu gehen, um dann müde ins Bett zu fallen.

Sigmund Wolf schilderte weiter: »Die Ehefrau und die Kinder waren zur ermittelten Tatzeit auch nicht zu Hause. Die Kinder hatten nach der Schule noch Sport gehabt und die Frau war in Hillesheim einkaufen, wo sie auch noch ihre Freundin getroffen hat. Allerdings ist man mit dem Auto in neun Minuten in Hillesheim.«

»So kommen wir nicht weiter, Leute. Wir fangen bei der Ehefrau und diesem Huber an«, kommandierte Kriminalhauptkommissar Schüssler. »Alles raus vor die Türe, Zeugen befragen, wo wer wann gewesen ist, Alibis von Zeugen bestätigen lassen, Kontoauszüge heranschaffen, die Steuererklärungen der letzten Jahre. Macht eure Hausaufgaben! Wir haben einen Toten und draußen läuft noch sein Mörder frei herum.« Damit hob er die Zusammenkunft auf und schickte alle aus dem hässlichen Besprechungsraum.

Bolsdorf

Erschrocken öffnete ich meine Augen und fand mich noch immer liegend auf der alten Ofenbank in der Küche, wo ich eingeschlafen war.

Ich hatte geträumt, ich wäre wieder im Wasser und strampelte gegen das Ertrinken an. Meine Krallen kratzten an dem glatten Wannenrand entlang und fanden keinen Halt. Ich hatte schon fast keine Luft mehr. Voller Panik wachte ich auf.

Es war jetzt sehr still im Haus, der Küchentisch war leer geräumt und die Blumenvase mit dem bunten Strauß Gartenblumen stand wieder auf der Wachstuchdecke. Die Spülmaschine surrte leise vor sich hin und aus dem Wohnzimmer nebenan hörte ich das gedämpfte Schnarchen von Oma-im-Mittagsschlaf.

Ich war ganz allein in der Küche. Langsam erhob ich mich und führte zunächst einmal mein Hallo-wach-Dehn-und-Streckprogramm durch. Noch ein paar Brekkies genascht und schon war ich durch die Katzenklappe. Ich dachte an den geheimnisvollen Tod von Karl-Heinz Vogel und hatte das zwingende Gefühl, etwas unternehmen zu müssen. Ich war dem Mann sehr dankbar für meine Rettung, aber das war es nicht alleine.

Ich war schon immer extrem neugierig gewesen und fasziniert von Geheimnissen. Zahlreiche Kratzer und Schrammen in der Vergangenheit hatten diesem Charakterzug schon Rechnung tragen müssen. Aber wenn es früher um Fuchsbauen oder Kellerzugänge ging, so war ein Gewaltverbrechen doch eine ganz andere Klasse.

Ganz eindeutig brauchte ich jetzt einen guten Rat. Die Dorfautorität in Sachen Lebensweisheiten war die alte Kimba, eine fast achtzehn Jahre alte Schildpattkatze. Sie wohnte nahe beim Wald, an den der Eifelsteig[2] durch das Bolsdorfer Tälchen führte.

---

2 Der Eifelsteig ist ein Fernwanderweg in der Eifel

Auch wenn Kätzinnen meistens eher diplomatischen Umgang mit anderen Kätzinnen pflegen, entstehen auch unter uns Zicken schon mal Freundschaften. Und Kimba hatte mich unter ihre Fittiche genommen, als ich in Bolsdorf einzog.

So plötzlich von meiner Mutter und den Geschwistern getrennt, hatte ich viele Ängste ausgestanden, bevor ich mich an das neue Zuhause gewöhnt hatte. Von Kimba hatte ich viel gelernt und mit der Zeit war sie mir eine gute Freundin geworden.

Jetzt lief ich quer durch das Dorf, vorbei an der alten Margaretenkirche, eine schmale Gasse zwischen zwei Häusern den Hügel rauf. Von Weitem sah ich Kimba schon auf dem Sitz eines alten verrosteten Mac Cormick liegen und in der Sonne dösen.

Ihr wild geschecktes, rotbraunes und schwarzes Fell war matt und an einigen Stellen war das Haar ganz ausgedünnt und man sah die ledrige Haut.Sie blinzelte mit ihren Bernsteinaugen, als ich sie anrief. »*Warum bist du nicht der hübsche rote Bursche, von dem ich gerade geträumt habe?*«, gähnte sie verschlafen, ihre gelben Zähne waren lückenhaft und es fehlten die zwei oberen Reißzähne.

»*Weißt du überhaupt noch, wie es geht?*«, witzelte ich.

»*He, du Vorwitznase, es laufen gut hundert in der Gegend rum, die von mir abstammen. Ich kenne die Gebrauchsanweisung auswendig.*« Ächzend und stöhnend kam sie in die Senkrechte. Vorsichtig kletterte Kimba von dem alten Trecker runter. »*Gehen wir in den Schatten*«, sagte sie und schlich unter den Apfelbaum. »*Also, warum unterbrichst du so brutal meine schönsten Träume?*«

Ich ging neben ihr her. »*Erinnerst du dich, wie ich dir mal von meinem Badeunfall erzählt hatte? Bei dem ich fast ertrunken wäre? Der Mann, der mich damals aus dem Wasser gefischt hat, ist ermordet worden. Das habe ich heute Mittag gehört und es lässt mir keine Ruhe mehr.*« Kimba dehnte und streckte sich und legte sich dann am Baumstamm ins Gras nieder. Ihre Bernsteinaugen blickten mich durchdringend unter halb geschlossenen Lidern an. »*Erzähl du mir nix vom Pferd. Warum kommst du zu mir, wenn du eh schon beschlossen hast, nach Walsdorf zu trampen und dort die Miss Marple der Vulkaneifel zu geben. Willst du etwa meinen Segen für diesen Irrsinn?*«, funkelte Kimba mich an.

»*Nein*«, brummte ich verstimmt, »*ich dachte, du könntest mir nen Tipp geben, wie ich vorgehen soll, wenn ich überhaupt nach Walsdorf hin gelange?*«

»*Wenn ist schon mal ein guter Gedanke. Ich würd die Idee in die Tonne treten. Selbst auf direktem Weg durch die Felder ist das noch immer eine volle Tagestour bis dahin und dazwischen liegen zwei Landstraßen mit vielen großen Autos und eine Sandgrube mit vielen ganz großen Autos und ein Wald mit wilden Artgenossen und anderen Tieren, die nicht sehr gut auf uns zu sprechen sind. Für unsere Art ist das fast schon eine halbe Expedition.*« Kimba hatte sich in Rage geredet und mit ihrem gesträubten Fell und den offenen Hautflächen darin sah sie reichlich zerrupft aus.

»Na schön, ich werd erst abends losmarschieren, dann sind schon mal nicht mehr so viele Autos unterwegs.« Ich wollte sie nicht weiter aufregen: *»Ich will eigentlich nur wissen, wie ich an Informationen zu dem Fall herankomme?«*

Im Augenblick war ich von meiner Entscheidung, nach Walsdorf zu wandern, noch gar nicht so richtig überzeugt, aber zugeben wollte ich das vor Kimba auch wieder nicht. Meine Neugierde war halt so unwiderstehlich groß.

Sie fing an, sich die Pfoten zu lecken und über ihren Kopf zu streichen. *»Dajö.«*, sagte sie nach einer Weile.

»Ich würd mal bei deiner Familie beginnen. Die sind doch im ganzen Dorf verstreut und hören alles von den Menschen. Frag erst mal bei denen rum, was die so mitgekriegt haben. Vielleicht kriegst du einen Hinweis, der dir weiterhilft. Alles Weitere findet sich dann.«

»So weise bin ich auch schon, wie geht es aber weiter?«, drängelte ich.

»Nutz aus, was wir sind«, sagte sie, *»sehr klein, sehr gelenkig und optisch und akustisch viel besser ausgestattet als ein Mensch; wir sehen, riechen und hören, was Menschen nicht sehen, riechen und hören können und wir schlüpfen überall dort durch, wo Menschen nicht durchpassen. Und – als Katze fällst du nicht auf! Du kannst beobachten und belauschen, wen und wo du willst. Wenn es mal heikel wird, dann setzt du dich einfach hin und machst harmlos Miau. Wahrscheinlich wirst du noch von dem Mörder gestreichelt.«* Sie grinste mich zahnlos von der Seite an.

»Brrrr«, entfuhr es mir, *»alte Hexe.«*

»Danke. Ich kann dich auch gut leiden. Wann willst du mit dem Schwachsinn starten?«

»Heute Abend noch«, sagte ich entschlossener, als ich mich fühlte, und erhob mich. *»Ich frag die Jungs nach dem Weg, die kommen doch ziemlich viel rum.«*

»Vielleicht solltest du ja einen Kater mitnehmen, so als Bodyguard oder so«, lachte Kimba.

»Hee, das wird keine Romantiktour.« Ich war schon ein paar Schritte weg.

»Hör mal Jule, pass bloß auf dich auf. Und bestell einen schönen Gruß an deine Mutter. Sie ist eine Nichte Dritten oder ich-weiß-nicht-welchen Grades von mir«, rief sie noch.

»Typisch Eifel«, dachte ich wieder. *»Alle sind miteinander verwandt. Erst recht die Katzen.«*

Ich ging über die Obstwiese auf den Friedhofsweg zu und wendete mich dann nach links, runter zum alten Backes[3]. Hinter der Steinhütte trafen sich zum späten Nachmittag immer ein paar der Dorfkatzen. Hier hoffte ich auf einen Artgenossen mit weitläufigen Ortskenntnissen. Von Weitem sah ich schon den schwarz-weißen Tomtom, seinen getigerten Kumpel Lucky sowie den Dorfmacho, einen mächtigen Kartäuserkater mit Namen Cäsar. Von den Mädels waren bisher zwei aufgetaucht, Sira, die elegante Thai mit den kobaltblauen Augen, auf die ich jedes Mal neidisch war und Musch, eine pechschwarze Hauskatze, eindeutig schwanger.

---

3 *Altes Backhaus in Bolsdorf*

Als Tomtom aufsah und mich erblickte, wusste ich schon, was mich erwartete. »*Naaaa, Mullemaus*«, rief er und wollte sich ausschütten vor Lachen.

»Na, das hatte sich ja schnell herumgesprochen.«

Auch die anderen lachten, die Ladykatzen wenigstens etwas verhaltener. Ich seufzte, da musste ich nun durch.

»N´Abend Leute. Ich hab was Wichtiges in Walsdorf zu erledigen.« Am besten, ich fiel direkt mit der Tür ins Haus. *»Wer von euch weiß, wie ich dahin komme?«*

Ein wenig aus dem Konzept gebracht, sahen mich Tomtom und Lucky an. *»Was willst du denn so weit weg?«*, fragte Tomtom irritiert.

»Wie gesagt, was Wichtiges. Also, wie lange bin ich nach Walsdorf unterwegs und wie komme ich dahin?«, fragte ich in die Samtpfotenrunde. Ich blickte dabei vor allem die Kater auffordernd an, es ist ja bekannt, dass die viel größere Strecken streunen als wir Weibchen.[4]

Der große Cäsar meldete sich nach einer Weile zu Wort. *»Das ist eine ziemlich weite Strecke. Ich bin die vor Jahren mal gelaufen. Da gehst du aber ein ziemliches Risiko ein.«*

»Spar dir die Predigt, die hat Kimba schon gehalten. Sag mir lieber die Wegbeschreibung.«

Cäsar setzte sich in Pose. *»Du marschierst erst mal Richtung Sonnenaufgang auf die schnelle Straße zu. Und pass bloß auf die Autos auf, wenn du die überquerst, die rasen da wie die Bekloppten. Dann den Berg rauf zur*

4 *Das Revier eines ausgewachsenen Katers ist mit bis zu 3 Kilometer etwa dreimal so groß wie das einer Katze (500 Meter bis 1 Kilometer). Für sie hängt die Reviergröße vom Nahrungsangebot für sich und den Nachwuchs ab, doch für ihn ist entscheidend, dass genug Partnerinnen für eine Paarung zur Verfügung stehen. Quelle Wickipedia.*

großen Sandgrube. An der gehst du rechts vorbei und hinten wieder runter, gerade durch die Felder, dann über eine weitere Straße, und in Richtung Wald. Am Rand des Waldes gehst du vorbei und siehst schon die Häuser von Walsdorf.«

Tomtom stand auf und strich vertraulich um mich herum und schnurrte mir ins Ohr. »*Das ist ein gefährlicher Weg, Mädel. Soll ich dich vielleicht begleiten?*«

Ich sah Cäsar an, bedankte mich bei ihm und zu Tomtom gewandt blinzelte ich maliziös: »*Ich verlass mich doch nicht ausgerechnet auf dich, mein Lieber. Du verläufst dich doch schon auf dem Weg vom Fressnapf zum Katzenklo.*« Wenigstens hatte ich die Lacher jetzt mal auf meiner Seite.

Walsdorf, 24 Stunden später

Mühsam humpelte ich den Trampelpfad durch die Felder entlang auf die ersten Häuser von Walsdorf zu. Die Sonne stand schon tief und warf einen langen Schatten von mir auf den Weg. Mir war schwindelig vor Hunger und Müdigkeit und die Pfoten taten mir weh. Ich war gestern am Spätnachmittag in Richtung Felder losmarschiert. Sobald ich ein freies Stück Feldweg oder Wiese vor mir hatte, schaltete ich den energiesparenden Trabschritt ein.

Ab und zu blieb ich abrupt stehen, wenn meine feinen Ohren ein unvertrautes Geräusch aufnahmen oder wenn meine Augen eine Bewegung in der Dunkelheit wahrnahmen. Bis zur Nacht hatte ich die Strecke zu den Sandgruben 'Auf der Grauley' geschafft. Die riesige Lavahalde lag in der Dunkelheit wie eine gespenstische Mondlandschaft da. Die großen Bagger hatten den ehemaligen Bergkegel ausgehöhlt wie einen mit Karies befallenen Zahn. Es gab mehrere Halden mit Kies und Split in verschiedenen Größen. Das düstere Schwarz-Weiß-Bild war mir zu unheimlich und ich sah zu, dass ich diese Ödnis so schnell wie möglich hinter mir ließ. Im heran-dämmernden Morgenlicht suchte ich mir unter einem großen Busch am Feldrand einen Unterschlupf, um mich ein wenig zu erholen.

Ich dachte noch kurz nach, ob ich auf Mäusejagd gehen sollte, da ich Hunger hatte, entschied mich aber dagegen, da es zu viel Zeit in Anspruch nehmen würde. Ich überlegte, ob ich einen Plan bräuchte, wenn ich mit meinen Ermittlungen beginnen würde. Das kam mir dann doch zu übertrieben vor, ich wusste ja noch nicht einmal, wo ich beginnen sollte.

Als die Sonne hoch stand, ging ich weiter. Von Weitem sah ich schon den Wald, den Cäsar beschrieben hatte. Von da aus sollte es nicht mehr weit bis Walsdorf sein.

Eine so lange Strecke war ich noch nie vorher gelaufen. Ich versuchte, mir selbst gut zuzureden und meine Reserven zu mobilisieren. Jetzt brauchte ich erst mal dringend was zu trinken und essen.

Die meisten Häuser in den Eifeldörfern haben zum Garten raus Terrassentüren und ebenfalls bei den meisten stehen in der Nähe der Türen Schalen oder Schüsselchen mit Essensresten vom Mittagstisch oder Abendbrot. Jede Katze in der Eifel weiß das und braucht sich daher nie Sorgen zu machen, sie würde verhungern, wenn es mal mit der Mäusejagd nicht so klappt.

Bei dem ersten Gebäude, das ich erreichte, hatte ich Pech – die Schalen waren schon leer geputzt. Dafür stürzte ich mich wenigstens schon mal auf einen kleinen Zierbrunnen, der im Blumenbeet leise vor sich hinplätscherte, und löschte meinen Durst. Für den Augenblick erfrischt, schaute ich mich um und entschied dann, zu einem angrenzenden Gehöft zu gehen. Ich schlich durch den Gartenzaun auf die Terrasse zu und seufzte vor Erleichterung, als ich dort zwei volle Schälchen erblickte.

Ausgehungert stürzte ich mich auf die Reste aus Milch, alter Wurst, Kartoffeln, Suppenresten und viel Soße und schlang fast alles hastig in mich hinein.

»Oh, ich wusste gar nicht, dass wir Gäste zum Dinner haben«, erklang es mit deutlicher Ironie hinter mir.

Erschrocken drehte ich mich um und sah in zwei funkelnde, hellgrüne Augen, die meinen nicht unähnlich waren.

Die Kätzin hatte ein glänzendes, dunkelbraun gestreiftes, fast schwarzes Fell, eine weiße Blesse auf der Nase und ein paar dichte Haarbüschel in den Ohren. Sie war ziemlich verärgert, die Ohren hatte sie seitlich gestellt und ihr Schwanz peitschte hin und her. Abwartend musterte sie mich eindringlich.

Plötzlich entspannte sich ihre Haltung und sie setzte sich ruhig hin. »*Wenn du mir sagst, wie alt du bist, dann kann ich dir sagen, ob ich deine Cousine oder deine Tante bin.*«

Mir fiel eine ganze Lkw-Ladung Steine vom Herzen. »*Heute muss mein Glückstag sein, da ich gleich an der richtigen Stelle stibitze. Bitte nicht böse sein, ich habe gerade einen Marathonmarsch hinter mich gebracht, von Bolsdorf bis hierher und war halb verhungert. Ich heiße Jule und bin eine Tochter von Pussy hier aus dem Dorf.*«

»*Nun, das ist nicht zu übersehen*«, sagte sie locker, und deutete auf die Puschelohren. »*Aber lass mir noch was übrig, ich hab eine kleine Rasselbande zu versorgen.*«

Erst jetzt sah ich, dass mich aus der offenen Holztüre eines Anbaus acht blinkende Knopfaugen erstaunt anblickten.

»*Jetzt bitte nicht ›Oh, wie süüüüüüß‹ sagen. Ich kann's nicht mehr hören. Ich werd übrigens Nicki gerufen.*« Sie trat näher an mich heran und beschnüffelte mich von allen Seiten. Dann rief Nicki nach ihren Kätzchen.

Zögerlich kamen die Vier eines nach dem anderen aus dem Anbau auf die Mutter zu. Zwei der Kleinen waren so dunkel wie ihre Mutter, die beiden anderen hatten ein getigertes Fell, und alle zusammen waren so plüschig, wie frisch aus dem Wäschetrockner gehüpft.

Sie machten misstrauisch einen großen Bogen um mich herum und maunzten mit ihren hellen Stimmchen aufgeregt. Nicki führte sie zu den Futterschalen und sie pflügten ihre kleinen Mäulchen in die Soße und die Milch, bis sie über beide Ohren bekleckert waren. Auch Nicki fing an zu fressen, bewegte ihre Ohren aber ständig wie ein Radar hin und her.

Zwischen zwei Happen fragte sie: »*Was machst Du eigentlich hier, Cousine? Gefällt es dir zu Hause nicht mehr?*«

»*Oh doch*«, sagte ich und dann erzählte ich, warum ich mich auf dem langen Weg nach Walsdorf gemacht hatte.

Nach dem großen Fressen schleckte die Katzenmama die Gesichter der Kleinen sauber und versuchte dann, die muntere Schar halbwegs geordnet wieder in Richtung Anbau zu bugsieren. »*Warte einen Augenblick. Ich bring die Kleinen ins Nachtlager und dann können wir los*«, forderte mich Nicki auf.

Ich ging der Familie neugierig hinterher und betrat einen Schuppen mit allerhand Gartengeräten, Schubkarren, Rasenmäher, gestapelten Blumentöpfen und Werkzeug. In einer dunklen Ecke stand ein großer Bananenkarton mit einer dicken Lage Heu drin. Nicki packte das nächst stehende Kätzchen am Nackenfell und setzte es kurzerhand im Karton ab, das Protestgeschrei dabei überhörend. Dann kam das Nächste an die Reihe.

Es dauerte ein paar Minuten, bis sie alle ihre Jungen im Karton beisammen hatte, das Betteln um Verlängerung der Spielstunde abgelehnt und unter Androhung von Strafe sofortige Ruhe eingefordert hatte.

»*Es ist überall das Gleiche*«, dachte ich lächelnd.

Ein wenig aus der Puste kam meine Cousine auf mich zu und wir gingen aus dem Schuppen raus.

»*Pänz!*«, ächzte sie und holte tief Luft.

»*Ich bring dich jetzt zu Tante Pussy und den übrigen aus der Familie. Dieser Mord ist in unserer Gegend das Gespräch des Tages und ich kann mir vorstellen, dass die schon allerhand gehört haben. Wir haben es nicht sehr weit.*«

Eingedenk meiner wunden Pfoten war das schon Mal die gute Nachricht. Wir wanderten ein gutes Stück den Straßengraben entlang und bogen dann ab auf einen gepflasterten Platz mit mehreren Häusern ringsherum. Mein Herz klopfte aufgeregt, als ich einen vertrauten Geruch wahrnahm. Es war nicht mehr weit! Wir überquerten im Eiltempo den Platz und ich erkannte eine Gasse, die zu meinem früheren Zuhause führte. Das letzte Stück lief ich die Gasse rauf, egal was meine Pfoten davon halten wollten. Ich war rasend aufgeregt. Ich wusste, am Ende der Gasse lag der Bauernhof, auf dem ich geboren wurde.

»*Mach langsam*«, rief Nicki hinter mir. »*Stoooooopp! Die haben einen neuen Hund. Der Alte ist im letzten Winter gestorben. Der jetzt da ist, ist noch recht jung und kennt dich nicht.*« Unwillig bremste ich ab. »*Lass mich besser vorgehen.*«

Wir gingen die Giebelwand der Scheune entlang und ich ließ Nicki an der Ecke erst mal die Lage peilen, bevor wir den Hof betraten. Kein Hund in Sicht, dem Himmel sei Dank. Mein Herz vollführte einen Stepptanz, als ich meine Mama in der offenen Scheunentüre sitzen sah. Die letzten Sonnenstrahlen ließen ihr Fell kastanienbraun strahlen.

Sie sah uns erstaunt entgegen, als wir zu ihr traten und sie mit Nasenstübern begrüßten. Intensiv beschnüffelte sie mich. Dann schüttelte sie den Kopf.

»Tochter, du hast dich nicht verändert. Immer noch dieselbe Rumtreiberin wie früher, was?« Sie lächelte und ihre hellgrünen Augen glänzten übermäßig. Aus dem Hintergrund tauchte die ältere Schwester meiner Mutter, meine Tante Minka, auf. Sie war Nickis Mama und wurde von ihr zärtlich begrüßt.

Ich war schier überwältigt von der Flut der vertrauten Gerüche, der Geräusche, die ich nach und nach wieder erkannte und der Ansichten, an die ich mich im Großen und Ganzen erinnerte und doch vieles neu entdeckte. Es war ein frohes Wiedersehen, ich war so aufgeregt, dass es mich am ganzen Fell kribbelte.

Wir suchten uns in der Scheune einen ruhigen Platz, dann erfolgte ein Update der Familiengeschichte der letzten zwei Jahre. Meine Mutter staunte nicht schlecht, als ich ihr Grüße von Kimba überbrachte. Sie hatte nicht damit gerechnet, dass ihre Urgroßtante noch lebte.

Der Schattenriss eines großen, starken Katers zeichnete sich gegen das Dämmerlicht in der offenen Scheunentüre ab. Das pechschwarze Ungetüm setzte sich in Bewegung und kam langsam auf unsere Gruppe zu. Für einen Augenblick war ich mir nicht sicher, aber dann erkannte ich meinen Wurfbruder wieder. *»Immerhin bist du diesmal in trockenem Zustand nach Hause gekommen«*, grinste er.

»Ja, ich freu mich auch, dich zu sehen, du Niete«, lachte ich zurück und wir rieben unsere Nasen aneinander.

Man hatte ihm den Namen Black Jack verpasst, wegen seines Fells, aber er wurde von den meisten Jacky gerufen. Alle sahen mich neugierig auffordernd an. Dass ich plötzlich wieder aufgetaucht war, musste seinen Grund haben, das wussten sie. Zum zweiten Mal an diesem Tag erzählte ich von dem Mord an meinem Lebensretter und warum ich hierher gekommen war.

»Mehr weiß ich leider auch nicht«, sagte ich. »Ich hab gehofft, bei euch Informationen zu bekommen, die mich auf die richtige Spur zu seinem Mörder bringen können.«

»Nun, wir haben alle davon gehört«, meinte Tante Minka. *»Es wird über nichts anderes mehr im Dorf geredet. Trotzdem wird das nicht einfach werden, was du dir da vorgenommen hast. Wenigstens ist unsere Verwandtschaft in bald jedem dritten Haus hier in der Gegend vertreten. Da wird das ein oder andere Spitzohr schon was mitgekriegt haben.«*

»Wer kommt nur auf eine so grausame Idee«, meinte meine Cousine Nicki, *»wenn ich mich richtig an den Mann erinnere, war der doch überall gern gesehen.«*

»Nicht bei allen!«, überlegte Pussy. *»Ich hab mal bei einer Jagd draußen auf den Feldern einen handfesten Streit mitgekriegt. Ein kleiner wilder Mann, ziemlich runterge-*

kommen, fährt immer mit so einem alten, roten Trecker rum, und der Tote hatten sich lautstark angeschrien. Es ging um irgendein Stück Land. Der Kleine schrie dauernd ›Ich brauche das Geld!‹ und ›Das bist du mir schuldig!‹«

Black Jack horchte auf. »*Du meinst vielleicht den Huber? Da ist nämlich vorhin die Polizei auf den Hof gefahren, hab ich zufällig gesehen. Wenn der schon Streit mit dem Toten hatte, hat der vielleicht auch was mit dem Mord zu tun.*« Mein Bruder Jacky warf sich richtig in die Brust. »*Wahrscheinlich verhören sie den gerade.*«

»*Echt?*«, rief ich aus. »*Wo war das? Kannst du mir das sofort zeigen? Vielleicht kriegen wir ja noch was mit.*«

Heinrich Hubers Hof

Es war völlig dunkel, als wir den Bauernhof erreichten. Wir hatten uns sehr schnell von den anderen verabschiedet und waren am östlichen Rand von Walsdorf entlang gerannt, bis wir zu dem Gehöft kamen. Der Innenhof wurde nur mäßig von einem einzelnen Strahler erhellt.

Um das Geviert des Innenhofes herum waren das Wohnhaus, die Stallungen und die große Scheune angeordnet. Es gab noch einen kleinen Garten mit einem schiefen Apfelbaum, der sich an die Giebelwand der Scheune lehnte.

Es war ein alter Hof und schien seine allerbesten Jahre hinter sich zu haben. Seit Langem war hier nicht mehr renoviert worden, der Garten war verwildert und insgesamt machte das Anwesen einen heruntergekommenen Eindruck.

Ein großes blau-silbernes Polizeiauto stand im Hof. In der Scheune brannte noch Licht und im Wohnhaus waren im Erdgeschoss ein paar Fenster erhellt. Ein Fenster war auf kipp gestellt. Darunter stand eine alte Holzbank mit abblätternder Farbe. Wir sprangen beide die Bank hoch und hoben unsere neugierigen Nasen vorsichtig über den Fensterrahmen.

Wir sahen in eine ziemlich verwohnte Küche. Das Muster der vergilbten Tapete war kaum noch zu erkennen. Die Resopalfront der Küchenzeile war nur mit einigem Wohlwollen als praktisch oder zeitlos zu beschreiben. An vielen Kanten blätterte der Umleimer ab. Ein paar Türen der Oberschränke hingen schief in ihren Scharnieren. Auf dem Küchentisch lag eine fleckige Wachstuchdecke. Die trostlose Szene wurde von einer Lampenschale an der Decke beleuchtet.

Es waren drei Menschen im Raum, zwei Männer saßen am Küchentisch und eine Frau stand gegen die Küchenzeile gelehnt.

»*Der Verstrubbelte da rechts ist Huber*«, flüsterte mir mein Bruder zu. »*Die anderen kenn ich nicht, sind aber bestimmt die Bullen.*«

»... woher soll ich denn wissen, ob mich einer bei der Arbeit gestern gesehen hat«, sagte Heinrich Huber angenervt. Der dichte Haarschopf war von einigen weißen Haaren durchzogen. Um seinen Mund hatten sich tiefe Falten eingegraben. »Ich bin den ganzen Tag auf meinen Feldern gewesen. Es ist schlecht Wetter angesagt für die nächsten Tage und ich muss zusehen, dass ich im Trockenen das Heu reinkriege. Ich kann es mir nicht leisten, dass das Heu feucht wird und verfault. Wenn Sie so wollen, dann fahren Sie hin und schauen es sich selbst an. Das schaffen Sie nicht, wenn Sie zwischendurch auch noch durch die Gegend fahren und Leute umbringen.« Hubers lahmer Versuch, witzig zu sein, verpuffte ins Leere, er griff zu einer Flasche Stubbi und trank einen langen Schluck.

Kriminaloberkommissar Wolf beugte sich ein wenig nach vorne, fingerte eine Zigarette aus der Schachtel und zündete sie sich an. »Was war das für ein Streit zwischen Ihnen und Karl-Heinz Vogel gewesen?«, fragte er und nahm einen tiefen Zug.

Huber trank noch einen Schluck Bier und sagte: »Es ging um ein Stück Land, da wo heute die Windräder draufstehen. Das hatte mir mal gehört.«

»Ein bisschen genauer bitte«, mahnte Kommissarin Diesel bissig.

»Ich hatte damals bei der Landreform das Feld an den Bunkern zugewiesen bekommen und wollte es nicht haben. Kalli Vogel hatte sich bereit erklärt, mit mir Land zu tauschen. Ein Jahr später wurden dann plötzlich Windräder aufgestellt und ich dachte, mich trifft der Schlag. Vogel kassiert seitdem die dicke Kohle und macht sich nicht mehr den Buckel krumm.

Und ich hab die letzten Jahre nur noch Pech gehabt. Viele teure Reparaturen und dann wurde auch noch meine Frau krank an Krebs. Letztes Jahr ist sie dann gestorben. Ich steh hier alleine und komme einfach auf keinen Nenner mehr. Klar war ich sauer auf Kalli, aber ich würde niemals einen Menschen töten, das ist Sünde.« Den letzten Satz sagte er mit Nachdruck und sah Wolf dabei eindringlich an, als hoffe er, den Polizisten damit zu überzeugen. Aber die Augen von Kriminaloberkommissar Sigmund Wolf gaben nichts preis.

»Verschiedene Zeugen haben ausgesagt, dass Sie mehr als nur sauer auf ihren ehemaligen Kumpel waren. Beim letzten Feuerwehrfest sollen Sie ihn sogar angegriffen und sich geprügelt haben«, unterbrach Kommissarin Sybille Diesel den Augenblick.

»Das ist übertrieben«, winkte Heinrich Huber müde ab. »Geprügelt haben wir uns nicht. Ich hatte zu viel getrunken und es wurde laut. Ehe ich mich aber versah, hatte man mich schon draußen vors Zelt gesetzt.« Er drehte sich nun zu der Kommissarin um. »Das war auch das letzte Mal, dass ich den Kalli Vogel gesehen habe. Das kann ich beschwören.« Frau Diesel machte nur eine skeptische Miene dazu.

»Herr Huber, Sie haben kein Alibi, so viel steht fest! Es gibt niemanden, der bezeugen kann, dass Sie nicht zur Tatzeit in Zilsdorf bei Karl-Heinz Vogel waren, sondern auf Ihrem Feld bei der Arbeit«, ereiferte sich die Kommissarin. »Und Sie hatten ein Motiv, um sich an Karl-Heinz Vogel zu rächen. Wenn Sie damals nicht das Stück Land getauscht hätten, wären Sie an das große Geld herangekommen, oder? Dann sähe es hier auch bestimmt nicht so aus wie bei Hempels unterm Sofa. Und vielleicht würde auch noch Ihre Frau leben. Sie sind verzweifelt und am Ende und dann fahren Sie zu Karl-Heinz Vogel und haben ihn in seiner Scheune mit einer Brechstange erschlagen, geben Sie es doch zu«, sagte Frau Diesel mit drängender Stimme.

Heinrich Huber richtete sich langsam kerzengerade auf und sah die Kommissarin eisig an. »Lassen Sie meine Frau aus dem Spiel. Sie war krank und ist gestorben, dafür kann niemand etwas. Auch dass ich arm wie eine Kirchenmaus bin, dafür kann ich niemanden verantwortlich machen. Und schon gar nicht käme ich auf die Idee, einen Menschen zu töten, nur weil der Geld hat und ich nicht. Suchen Sie Ihren Mörder woanders. Das hier ist ein anständiges Haus.« Kommissarin Diesel sah Huber an und unterdrückte eine zynische Erwiderung, die ihr schon auf der Zunge lag.

Ihr Kollege Wolf hatte die Szene aufmerksam beobachtet und war von der Haltung des Verdächtigen frustriert. Er hatte in Hunderten von Verhören so viel Erfahrung gesammelt, dass er instinktiv wusste, dass er hier heute Abend keinen Mörder verhaften würde. Einen Beweis, der ausreichte, um ihn zu verhaften, hatten sie nicht in der Hand. Er vermutete aber auch, dass ihm Huber noch nicht alles gesagt hatte. Wolf sah seine Kollegin an und schüttelte fast unmerklich den Kopf.

Auch mein Bruder Jacky und ich hatten alles aufmerksam verfolgt, die Körpersprache der Drei und ihren Geruch mit unseren feinen Nasen aufgenommen. Heinrich Huber war zwar verschwitzt und emotional hochgepuscht, aber er verströmte keinen Hass.

»*Es wäre ja auch zu einfach gewesen*«, dachte ich gerade, »*du spazierst einfach nach Walsdorf und findest mal eben den Mörder. Du bist nun mal kein gewisser vierpfotiger, fussiger*[5] *Klugscheißer aus Bonn*[6]*, okay?*«

Ich hatte das Gefühl, hier nicht weiterzukommen. In diesem Moment hörten wir hinter uns klappernde Geräusche. In der Scheune brannte Licht, es war jemand da drin. Jacky und ich sahen uns kurz an und schlichen vorsichtig zur Scheune hin.

5 *Fussig = rothaarig*

6 *Francis, aus Felidae von Akif Pirincci; dessen Fan ich bin*

Das große Scheunentor war am Fußende morsch und uneben, so konnten wir durch den Fußspalt sehen, wie ein Mann in einem merkwürdigen weißen Plastikanzug die Wand mit der Werkbank und den Gerätschaften abtastete. In der Hand hielt er eine Taschenlampe und leuchtete damit in alle möglichen dunklen Ecken. Eindeutig suchte er etwas.

»*Wer ist das?*«, fragte mein Bruder.

Ich zuckte mit den Schultern und beobachtete den Kerl eine Weile. Er nahm verschiedene Werkzeuge in die Hand, beleuchtete sie mit der Taschenlampe und legte sie wieder weg. Ein paar Hämmer, ein Radkreuz, große Schraubenzieher und eine Brechstange verschwanden einzeln in Plastiktüten.

»*Ich glaub, ich hab so was schon mal im Fernsehen gesehen. Der sucht nach der Tatwaffe, wie es bei Filmen immer heißt. Meine Lieblingssendung ist übrigens ›CSI: Den Tätern auf der Spur‹*«, klärte ich ihn auf.

Für einen Moment stand der Mann einfach still und ratlos da.

»*Wie blöd ist das denn?*«, spottete Jacky, »*wenn ich Mörder wäre, ich würde doch nicht den Beweis zu Hause rum liegen lassen.*«

»*Du kannst ja auch Intelligenz nicht unbedingt bei Menschen voraussetzen*«, murmelte ich. »*Schließlich sind sie ja keine Katzen.*« Langsam zog ich mich von meinem Aussichtsposten zurück. »*Ich glaub, ich hab genug für heute.*« Ich blickte zum Scheunendach hoch und sah an der Giebelseite einen Baum stehen.

»*Komm, wir verziehen uns*«, sagte ich.

Wir kletterten über einen Obstbaum hinauf bis zum Dach der Scheune. Von dort hatten wir das Haus und den ganzen Innenhof im Blickfeld. Nichts konnte unseren nachtscharfen Augen entgehen. Wir hockten uns an den Rand des Daches und warteten ab.

Müdigkeit legte sich bleiern auf meine Glieder, ich war jetzt seit vierundzwanzig Stunden unterwegs. Und das für ein Tier, das mindestens sechzehn Stunden des Tages verschläft.

»*Weißt du, was komisch ist?*«, flüsterte mein Bruder Jacky. »*Von Windrädern habe ich heute schon mal was gehört. Und zwar da, wo ich jetzt wohne. Du musst wissen, ich bin ziemlich komfortabel untergebracht. Mein Versorger macht dick in Politik, nennt sich Landrat oder so. Mein Lieblingsplatz auf der Ledercouch ist in seinem Büro und heute früh habe ich eine Unterhaltung am Telefon mitgehört. Da ging es auch um Windräder. Und der war richtig sauer, hat krakeelt, er würde sich schon an die Abmachungen halten und was dem anderen denn einfallen würde.*«

Jacky setzte sich dabei auf die Hinterpfoten und schauspielerte das belauschte Telefongespräch nach, sein Fell sträubte sich und er gestikulierte mit den Pfoten in der Luft.

Ich musste kichern. Mittlerweile war ich so müde, dass meine Nerven anfingen zu vibrieren.

»*Jacky, dann sollten wir herausfinden, ob dein Versorger damit irgendwas zu tun hat*«, meinte ich gähnend.

»*Kann ich nicht einfach mit zu dir kommen und dort schlafen? Ich bin so was von fertig!*«

Politik

»Bitte hier entlang. Ich darf vorgehen?«, die sonore Stimme riss mich aus meinem komamäßigen Schlaf. Laute Schritte waren zu hören und ich sah zwei Paar Männerschuhe in den Raum kommen und auf den Schreibtisch zugehen.

Ein Paar braune Slipper und darüber eine beigefarbene Cordhose kamen weiter auf die Couch zu, unter der ich die Nacht verbracht und bis in den späten Vormittag tief und fest geschlafen hatte.

Black Jack hatte mich zu sich ins Haus von Landrat Helmut Wohlgemuth gebracht und mir sogar sein Futter angeboten. Auf seinen Lieblingsplatz im Büro durfte ich allerdings nicht. Jacky hatte nicht zu viel versprochen. Das Haus von Landrat Wohlgemuth war riesig für Katzenverhältnisse und ziemlich teuer eingerichtet.

Im Büro stand ein massiver Eichenschreibtisch und auch das Sideboard und der raumhohe Aktenschrank waren aus demselben Holz. An den Wänden hingen Ölgemälde mit Landschaftsmotiven aus der Region. Zu meinem großen Entsetzen hörte ich, wie mein Bruder, der es sich oben auf der Ledercouch gemütlich gemacht hatte, des Raumes verwiesen wurde.

»Du verschwindest jetzt mal hier. Raus!«

Jacky sprang mit einem Satz von seinem Nachtlager runter und trollte sich beleidigt zur Türe. Im Flur sah er sich noch einmal um und suchte Blickkontakt mit mir.

Er warnte mich mit den Augen, ja still zu sein und mich nicht zu rühren.

So viel wusste ich auch schon selbst. Hinter ihm schloss sich die Türe. Panik machte sich bei mir breit. Ich war allein mit den beiden Männern.

Der Slipperträger ging hinter den Schreibtisch und setzte sich in einen großen Chefsessel. Sein Besucher hatte bereits vor dem Schreibtisch Platz genommen.

Vorsichtig robbte ich mich in meinem Versteck weiter vor, um die beiden Männer besser sehen zu können.

Der Mann in dem Chefsessel war sehr groß und sehr kräftig, mit einem enormen Bauch. Vom Alter her schätzte ich ihn um fünfundfünfzig bis sechzig. Er hatte graue Haare und trug eine Metallbrille. Das musste der Landrat sein, bei dem mein Bruder lebte.

»In einer Stunde kommt ein Reporter vorbei. Wir sollten uns beeilen. Wäre es nicht besser gewesen, wir hätten uns irgendwo unterwegs getroffen? Ich hoffe, es hat Sie keiner gesehen?«

»Ganz unbesorgt! Ich bin mit einem unauffälligen Mietwagen gekommen und der parkt ein paar Straßen weiter«, sagte sein Besucher.

Der Mann war schlank und trug einen grauen Anzug mit dezenten Nadelstreifen und passende dunkelgraue Schuhe. Von hinten sah ich nur seinen dunkelblonden kurz geschnittenen Haarschopf. Seine Hände lagen entspannt auf den Armlehnen des Besuchersessels.

»Na schön. Ich halte es trotzdem für keine gute Idee, hierher zu kommen«, sagte der Landrat Helmut Wohlgemuth verdrossen.

»Ich hoffe, Sie halten es wenigstens für eine gute Idee, dass ich gekommen bin, um meinen Teil der Abmachung zu erfüllen«, kam es sarkastisch vom Besuchersessel her. Er griff in die Brusttasche seines Jacketts, holte ein schmales Stück Papier heraus und überreichte es dem Landrat. »Ich habe Ihnen einen Scheck mitgebracht. Wie vereinbart, die zweite Hälfte der

25.000 Euro. In gebührender Anerkennung, dass Sie uns den Markt freigeräumt haben für unsere Windanlagen.«

Das besserte die Stimmung des Landrates sichtlich auf. Er nahm den Scheck in beide Hände und betrachtete ihn geradezu liebevoll.

»Das ist eine angenehme Überraschung. Ich danke Ihnen. Ich bin sehr froh, dass ich die Möglichkeit hatte, in unsere Region diese Zukunftstechnologie zu holen. Wir sind nun mal eine strukturarme Gegend und müssen die Ressourcen nutzen, die uns das Land zur Verfügung stellt, um auch zukünftig Einkommen und Arbeitsplätze zu sichern. Und wenn Wind eine dieser Ressourcen ist, umso besser, vor allem, wenn der umsonst bläst. Hahaha. Ich hoffe, wir haben noch weitere Gelegenheiten für interessante Projekte, Herr Benneke.«

»In der Tat. Aus diesem Grund bin ich auch persönlich gekommen«, sagte Jan Benneke von der Eifel-Energie-Agentur GmbH aus Aachen. Typisch Politiker, dachte er, müssen aus allem gleich einen Vortrag machen. Er setzte ein ernstes Gesicht auf. »Sie haben von der leidigen Mordgeschichte bestimmt gehört.«

»Sicher, es wird im Kreis über nichts anderes mehr geredet«, schnaubte Wohlgemuth. Er hatte Benneke den Kontakt zu Karl-Heinz Vogel hergestellt, nachdem er mitbekommen hatte, wie der sich nach Windenergieanlagen erkundigte.

Benneke sprach weiter: »Es war klug von Ihnen, Herrn Vogel von unserer Firma zu überzeugen. Schließlich haben alle Seiten bisher von diesem Geschäft profitiert.« Jan Benneke lehnte sich weiter in den Sessel hinein. »Nach dem Vertrag, den wir mit Herrn Vogel hatten, gehört nach seinem Tod das Grundstück nun unserer Firma. Unser Rechtsbeistand hat bereits die Umschreibung des Grundstücks eingeleitet.«

Landrat Wohlgemuth mache tellergroße Augen, mit dieser Geschwindigkeit hatte er nicht gerechnet. »Herrje, der Mann ist ja noch nicht mal unter der Erde. Er liegt immer noch in der Gerichtsmedizin. Konnten Sie nicht wenigstens die Beerdigung abwarten?«, rief er aus.

Benneke schüttelte nur den Kopf. »Wir planen eine Erweiterung der Anlagen. Es stehen im Moment drei Windräder da, wir wollen weitere drei aufstellen in den nächsten zwei Jahren.«

Wohlgemuth wusste genau, dass so eine Erweiterung weit über das hinausging, war im Regionalplan vorgesehen war und pfiff leise durch die Zähne. »Wir sollten aufpassen, dass es hier nicht bald so aussieht wie an der A1 bei Euskirchen. Die Bürgerinitiative gegen die Massenbebauung von Windkrafträdern hat lange Zeit Ruhe gegeben. Aber auch nur, weil wir damals zugesagt haben, dass es keine weiteren Windanlagen in Walsdorf mehr geben wird. Wenn das bekannt wird, geht das Geschrei erst richtig los.«

Benneke beugte sich nach vorne und sah den Landrat tief in die Augen. »Eben! Hindern Sie den zuständigen Fachausschuss daran, eine negative Empfehlung an die regionale Planungsgemeinschaft auszusprechen«, sagte er brutal direkt.

Wohlgemuth holte tief Luft. »Das ist eine massive Einmischung. Das kann mich Kopf und Kragen kosten, wenn das rauskommt.«

»Dann müssen Sie dafür sorgen, dass es nicht rauskommt«, konterte Benneke rasch. »Die Details will ich nicht wissen. Nur das Ergebnis zählt. Sie sagen mir nur, wie viel pekuniäre Überzeugungsleistung dafür nötig ist und wer gegebenenfalls mit ins Boot geholt werden muss. Nur halten Sie den Kreis klein. Sie kennen das Sprichwort: Wenn zwei es wissen, ist es schon kein Geheimnis mehr.«

Wohlgemuth winkte mit der Hand ab. »Ich bin ein alter Hase in der Politik. Ich mache keine Fehler.« Der Landrat blickte auf seine Uhr und Jan Benneke nahm das als Zeichen für das Ende der Besprechung.

Er stand auf und knöpfte sein Jackett zu. »Ich werde mich bald auf Ihrem Handy melden«, sagte er zum Abschied und reichte Wohlgemuth die Hand. »Danke, ich finde selbst hinaus.«

Landrat Helmut Wohlgemuth blieb alleine im Büro zurück und sah sich den Scheck auf dem Schreibtisch noch einmal an. Er machte ein sehr zufriedenes Gesicht. Dann wendete er sich einem Gemälde an der Wand hinter ihm zu. Die Ölmalerei zeigte eine Bauernszene bei der Ernte.

Zu meinem Erstaunen konnte er den Bildrahmen aufschwenken und ein Safe wurde sichtbar. Er fing an, schief und völlig unmusikalisch ein Lied zu summen. Er tippte eine Kombination ein und öffnete den Safe. Dann nahm er den Scheck vom Schreibtisch und legte ihn hinein.

Leider hatte ich nicht die Tastenkombination des Safes erkennen können, da der Mann mit seinem dicken Körper das Blickfeld versperrte. Er schloss den Safe wieder zu und schwenkte das Bild zurück auf seinen Platz. Er summte noch lauter und ging lächelnd aus dem Büro. Ich atmete erst einmal tief auf und dachte einen Augenblick nach.

Leise schlich ich mich zur offenen Türe und zischte in den Flur: »*Jaaaaackiiiiiiii*«.

Ein schwarzer Kopf erschien gegenüber und mit zwei Sätzen war mein Bruder bei mir.

»*Wo ist er hin?*«, fragte ich ihn aufgeregt.

»*Richtung Schlafzimmer. Ich nehme an, schon wieder mal umziehen. Der verbraucht mehr Klamotten am Tag als ein Model.*« Wir schlichen uns zum Schreibtisch. »*Was war denn los? Erzähl mal*«, drängelte er.

»*Später*«, sagte ich und blickte zum Bild empor.

»*Weißt du, wie der Safe aufgeht?*«

»Ich weiß, in welcher Reihenfolge man die Tasten drücken muss, wenn du das meinst. Hab ich schon oft beobachtet.«

»Na, dann komm mal mit, du bist ab sofort Panzerknacker«, grinste ich und sprang mit einem Satz auf das Sideboard unter dem Gemälde.

Mein schwarzer Bruder mir hinterher. Wir versuchten zu zweit, mit unseren Krallen unter den Bildrahmen zu kommen.

Es hielt an einem Magnetschnäpper fest. Erst nach einer Weile gelang es mir, in eine Lücke eine Pfote zu schieben und durch die Hebelwirkung den Rahmen zu lösen und zur Seite zu schwenken. Der Safe war ein Stückchen über unseren Köpfen in der Wand eingebaut. Wir mussten uns also auf die Hinterpfoten stellen.

Ich überließ meinem Bruder jetzt das Weitere. Er reckte sich und mit der Pfote drückte er verschiedene Knöpfe auf der Tastatur. Aber seine Tatzen waren zu breit, er drückte jedes Mal auch die Nachbarknöpfe mit und so kamen wir nicht an den Inhalt ran.

»So geht das nicht. Versuch es nur mit einer Kralle«, sagte ich leise zu ihm.

Er stellte sich noch mal auf die Hinterbeine und fing konzentriert von vorne an. Eine rosa Zungenspitze schaute dabei aus seinem Maul heraus. Er drückte die Tastenkombination nun mit der Kralle ein und es funktionierte. Nach kurzer Zeit gab es ein klackendes Geräusch und die Safetüre sprang ein paar Zentimeter auf. Jacky schob seine Nase in den Spalt und drückte die Türe ganz auf.

Sofort streckte ich mich auf die Hinterpfoten und suchte nach dem Scheck von vorhin. Er lag im Fach ganz obenauf. Ich zog ihn mit meinen Krallen aus dem Safe und er segelte langsam zu Boden.

Ich sprang hinterher. *»Mach den Safe schnell wieder zu. Das muss so aussehen, als wenn nichts gewesen wäre«*, rief ich meinem Bruder zu.

Er stemmte sich gegen die Safetüre, bis sie wieder ins Schloss einrastete, und drückte einfach eine Taste zur Verriegelung. Dann schwenkte er das Bild wieder auf seinen Platz und kam zu mir runter. Die ganze Aktion hatte kaum ein paar Minuten gedauert.

Ich schob den Scheck mit den Pfoten über den Parkettboden zu meinem Versteck unter der Ledercouch.

Jacky sah mich von der Seite fragend an. *»Was willst du damit? Was ist das überhaupt?«*

»Das ist Bestechungsgeld und ein Beweis dafür, dass dein Landrat mit den Windrädern irgendwas gemauschelt hat. Gleich kommt doch ein Reporter zu Besuch. Ich hab da eine Idee.« Ich war ganz aufgeregt, wie bei einem Abenteuer. Unter der Couch sah ich meinen Bruder gespannt an, aber der zeigte plötzlich eine erschütterte Miene. Ihm dämmerte gerade, was er getan hatte. Ich stutzte.

»Oh Jacky, es tut mir so leid«, flüsterte ich leise. Ich hatte für den Augenblick völlig vergessen, dass der korrupte Landrat ja gleichzeitig auch Jackys liebevolles Herrchen war. Ich staunte mal wieder über die Duplizität des menschlichen Charakters. Da kann ein Mensch

ein berechnender, eiskalter und rücksichtsloser Egomane sein und in seinem privaten Reich ein fürsorglicher Familienvater und -großvater oder Tierliebhaber. *»Es gibt immer zwei Seiten der Medaille«*, dachte ich.

»Weißt du, Schwester«, sagte Black Jack, *»der mag mich wirklich. Er hat es gerne, hier im Büro auf der Couch zu liegen, wenn er an einer Rede bastelt oder über etwas nachdenkt und dann liege ich auf seinem riesigen Bauch und schnurre ihm was vor. Das liebt er und ich werde immer gestreichelt.« Er war ganz verwirrt. »Ich kann mir nicht vorstellen, dass so einer jemanden ermorden kann.«*

»Ich denke auch nicht, dass er was mit dem Mord zu tun hat«, tröstete ich ihn etwas hilflos. *»Aber dieser Mensch ist Politiker. Das sind doch fast alles Lügner und Betrüger. Hallo?! Dein Fellkrauler hat vor nicht mal einer halben Stunde hier Geld angenommen. Soweit ich dem Gespräch gefolgt bin, hat er dem Anzugträger von vorhin geholfen, Geschäfte zu machen, dabei die Konkurrenz auszubooten und den Widerstand gegen die Windräder kaltzustellen. Das ist nicht in Ordnung!«* Langsam hatte ich mich in Rage geredet.

»Aber es ist in Ordnung, dass ich dir helfen soll, meinem Dicken hier die Karriere zu versauen oder ihn vielleicht sogar in den Knast zu bringen, oder? Ich sehe auch Fernsehen, nur hier läuft meistens NTV oder Frontal und so was. Ich bin auch nicht blöde. Ich liege im Büro und höre mit, was der Dicke alles am Telefon sagt. Oft bin ich nur froh, einfach Kater zu sein und nicht mehr Sorgen zu haben, als wo ich die nächste Mieze aufreißen kann.«

Auch Jackys Stimme wurde etwas ärgerlicher. Er machte eine kleine Pause und holte tief Luft: »*Es geht mir hier sehr gut! Das wollte ich damit gesagt haben. Vergiss bei deinem ganzen Eifer nicht, dass bei so einem Skandal mehr kaputt gehen kann als eine Karriere, es hängt auch ein Zuhause dran.*«

Mein sogenannter Eifer hatte mit seiner kleinen Ansprache einen erheblichen Dämpfer bekommen. Ich blickte auf den Scheck runter und meine Gedanken verwirrten sich. Ich könnte meinen Plan weiter ausführen und versuchen, den Scheck irgendwie dem Reporter unterzuschieben; in der Hoffnung, dass er diesen Hinweis weiterverfolgen und die Korruption aufdecken würde.

Aber bei mir regte sich das schlechte Gewissen bei dem Gedanken, dass vielleicht mein Bruder sein komfortables Zuhause über den nachfolgenden Skandal verlieren würde.

Ich könnte natürlich auch den Scheck einfach hinter den Schreibtisch auf den Boden zurückschieben, der dicke Landrat würde ihn sehen und denken, dass er versehentlich aus dem Safe gerutscht sei und alles wäre so wie zuvor.

Es wäre natürlich auch einfach, meinem Bruder den Scheck hin zu schieben und ihm die Entscheidung zu überlassen, einfach – aber feige.

Mein Bruder hatte den Widerstreit der Gefühle an meiner Miene mitlesen können.

»*Ist schon gut Jule*«, seufzte Black Jack, »*denk nicht weiter drüber nach. Mein Dicker ist korrupt, und zwar mehr, als du ahnst. Ich hab es zwar die ganze Zeit ge-*

wusst, aber ich habe meine Augen davor verschlossen. Ist schwer zu widerstehen, wenn man jeden Tag ein First-Class Futter bekommt und so hingebungsvoll hinter den Ohren gekrault wird. Weißt du, ich bin auch bestechlich.« Er grinste schief.

Ich war traurig und schämte mich ein bisschen.»*Du gibst ja doch keine Ruhe, bis deine Neugierde gestillt ist*«, sprach Jacky weiter. »*Und sollte mein Dicker auch nur annähernd was mit dem Mord an dem Vogel zu tun haben, dann suche ich mir selbst ein neues Zuhause.*« Ich wusste, er wollte mich nur trösten und ich lächelte ihn an. Dankbar rieb ich meinen Kopf an seinem Hals, was er mit einem brüderlichen »*Ääch!*« abtat. Dann hockten wir uns unter die Couch und warteten.

Nach ein paar Minuten klingelte es an der Haustüre und schwere Schritte erklangen im Flur.

Zwei Männerstimmen begrüßten einander und die Schritte näherten sich der Bürotüre. Hinein kamen wieder der Landrat Wohlgemuth, immer noch die braunen Slipper, diesmal aber mit einer dunkelbraunen Stoffhose sowie ein Paar Jeans mit Turnschuhen. Eine große, schwarze Beuteltasche wurde direkt vor unserer Couch auf dem Boden abgesetzt.

»Ich habe meine Fotoausrüstung mitgebracht. Wenn Sie nichts dagegen haben, dann schießen wir anschließend noch ein paar Bilder«, sagte eine junge Stimme. Der junge Mann setzte sich in den Besuchersessel und schlug lässig die Beine übereinander. »Ich danke Ihnen, dass Sie sich die Zeit für ein Interview nehmen, Herr

Dr. Wohlgemuth. Mein Name ist Oliver Trust. Ich arbeite als freier Journalist für den Trierischen Volksfreund«, stellte er sich vor.

Ich sah mir den Reporter genauer an, er war sehr schlank, beinahe schlaksig, die schwarzen Haare waren nach hinten gekämmt und reichten fast bis zur Schulter. Er hatte hellblaue Augen unter geschwungenen Brauen.»Sonst hatte ich immer mit Herrn Weber von Ihrer Redaktion zu tun«, sagte Wohlgemuth etwas verstimmt, er war es gewohnt, mit der ersten Riege der Journaille zu sprechen.

Oliver Trust lächelte verbindlich und legte ein iPhone als Aufnahmegerät auf dem Schreibtisch ab. »Herr Weber ist leider verhindert und hat mich gebeten, das Interview zu führen. Sie treten ja bei der Wahl im nächsten Jahr erneut an und Ihre Kandidatur als Landrat gilt ja fast schon als gesichert. Ich würde Ihnen daher gerne ein paar Fragen stellen zu aktuell anliegenden Themen.«

Der Reporter sprach schnell und sicher. Er dachte nicht daran, sich von den Animositäten des Herrn Landrates aus dem Konzept bringen zu lassen. »Sie haben in den letzten Jahren schon öfter politisch Prügel bezogen. Meine erste Frage: Was treibt Sie an, noch einmal für das Amt des Landrates zu kandidieren?«

Helmut Wohlgemuth setzte sich aufrecht hin und faltete die Hände auf dem Schreibtisch. »Ich will die Zukunft meines Wahlkreises gestalten. Und da habe ich den Willen, dass sich die Politik endlich wieder an der Sache und den Wünschen der Menschen orientiert«, sagte er mit ernster Miene. »Ich kann auf eine breite berufliche Erfahrung aus Justiz, Verwaltung und Gesetzgebung verweisen. Ebenso möchte ich meine ehrenamtlichen Tätigkeiten bei der freiwilligen Feuerwehr und im Verwaltungsrat unserer Kirchengemeinde sowie kommunalpolitische Erfahrungen nutzbar machen. All dies glaube ich im Amt eines Landrates am besten einbringen zu können. Als Eifeler spreche ich die Sprache der Menschen. Ich möchte eine Politik, die alle verstehen und bei der alle mitkommen.«

Oliver Trust unterdrückte ein Schmunzeln, genau so hatte er sich das vorgestellt. Wie vorhersehbar das doch alles war, dachte er.

»Wie stellen Sie sich eigentlich die zukünftige Verwaltungsgliederung im Kreis vor?«, fragte er weiter.

Wohlgemuth spulte weiter sein Programm runter.

»Die wichtigsten Ziele bei einer Verwaltungsreform müssen sein: Bürgernähe, Bürokratieabbau und Kostenersparnis. Man kann nicht das Pferd von hinten aufzäumen, indem man zunächst neue Landkarten malt und dies dann als Verwaltungsreform bezeichnet. Stattdessen muss zunächst eine Neuverteilung der Aufgaben von der ministeriellen bis zur örtlichen Ebene erfolgen. Wichtig ist auch der Abbau von Mehrfachzuständigkeiten auf verschiedenen Ebenen. Man muss das große Ganze im Auge behalten.«

So ging das eine halbe Stunde lang weiter. Nach einer Weile war ich mir nicht mehr so sicher, ob ich meinen Bruder um sein Luxusleben beneiden sollte. »Wenn ich mir Woche für Woche dieses Geschwätz anhören müsste«, dachte ich zwischendurch, »könnte man mich bald in die Katzenklapse bringen.«

Nur einmal wurde Helmut Wohlgemuth persönlicher. Als er von Trust nach dem Tod von Karl-Heinz Vogel gefragt wurde, sagte er traurig: »Ich habe Kalli Vogel persönlich gut gekannt, über die Feuerwehr. Sein Tod hat mich schwer getroffen. Er war ein sehr geschätzter Mann und es ist einfach unbegreiflich, warum er so brutal getötet wurde. Wir stehen alle unter Schock.«

Ich hatte begonnen, mich vorsichtig der Beuteltasche dieses Reporters zu nähern und nach einem Zugang zu suchen, aber die war mit einem Reißverschluss verschlossen. Plötzlich erschrak ich und wich ein paar Zentimeter zurück, der junge Mann hatte gerade gesagt: »Vielleicht können wir jetzt noch ein paar Fotos machen.«

Er stand auf und kam auf die Tasche zu. Ich drückte mich bis ganz an die Wand und hoffte, er würde nicht zu tief unter die Couch blicken. Oliver Trust öffnete den Reißverschluss seiner Beuteltasche und holte eine digitale Spiegelreflexkamera heraus. Er sah sich kritisch das Objektiv an und griff in der Tasche nach einem Blitzgerät. Dann setzte er alles einsatzbereit zusammen und schaltete die Systeme ein. Ein leises Fiepen der Akkus ertönte.

Die Tasche lag nun offen vor mir. Mein Herz klopfte, ich kam vorsichtig wieder nach vorne gerobbt und schob den Scheck dabei mit. *»Pass auf, was die beiden machen«*, befahl ich meinem Bruder.

»Die sind beschäftigt. Mach hinne!«, flüsterte er leise zurück.

Ich nahm den Scheck mit den Zähnen auf und zog ihn über den Taschenrand. Mit den Pfoten schob ich ihn weiter in den Beutel hinein. In der Tasche waren noch weitere Akkus und zwei große Teleobjektive, diverse Kabel und ein gutes Dutzend Speicherkarten. Ich wollte den Scheck noch etwas tiefer verstecken, damit er nicht sofort entdeckt würde. Ich duckte mich und sah nach den beiden Männern. Mein Herz raste vor Spannung. Der Reporter dirigierte den Landrat in alle möglichen Posen, mal sitzend am Schreibtisch, dann wieder stehend vor dem Bild, am Fenster. Er schickte ihn kreuz und quer durchs Zimmer.

Der Blitz und das Akkusummen machten dabei Lärm genug, hoffte ich. In einem Augenblick, wo ich für beide im toten Winkel war, nahm ich mein Herz in beide Pfoten und stürzte mich in die Tasche.

Ich scharrte, so schnell ich konnte, Akkus und Speicherkarten beiseite und bugsierte den Scheck auf den Boden des Beutels. Dann verteilte ich alles wieder darüber und zog mich schnellstens zurück in die hinterste Ecke. Hier ließ ich erst mal stoßweise Luft raus.

Jacky kam mir hinterher gekrochen und pfiff leise anerkennend durch die Zähne. *»Und was machen wir jetzt?«*, fragte er.

»Warten, bis die fertig sind«, sagte ich und dachte kurz nach. *»Sobald die Luft rein ist, verschwinde ich von hier. Ich geh noch mal zurück zu Mam. Vielleicht gibt es ja inzwischen Neuigkeiten. Es ist besser, du bleibst hier und*

spitzt die Ohren. Wenn du irgendwas mitkriegst, was ähm …«

»… ist schon klar, dann komme ich sofort gelaufen und sag Bescheid«, sagte mein starker, schwarzer Bruder.

Bonn, Institut für Rechtsmedizin

Der weitläufige Raum war bis an die Decke weiß gefliest. Die hohen Fenster waren mit Jalousien verdeckt, zahlreiche Leuchtstofflampen gaben ein gleichmäßig helles, neutrales Licht ab. Die Einrichtung bestand nur aus Edelstahl. An einer Stirnwand waren etliche tiefe, klimatisierte Stahlkammern übereinander eingebaut.

Ein Mann im blauen OP-Anzug stand an einem der drei Stahltische, die in der Raummitte aufgestellt waren. Auf dem Tisch lag eine Leiche. Männlich, 1,89 Meter groß, 103 Kilogramm schwer, Name: Karl-Heinz Vogel. Der Rechtsmediziner Dr. Manfred Lessing war mit der Obduktion der Leiche betraut worden und seit gestern Nachmittag damit beschäftigt. Er ging sehr sorgfältig und methodisch vor. Erst hatte er den Kopf aufgeschnitten, dann die Brust, dann der Bauch. Nacheinander hatte er die Organe entnommen, gewogen, auf Veränderungen untersucht, fotografiert, in eine Kühlbox gepackt und an den Toxikologen weitergeschickt. Der hatte sein Labor im selben Haus. Entnommene Gewebeproben wurden für die DNA-Analyse vorbereitet.

Dr. Lessing griff nach dem Mikrofon und diktierte:

»Der Körper des Mannes weist massive Einwirkungen von stumpfer Gewalt im Kopf und Halsbereich auf, von der Schulterhöhe abwärts sind keine weiteren Verletzungen feststellbar. Außergewöhnlich ist die hohe Intensität der ausgeführten Schläge. Acht unterschiedliche Gewalteinwirkungen sind abgrenzbar, weitere Einwirkungen aber dort möglich, wo mehrfach auf dieselbe Stelle geschlagen wurde.

Der Kopf weist Platz- und Risswunden und eine tiefe Verletzung der Kopfschwarte auf. Der Schädelknochen ist mehrfach gebrochen. Durch ein offenes Schädel-Hirn-Trauma wird der Blick auf den Hirnlappen frei. Die Schädelbasis ist unter teilweiser totaler Zerstörung der Knochenanteile regelrecht zertrümmert, der Schädelknochen ist in Richtung Hirnhöhle eingedrückt. Die Arteria vertebralis sinistra weist einen Längsriss von fünf Millimeter auf. Karl-Heinz V. erlitt zudem einen Bruch der linken Augenhöhle mit Knochenabsplitterung sowie mehrere offene, durch die Haut stoßende Brüche von Kiefer und Nasenrückenknochen. Im Bereich des Stirn-Frontallappens sind Unterblutungen zwischen Hirnhaut und Hirnoberfläche festzustellen. Am Hinterkopf ist eine drei Zentimeter klaffende Quetschwunde als Primär-Verletzung zu erkennen, die aber nicht todesursächlich zu werten ist.

Zu Tathergang und Tatwerkzeug kann gesagt werden, dass das Opfer mit einem metallischen Gegenstand mit rundlichen Anteilen erschlagen wurde. Schleuder und

Tropfspuren am Boden und an der Werkbank in der Scheune belegen dies. Als mögliches Werkz ...«

Es klopfte und die große Schiebetüre glitt zur Seite. Kriminaloberkommissar Sigmund Wolf und Kriminalkommissarin Sybille Diesel kamen in den Raum hinein. Siggi Wolf verzog das Gesicht, als er den offenen Körper Karl-Heinz Vogels auf dem Stahltisch entdeckte. Er hatte sich in annähernd dreißig Dienstjahren immer noch nicht an den Anblick von aufgeschnittenen Leichen gewöhnen können.

»Ich hatte gedacht, Sie wären schon fertig«, brummte er.

»Schönen guten Tag, liebe Besucher. Ich muss vergessen haben, dass wir heute eine Touristenführung haben«, sagte Dr. Manfred Lessing mit einem strengen Blick durch seine Brille.

Wolf und Diesel zogen ihre Dienstmarken und hielten sie brav hoch. »Entschuldigen Sie«, sagte Sybille Diesel versöhnlich, »aber wir hatten uns telefonisch angemeldet.«

»Das hat man wohl vergessen, mir zu sagen.« Der Rechtsmediziner rückte seine Brille zurecht. »Ich nehme an, Sie kommen wegen diesem Klienten?«, und als beide nickten, »Ich bin mit meiner Untersuchung fast fertig. Es stehen noch die Laboranalysen aus, aber eine Kurzfassung kann ich Ihnen jetzt schon geben.«

Die beiden Kommissare sahen ihn fragend an. »Das Opfer wurde hinterrücks auf den Kopf geschlagen mit einem Brecheisen oder einer Metallstange. Er verliert das Bewusstsein und fällt zu Boden. Dann steht der Täter oder die Täterin neben ihm, schlägt mit der Stange mehrmals auf ihn ein und zertrümmert ihm dabei den Schädel. Der Angreifer hat mit sehr viel Schwung, aber nicht mit sehr viel Kraft zugeschlagen. Die erste Wunde hätte zwar genäht werden müssen und der Mann hätte ein paar Tage Kopfschmerzen gehabt, aber er wäre nicht daran gestorben.«

Sybille Diesel hatte aufgehorcht. »Wieso die Täterin?«, fragte sie.

»Der Winkel, aus dem der erste Schlag erfolgte, weist auf eine viel kleinere Person hin, als es das Opfer war. Und die Verletzungen sind nur gravierend dort, wo mehrmals von oben an einer Stelle zugeschlagen wurde. Andere Verletzungen dagegen sehen dramatisch aus, sind aber nicht tödlich. Schauen Sie her.«

Kommissar Wolf blickte starr über den Tisch hinweg auf die Fenster. Ihm wurde regelmäßig schwummrig, wenn er eine aufgeschnittene Leiche sehen musste. Seine Kollegin dagegen beugte sich interessiert über die Leiche.

Der Rechtsmediziner hatte am Kopf einen Schnitt über den Scheitel von einem Ohr zum anderen gemacht. Dann hatte er die Kopfhaut nach hinten weggezogen, gerade so, als ziehe man eine Perücke vom Kopf. An einigen Stellen ragten Knochensplitter aus der Muskel und Sehnenmasse heraus.

»Das schränkt den Kreis der Verdächtigen auf Anhieb ziemlich ein. Konkret käme da im Augenblick nur eine Person in Frage: Ein Mann, der nicht größer als

1,75 Meter sein dürfte und den wir gestern schon befragt hatten«, meinte Sigmund Wolf.

»Wir sollten das Alibi der Ehefrau auch noch mal genauer überprüfen«, entgegnete Sybille Diesel. »Mit dem Auto ist man schnell nach Hillesheim zum Supermarkt gefahren. Und mir kommt die Frau viel zu gefasst vor.« Sie wendete sich dem Mediziner zu: »Kann man aus den Spuren erkennen, ob das eine vorsätzliche oder eine ungeplante Tat war?«

Dr. Lessing räusperte sich: »Die Spurensicherung am Tatort und das Verletzungsmuster weisen eher auf eine Affekthandlung hin. Ich kann es mir so vorstellen: Zwischen dem Opfer und dem Täter oder der Täterin kommt es zu einem heftigen Streit. Das Opfer wendet sich ab und dreht der anderen Person dabei den Rücken zu. Der Täter greift spontan zu einer Brechstange oder Ähnlichem und schlägt dem Mann auf den Hinterkopf. Etwa so.«

Lessing stellte sich ein paar Schritte in den Raum und gestikulierte einen Angriff. »Er fällt hin und ist bewusstlos. Die Wunde blutet sehr stark. Der Täter ist geschockt von dem Anblick; glaubt, der Mann sei schon tot, und verfällt in Panik, weil ihm plötzlich klar wird, dass er dafür bestraft wird. Um die Spuren zu verwischen, drischt er jetzt erst recht auf das Opfer ein. Es soll so aussehen, als wenn der Mann von einem wesentlich Stärkeren brutal umgebracht worden wäre. Wie gesagt, das kann auch das Tatmuster einer Frau sein. Ich kann das nicht ausschließen.«

»Das ist alles, was Sie im Moment haben?«, fragte Diesel verdrossen weiter.

»Bringen Sie mir die Tatwaffe, dann kann ich Ihnen noch mehr erzählen. Erst recht was vom Täter.« Dr. Lessing blickte sie über den Rand seiner Brille an.

»Wann sind die Untersuchungen abgeschlossen?«, fragte Wolf.

»Wir warten noch auf die toxikologischen Ergebnisse. Dann wollte ich die Leiche freigeben für die Beerdigung. Die Familie hat heute auch schon mindestens dreimal angerufen, wann sie den Bestatter vorbeischicken können. Ich wäre schneller fertig, wenn ich nicht immer wieder unterbrochen würde. Ich schicke Ihnen den Bericht, sobald er fertig ist«, sagte Lessing und griff wieder zu dem Mikrofon.

Die beiden Kommissare verließen schleunigst den unwirtlichen Raum.

Bitburg

Oliver Trust war enttäuscht von dem Interview mit Landrat Wohlgemuth. Plattitüden! Er war von seinem Redakteur erst kurzfristig von dem Termin informiert worden und hatte die Aufforderung erhalten, das Übliche zu fragen. Nichts anderes als ein Aufguss seiner Wahlkampfreden, genauso gut hätte er sich die Antworten auch aus dem Programm der letzten Wahl aussuchen und in seinen Bericht tippen können. Alles austauschbar.

Er setzte die Beuteltasche auf dem schwarz lackierten Tapeziertisch in seinem Wohn-Schlaf-Küche-Büro-Apartment in Bitburg ab und holte sich erst einmal aus dem Kühlschrank einen kühlen mexikanischen Biermix. Der lange Tisch war das Zentrum seiner Einraumwohnung, gleichzeitig Plauschecke, Essplatz, Arbeitsbereich und Kommunikationspunkt. Das Apartment lag über einem früheren Polstergeschäft. Es war groß, aber nicht sehr praktisch geschnitten. Für Dusche, WC und Kleiderschrank gab es nur kleine Kammern. Alles spielte sich in dem großen Wohnraum ab.

Trust arbeitete freiberuflich als Journalist, was bedeutete, er konnte sich die Zeit selbst einteilen, sich seine Auftraggeber aussuchen und nur die Themen realisieren, die wirklich Spaß machten. Außerdem blieb er vor lästigen Streitereien und Befindlichkeiten oder gar Mobbing innerhalb einer Redaktion verschont. Besser konnte er es doch nicht treffen, oder?

Die andere Seite der Medaille war die finanzielle Unsicherheit: Habe ich im nächsten Monat noch genug Geld für meine Miete? Kommen ausreichend Folgeaufträge? Werde ich angemessen für meine Arbeit bezahlt? Was passiert, wenn ich mal krank bin? Auch bezahlter Urlaub oder Weihnachtsgeld sind für einen freien Journalisten Fremdwörter.

Für die Tageszeitung sollte er für den Artikel mit dem Landratinterview achtzig Cent pro Zeile bekommen.

Rechnete man zu der Zeit noch die Fahrtkosten hinzu, dann hatte sich das Ganze mal wieder nicht gelohnt. Trust setze seinen Biermix ab und öffnete die Tasche, um die Bilder auf seinen Computer zu laden.

Er staunte nicht schlecht, als er die Fototasche aufräumte und dabei ein schmales Stück Papier fand. Darauf waren neben Bankdaten der Name von Landrat Helmut Wohlgemuth zu lesen wie auch eine Unterschrift, die Trust als Jan Benneke entzifferte. Die Summe auf dem Papier betrug 12.500 Euro.

Für ein paar Sekunden war er sprachlos vor Staunen. Wie zum Teufel kommt ein Scheck an den Landrat in meine Tasche, dachte er. Er befühlte den Scheck und sah ihn sich genauer an. Feine Kratzspuren waren auf dem Papier zu erkennen, zwei Ecken waren zerknittert und hatten kleine Löcher. Es sah fast so aus, als wenn hineingebissen worden wäre.

Oliver Trust war nun völlig verwirrt. Er nahm den Scheck und die Flasche und setzte sich in seinen hochlehnigen Arbeitsstuhl, neben dem Laptop das einzig teure Möbelstück in seinem Appartement. Er legte den Scheck auf dem Schreibtisch ab und süffelte weiter nachdenklich an seinem Biermix. Den Scheck ließ er dabei nicht aus den Augen.

Der Journalist versuchte sich daran zu erinnern, in welchem Zusammenhang er den Namen Benneke schon mal gehört hatte. Nach einer Weile schaltete er seinen Laptop ein und ging sofort online. Er googelte nach dem

Namen Jan Benneke und bekam sehr bald schon aus den 106.000 Vorschlägen den Hinweis auf Windkrafträder: Benneke, Jan, Geschäftsführer der Eifel-Energie-Agentur GmbH aus Aachen. Er folgte dem Link zur Homepage der Firma und sah sich den Internetauftritt des Windparkbetreibers an.

Ein Windparkbetreiber mit einem zwölftausend-Euro-Scheck für einen Landrat in der Eifel, dachte der Journalist. Er durchforstete sein Gedächtnis nach einem Moment heute im Haus des Landrats, in dem der Scheck in seine Tasche hätte gelangen können.

Er war mit dem Landrat alleine gewesen und der war nicht mal in die Nähe der Tasche gekommen. So sehr er auch sein Gedächtnis strapazierte, er fand keine Möglichkeit.

Er wendete sich wieder der Suchmaschine zu. Bis in die Nacht hinein hatte er fast 34 Megabyte Datenmaterial auf seiner Festplatte gesammelt. Er hatte zahlreiche Meldungen über Landrat Wohlgemuth in Zusammenhang mit Windkraftanlagen und der Firma von Jan Benneke gefunden, sowie Fotos von beiden Männern bei einem Spatenstich für ein neues Windkraftrad. Auf einem anderen Bild waren beide elegant gekleidet bei einer Benefizgala zu sehen.

Auch ein ausführlicher Pressebericht eines großen Managermagazins über den überaus erfolgreichen Geschäftsmann aus Aachen war dabei.

Die Eifel-Energie-Agentur hatte insgesamt dreiundneunzig Windanlagen im Landkreis Vulkaneifel verstreut, weitere drei waren aktuell geplant. Oliver Trust meldete sich auf dem Hauptserver seines Medienhauses an, zu dem auch die Tageszeitung Trierischer Volksfreund gehörte. Dort hatte er Zugriff auf eine weitere umfangreiche Datenbank.

Er verfolgte alte Meldungen zu geplanten Windkraftanlagen, zu Ankündigungen des Baubeginns, Protestaktionen der Bürgerinitiativen und Statements zu den Genehmigungsverfahren. Bei einem Teil der Genehmigungen waren die Einwände der Umweltschützer außer Acht gelassen worden. Gutachten, die eine Umweltunverträglichkeit für den bestimmten Standort beschrieben, wurden zurückgezogen.

In sechs Fällen fand Trust versteckte Hinweise auf eine direkte Einflussnahme durch den Landrat Wohlgemuth. Das ist ein ganz dicker Hund, dachte Oliver Trust, jetzt bloß nichts überstürzen. Er packte den Scheck in eine unbenutzte Klarsichthülle für den Fall, dass er auf Fingerabdrücke hin untersucht werden musste.

Dann schickte er noch eine E-Mail an einen guten Freund, der bei einer Bank arbeitete, mit der Bitte, doch die angegebenen Kontodaten zu überprüfen.

Die Datenmenge zu sichten und zu strukturieren würde auch noch den Rest der Nacht killen, dachte Oliver Trust.

Und den Artikel über das Interview mit Landrat Wohlgemuth musste er ja auch noch schreiben, der war für die Wochenendausgabe geplant.

»Semi-intellektueller Anspruch«, überlegte er laut, »Zwanzig Minuten, höchstens.« Er griff zum Telefon und rief das Pizzataxi an.

Walsdorf

Ich war wieder zurück gelaufen zu meinem früheren Zuhause. Unterwegs hatte ich sowohl den aufgestauten Stress sowie meinen Hunger an einer Mäusejagd befriedigt. Satt und entspannt schlenderte ich heim zu Mam. An der Ecke zur Scheune blieb ich stehen und sah mich erst einmal vorsichtig um.

Neben dem Kuhstall stand eine verwitterte Hundehütte und davor ein Mondkalb von einem Schäferhund. Der Hund lag auf dem Boden und hechelte, die Zunge schleifte fast schon auf dem Pflaster und tropfte dort zu einer Pfütze.

Er hatte dichtes braunschwarzes Stockhaar und riesige Pfoten. Trotz seiner enormen Größe hatte er etwas welpenhaft-tollpatschiges an sich.

Meine Mutter Pussy ging gerade hoch erhobenen Schwanzes an ihm vorbei. Sie würdigte ihn keines Blickes.

Ich rief sie leise an und sofort hörte mich das Monster. Laut bellend sprang er hoch und machte einen Satz nach vorne. In dem Augenblick hatte sich Pussy aber schon umgedreht und wischte ihm mit ihren Krallen blitzschnell über die Nase. Der Hund jaulte auf und blieb erst einmal verdutzt stehen. Die Krallen hatten ihn an seiner empfindlichsten Stelle getroffen.

Er winselte und leckte sich mit seiner langen Zunge ständig über die blutende Nase. Eingeschüchtert sah er Pussy an, die ihn auch noch anfauchte und drohend die krallenbewehrte Pfote hob. Zögerlich drehte er sich um und kroch in seine Hütte hinein, wo er niedersank und seine dicken Pfoten über die lädierte Nase legte.

Pussy drehte sich zu mir um und rief: *»Komm schon. Der macht keinen Mucks mehr.«*

Ich bog um die Ecke und begrüßte meine Mutter mit einem Nasenstüber, ließ den Hund aber keinen Moment aus den Augen.

»Das Riesenbaby ist harmlos, man muss ihm nur kurz mal beibringen, wer hier Chef ist.« Der Hund schaute immer noch misstrauisch. Pussy sah mich prüfend an:

»Wenn du noch weißt, wo die Düppen[7] *stehen, dann nimm dir mal eine kräftige Portion. Und dann erzählst du mir, was du inzwischen erfahren hast. Ich hab auch ein paar Neuigkeiten für dich.«*

Ich lief schleunigst in den Kuhstall und stürzte mich auf die Fressnäpfe. *»Aha«*, dachte ich, *»heute gab's bei Bäuerin Kathi Gratin, mit Käse, hmmm.«*

Draußen vor dem Scheunentor dunkelte es schon wieder. Ich verzog mich mit Pussy in die hinterste Ecke, wo ein ausrangierter Wohnzimmersessel stand. Das Polster hatte keine erkennbare Farbe mehr und war an

7 *Schälchen, Töpfchen, Fressnapf*

den Kanten von unzähligen Kratzern ganz aufgerissen, aber die Sitzfläche war schön groß und bequem.

Wir legten uns beide in den Sessel und gaben uns erst einmal der ausgiebigen Fellpflege hin. Dann entspannte ich mich und fing an zu erzählen, was ich seit gestern Nachmittag alles erlebt hatte.

Pussy ließ mich reden und stellte nur hin und wieder eine Frage.

Ich merkte beim Erzählen, wie sich meine Gedanken klärten und ordneten. Am Ende meines Berichts zog ich ein erstes vorsichtiges Resümee.

»*Beides sind heiße Spuren, aber weder bei Huber noch bei dem Landrat hatte ich das Gefühl, einen Mörder vor mir zu haben. Der Landrat ist ein Lügner, dass sich die Balken biegen und korrupt bis zum Nummernkonto. Aber bei Huber bin ich mir sogar neunundneunzigpro sicher. Das konnte ich förmlich riechen. Der ist alles Mögliche: verarmt, verschuldet, verzweifelt, verlassen, aber kein Mörder! Da muss man eher befürchten, dass er sich eines Tages selbst Gewalt antut*«, sagte ich.

»*Eine Wette würde ich aber trotzdem darauf noch nicht abgeben. Wir sind heute schon früh durch das Dorf gezogen, Minka und ich, und haben alle Nachbarkatzen gefragt, die uns über den Weg liefen. Von zwei Seiten haben wir die Geschichte gehört, dass dein Kalli Vogel dem Huber vor ein paar Monaten eine große Summe Geld geliehen haben soll.*«

Neugierig hob ich den Kopf. »*Wie passt das denn zusammen? Ich denke, die Zwei haben sich fast geprügelt?*«

»Das weiß ich auch noch nicht, aber es muss um die Zeit gewesen sein, als Hubers Frau so schwer krank war. Kurze Zeit danach ist sie ja gestorben. Es soll sogar einen Vertrag gegeben haben zwischen den beiden. Jetzt, wo Vogel tot ist, braucht er das Geld nicht mehr zurückzuzahlen. Das wäre doch auch ein Motiv.«

Ich überlegte eine Weile, schüttelte dann aber meinen Kopf. *»Wenn es nur um Motive geht, dann hätte er das schon früher haben können. Aber es muss auch die richtige Situation sein. Es zeigt sich nun immer deutlicher: Ich muss an den Tatort!«*, ich sah Pussy direkt an. *»Morgen früh gehe ich zu dem Ort, an dem Karl-Heinz Vogel erschlagen wurde.«*

Tatort Zilsdorf

Gegen Mittag erreichte ich die ersten Häuser von Zilsdorf. Auf meinem Weg, entlang der B421 sah ich von Weitem bereits die drei Windkraftanlagen. Sie drehten sich ruhig und gleichmäßig im leichten Eifelwind.

Ich hielt einen Augenblick an und betrachtete die drei Stahlriesen, die in den blauen Himmel ragten, in Ruhe. Leise drang das Strömungsgeräusch der Flügel zu mir. Im Gegenlicht flirrten sie bei jedem Flügelschlag wie ein Stroboskop. Nachdenklich wanderte ich parallel zur Straße weiter.

Das Thema Umweltschutz wurde in meinem Zuhause in Bolsdorf leidenschaftlich von meinen beiden Versorgern diskutiert. Marieke-die-Naturblonde, war Stammwählerin der Grünen.

Es gab bereits Solarkollektoren auf dem Dach, Regenwasser wurde für die Toilettenspülung genutzt, und Jonas experimentierte seit Neuestem auch mit EM, effektiven Mikroorganismen, um seinen Gemüsegarten zu verbessern und verpasste keine naturwissenschaftliche Fernsehsendung.

Aber Windräder gab es in Bolsdorf noch nicht und jetzt war ich ganz froh darüber.

Das kleine Zilsdorf mit seinen knapp 180 Einwohnern lag still in der Sonne. Ich überquerte in ein paar Sätzen die Schnellstraße und machte mich auf in Richtung des Bauernhofs, der ein wenig abseits vom Dorf lag.

Sehr vorsichtig ging ich entlang der Umfassungsmauer, die den Hof von Karl-Heinz Vogel eingrenzte, und näherte mich der großen Scheune.

Der Bauernhof hatte ein großes Wohnhaus mit angrenzendem Stall. Hinter der Scheune lag eine große Weide, auf der drei Kühe grasten. Es gab noch einen Garten hinter dem Wohnhaus mit Terrasse. Das Scheunentor war natürlich verschlossen und von der Polizei versiegelt worden. Hier gab es kein Reinkommen.

Bei einem kleinen Anbau entdeckte ich ein vergittertes, schmales Fenster, das offen stand. Mit einem Satz sprang ich hoch und hangelte mich durch das Gitter auf das morsche Fensterbrett. Ich war in einer Toilette mit Dusche für die Landarbeiter gelandet. Der Raum war lange nicht mehr benutzt worden. Die Türe stand einen Spalt auf und so sprang ich hinunter.

Ich schlüpfte durch die Toilettentüre und sah die große Scheune von innen. Es war ein einziger riesengroßer Raum, bis unters Dachgebälk offen. Ich hockte mich erst einmal hin und sah mich in aller Ruhe um. Auf dicken Holzpfeilern ruhte in ein paar Metern Höhe eine zweite Ebene mit etlichen Ballen Stroh und einem Heuhaufen. Eine senkrechte Holzleiter führte nach oben. Entlang der gegenüberliegenden Seitenwand standen schwere Industrieregale mit allerhand Zeugs: Holzbohlen, Schaltafeln, verschiedene Leitern, zusammenklappbare Biertische und -bänke, alte Autoreifen, Dutzende angebrochener Farbtöpfe und Lackdosen und etliches noch mehr. Davor standen zwei Schubkarren, Rasenmäher und Häcksler auf dem Boden. In der Mitte des Raumes ragte der große John Deere empor und neben ihm unter dem Heuboden ein langer Anhänger.

Rechts neben mir lehnte an der Wand ein altes Küchenbuffet aus den Fünfziger Jahren, Modell Gelsenkirchener Barock. Ich verzog die Barthaare. Hinter den teils gesprungenen Glasscheiben entdeckte ich ein paar Marmeladengläser und Konserven. Alles hier machte einen geordneten und wohlsortierten Eindruck. Ich sah mich weiter auf der linken Seite um und entdeckte das blanke Chaos. Dort standen ein Metallspind und eine Werkbank mit zahlreichen Schubladen. An der Wand war eine Lochplatte befestigt und es hingen Werkzeuge an Haken daran. Alle Schubladen und Schranktüren waren aufgerissen und durchwühlt worden. Auf der Arbeitsfläche der Werkbank türmten sich mehrere Haufen mit Kabel, Schraubenpaketen, Werkzeug und Handmaschinen. Vor der Werkbank auf dem

Boden war ein riesiger dunkler Fleck.

Neugierig ging ich darauf zu. Schon von Weitem konnte man den süßlichen Verwesungsgeruch von Blut riechen. Mit weißem Klebeband waren die Umrisse eines Menschen auf dem Scheunenboden grob dargestellt. Auch an den nahen Schubladen und Türen waren Blutspritzer zu sehen. Ich stellte mir vor, dass Karl-Heinz Vogel hier hilflos gelegen hatte und brutal erschlagen wurde. Das war unheimlich und richtete mir die Haare auf. Nervös fing ich an, mit dem Schwanz zu peitschen.

»*Willkommen auf der Gruselparty*«, krächzte es von weit her.

Ein Schreck durchzuckte mich und ich machte aus dem Stand einen Satz in die Höhe. Noch in der Luft fuhr ich abwehrbereit meine Krallen aus und fauchte lauthals. Ich hatte den Sprecher noch nicht gesehen, blickte mich aber blitzschnell um, ob ich in unmittelbarer Gefahr war, sah aber niemanden.

»*Was soll das?*«, schrie ich laut. Mein Herz raste wie verrückt.

Ein heiseres Lachen ertönte über mir und zu meinem Erstaunen erblickte ich einen getigerten Katzenkopf am Rande des Heubodens. Der mächtige Kopf gehörte zu einem in die Jahre gekommenen Kater, zahlreiche Narben und eingerissene Ohren zeugten von einem harten, freien und kampfreichen Leben.

»Mann, hast du mich erschreckt. Was machst du hier?«, blöde Frage, dachte ich noch im selben Augenblick; ich war einfach aufgeregt. *»Alles klar, du wohnst hier. Das ist dein Revier. Hör mal, ich will keinen Ärger, okay? Ich verschwinde sofort wieder, wenn es das ist, was du willst.«* In meiner Nervosität plapperte ich drauf los. Der Katerkopf verschwand vom Bodenrand. *»Ganz ruhig, Süße. Mach dir nicht ins Fell. Warte, ich komm runter.«*

Fasziniert beobachtete ich, wie der große Kater am Heubodenrand entlang balancierte, dann über einen Balken quer durch die ganze Scheune zu dem hohen Regal stolzierte. Vom Regal sprang er auf das Dach des Treckers, dann auf die Motorhaube, den Vorderreifen und von dort zu Boden.

»Die Nummer kannst du mir mal zeigen«, staunte ich bewundernd.

»Null Problemo, Schätzchen.«

»Das muss der Dorfmacho sein«, dachte ich. *»Ausgerechnet.«*

Er kam gelassen rüber, hockte sich vor mich hin und sah mich von oben bis unten an.

»Das dürfte der größte Kerl sein, der mir je auf vier Pfoten untergekommen ist«, dachte ich. »Der ist ja noch größer als Cäsar«, der Karthäuserkater aus meinem Heimatdorf.

Der Riese hatte ein dichtes, vollständig getigertes Fell, ohne Abzeichen und Blessen und fast gelbe Augen. Der

Schwanz war schwarz geringelt, in seiner Linie muss es einen wilden Einschlag gegeben haben.

Der Pelz war nicht sonderlich gepflegt und am Schwanz fehlten ein paar Zentimeter. Auch seine Krallen waren nicht mehr vollständig, aber ihre messerscharfe Krummschwertgröße war Angst einflößend. Ich musste schlucken.

»*I-ich wusste nicht, dass hier noch ein Artgenosse herumläuft*«, stotterte ich.

»*Das kann man ja auf einem Bauernhof auch nicht erwarten, nee Kleine?*«, sagte der Kater leise grinsend.

»*Ich hatte gehört, dass hier ein Mord passiert ist, und wollte mir den Tatort ansehen.*«

»*Das war ja noch lahmer*«, stöhnte ich innerlich. »*Ahaaa, wir sind auf Sightseeingtour durch die Mordseifel, was?*«, der Kater wurde immer ironischer. Und ich immer wütender. »*Nein, so ist das nicht.*

Der Mann, der hier ums Leben gekommen ist, hat mir mal das Leben gerettet. Und ich will herausfinden, wer das getan hat!« Das ging ganz ohne Stottern und ich sah dem Kater fest in die Augen. Na also.

Er legte den Kopf etwas schräg und sein Blick wurde interessiert. »*Dann bist du vielleicht Jule?*«, und als ich verblüfft nickte, sagte er: »*Ich hab heute Nacht auf meinem Rundgang gehört, dass du aufgetaucht bist und überall rum fragst. Machst hier einen auf Detektivin, was?*«

»*Ich bin meilenweit von einer Detektivin entfernt*«, schnaubte ich, »*aber ich muss unbedingt herausfinden, was hier passiert ist. Wenn du hier lebst, hast du doch vielleicht was gesehen, oder?«*

Der Kater schüttelte den Kopf. »*Sorry, Babe. Aber an dem Tag war ich auf Tour. Ich lebe auch nicht wirklich hier. Die Frau des Hauses will keine Katzen in ihrer Nähe haben, weil sie eine Allergie hat. Ich wohne mal hier, mal da im Dorf und komme nur ab und zu vorbei, bleibe aber möglichst unsichtbar, wenn du verstehst, was ich meine. Ich bin ein Streuner.«*

Enttäuscht ließ ich die Schnurrbarthaare hängen.

»*Wie heißt du eigentlich?«*, fragte ich schüchtern.

Mit einer angedeuteten Verbeugung stellte sich der Kater als Rover[8] vor. »*Den Namen habe ich mir selbst gegeben. Ich hab ein ziemlich ausgedehntes Revier und keinen festen Platz. Aber man kennt mich hier im Dorf und bei den meisten Häusern bekomme ich auch immer was zu fressen ab, nur hier eben nicht. Solltest du Hunger haben, musst du dich schon selbst versorgen.«*

Das war ja nicht sehr ermutigend, ich war an die Rastplätze an den Eifeler Hintertüren gewöhnt. Blieb ja noch die Mäusejagd. »*Kannst du mir denn etwas über den Kalli Vogel erzählen? Ich meine, was weißt du über ihn?«*, fragte ich nach einer Weile.

»*Der war für einen Zweibeiner schon okay. Wenn er mich mal hier gesehen hat, dann wurde ich nicht gleich verjagt. Manchmal hat er mir sogar heimlich was zu fressen mitgebracht. Durfte nur seine Alte nicht wissen. Die macht nämlich hier die Ansage, weil ihr der Hof gehört. Ein richtiger Besen ist das. Nach außen hin tut sie im-*

8 *Engl. der Vagabund*

mer ganz freundlich. Aber lass dich bloß nicht von ihr erwischen. Seit die Windräder vor dem Dorf stehen, ist er selbst zu Geld gekommen und hat angefangen, sich einiges rauszunehmen.«

Ich sah Rover fragend an. Die gelben Augen des Katers glitzerten verwegen. »*Dein Vogel hatte es faustdick hinter den Ohren, meine Süße. Hat ganz schön rumgemacht mit anderen Weibchen und so.«*

Mir fiel fast die Kinnlade herunter und ich glotzte den Kater mit fressnapfgroßen Augen an. Hallo?! Das waren ja ganz andere Möglichkeiten.

»Vor Kurzem hab ich ihn dort oben auf dem Heustadel mit einem anderen Weibchen beobachtet«, erzählte er weiter. »*Seine Frau war ein paar Tage mit den Kindern weg, sonst hätte der bestimmt nicht so dreist sein können, ausgerechnet hierher eine andere mitzubringen.«*

»Aber so was spricht sich doch rasend schnell in einem Dorf herum«, murmelte ich fassungslos.

»Man darf sich natürlich nicht erwischen lassen«, der Kater mit Lebenserfahrung zuckte nur mit den Schultern.

»Wie sah sie denn aus?«, fragte ich weiter.

»So eine Blonde, Herausgeputzte, für menschliche Verhältnisse sah sie wohl ganz gut aus. Aber eine Beleidigung für unsere empfindlichen Katzennasen. Die muss in Parfüm gebadet haben. Hier aus der Gegend war sie jedenfalls nicht, sonst wäre die mir auf meinen Streifzügen früher schon aufgefallen.«

Ich war ziemlich verwirrt und wusste im ersten Moment nicht weiter. Wie passte das alles zusammen? Anstatt einfacher zu werden, kamen immer mehr Leute ins Spiel und es taten sich immer neue Spuren auf.

Und wenn Karl-Heinz Vogel das Geld gar nicht freiwillig gegeben hatte? War es möglich, dass Huber von dem Verhältnis Wind bekommen hatte und Vogel damit erpresste? War er deshalb bereit gewesen, Huber Geld zu geben?

»Sag mal, Rover«, fing ich an, *»hast du hier mal einen Mann gesehen, klein, drahtig, mit verstrubbeltem Fell auf dem Kopf?«*

Eine Weile war er still und dachte nach. »Hier nicht, aber ein Stück weiter draußen auf den Feldern, ist aber ne ganze Weile her. Kam mit nem alten roten Trecker an.« Die Beschreibung passte jedenfalls schon mal.

»Hast du gehört, was der mit Vogel zu bereden hatte?«, fragte ich.

Der Kater schüttelte seinen mächtigen Kopf. *»Ich war zu weit weg, auch mit Superohren war da nix zu verstehen. Aber ich hab abends hier in der Scheune beobachtet, wie der Vogel Geld aus einem Versteck geholt hat.«*

»Woooo?«, ich schrie fast.

Sogar Rover zuckte zusammen. *»Oben beim Heu. Da ist ein kleiner Verschlag unterm Dachjuchhee. Ich hatte den Nachmittag hier im Heu verschlafen und wurde geweckt, als Vogel raufkletterte und sich am Gebälk zu schaffen machte.«*

»Zeig mir das bitte sofort«, bettelte ich. Rover lachte laut auf.

»Typisch Weiber, immer alles und immer sofort. Stets zu diensten, gnä´ Frau.« Er stand auf und ging hoch

erhobenen Schwanzes vor mir her. Neben dem grünen Trecker duckte er sich und sprang mit einem Satz auf den Vorderreifen und von da weiter auf die Motorhaube. *»Na, dann folgen Sie mir mal unauffällig, Mylady«*, rief er von oben herab.

Ich schätzte die Höhe des Reifens und stieß mich kräftig mit den Hinterbeinen vom Boden ab.

Auf dem Reifen nahm ich den Schwung mit zum nächsten Sprung auf die Motorhaube.

»Runter geht's leichter als rauf. Für das Kabinendach musst du einen kleinen Anlauf nehmen«, riet er und machte es vor. Ich hinterher.

»So, und jetzt pass auf. Siehst du da die überhängende Bohle? An der musst du dich festkrallen, sonst segelst du vier Meter abwärts.«

Ich war aufgeregt und voller Spannung.

Er duckte sich und visierte die Holzbohle mit seinen gelben Augen an, dann machte er einen mächtigen Satz und schoss lang gestreckt auf das Brett zu. Er schlug seine scharfen Krallen ins Holz und strampelte mit den Hinterbeinen, bis er Tritt gefasst hatte und sich hochziehen konnte. Oben angekommen drehte er sich zu mir um und blickte mich an. *»Jetzt bist du dran, Kleine«*, sagte er und machte ein wenig Platz für meine Landung.

Mein Herz klopfte bis zum Hals. Die Bohle war gut zwei Meter entfernt. Ich setzte meinen Körper voll unter Spannung. Mit einem kräftigen Tritt stieß ich mich vom Dach des John Deere ab. Ich machte mich so lang wie möglich und fuhr die Krallen aus. Knapp erreichte ich die Bohle und krallte mich am Rand fest. Aber ich hatte zu viel Schwung, und der drohte mich von der Bohle wieder wegzureißen.

Panisch krümmte ich mich, um mich auch mit den Hinterpfoten festzukrallen. So hing ich wie eine Fledermaus kopfüber an der Holzbohle fest.

Der Kater über mir prustete vor Lachen. *»So geht's natürlich auch.«*

Ich hangelte mich mit den Pfoten um die Bohlenkante herum, eher umständlich als elegant und blickte den Kater böse an. *»Hättest ruhig helfen können«*, maulte ich.

»Von jetzt an geht's einfacher.« Rover ging ein Stück auf dem Bohlenstapel entlang und sprang dann auf den Querbalken, der bis zum Heuboden reichte. Der Heuboden war in fünf Metern Höhe angebracht und nahm fast die Hälfte der Scheune ein. Etliche Rundballen Stroh waren hier gestapelt und ein großer Haufen Heu. Rover folgte seinen eigenen Spuren zur hintersten Ecke. *»Willkommen in meinem Luxusapartment«*, sagte er.

»Mal wieder vergessen, die Betten zu machen?«, frotzelte ich zurück. *»Oh, die Putzfrau hat heute ihren freien Tag«*, kicherte er.

»Zeig mir lieber, wo dieses Versteck ist, alter Angeber.«

Rover hockte sich vor die Dachschräge. *»Du stehst direkt davor.«*

Vor mir sah ich die dicken Dachbalken und Sparren und das nackte Wellblech der Dachdeckung. An einem Balken war eine kleine Holzverschalung angebracht.

Neugierig stellte ich mich auf die Hinterpfoten und lugte über den Rand.

In einer Vertiefung lag ein altes Einkochglas mit einem Metallverschluss. In dem Glas konnte ich ein paar Blätter Papier und Geldscheine ausmachen. Viele Geldscheine. Ich überlegte fieberhaft, wie ich an das Glas herankommen konnte.

»*Hast du schon mal versucht, daran zu kommen?*«, fragte ich Rover.

»*Kaum, Drei-Finger-Rover ist dazu leider nicht in der Lage*«, sagte er und hob die verstümmelten Pfoten hoch. Auf den Hinterpfoten stehend gelangte ich mit meinen Vordertatzen nicht ganz an das Glas. Ich kam nicht tief genug, um mit den Krallen unter den Verschluss zu fassen. Ich hatte mir vorgenommen, das Glas aus dem

Versteck zu ziehen.

»*Was nicht passt, wird passend gemacht*«, dachte ich und suchte über die Schultern hinweg nach etwas, womit mich größer machen konnte. Aber außer Heu sah ich nur – Rover.

Ich bedachte ihn mit einem hellgrünen Blick und einem süßen Lächeln.

»*Och neeee, Mädel*«, verdrehte er die Augen, als er kapierte, was ich wollte. »*Das kannst du mit nem altem Kerl wie mir nicht machen. Ich könnte dein Großvater sein.*«

»*Vielleicht bist du das sogar*«, murmelte ich. »*Jetzt komm bitte, so schwer bin ich nicht.*«

Er seufzte leise: »*Weiber*«, trottete vor den Verschlag und hockte sich hin.

Ich stellte mich auf seinen Rücken und griff wieder in den Verschlag. Mit den Tatzen tastete ich mich an dem Deckelrand entlang und krallte mit beiden Pfoten den Metallverschluss ein. Dann stemmte ich mich kräftig dagegen und versuchte, das Glas aus dem Versteck raus zu heben.

Das Glas war verdammt schwer und ich zog mit aller Kraft daran. Endlich bewegte es sich ein paar Millimeter. Ich hielt einen Moment inne, holte tief Luft und mobilisierte alle Energie, die ich hatte. Ich zog das Glas über den Rand des Verschlages und ließ sofort los.

Es fiel klirrend zu Boden, zersprang aber nicht sondern rollte ein paar Zentimeter und blieb dann liegen. Neugierig gingen wir beide darauf zu. *»Danke Rover«*, sagte ich ein wenig atemlos. Wir beschnüffelten beide das Glas und sahen uns den Inhalt an: ein dickes Bündel Geldscheine und bedruckte Papiere. *»Das muss ein kleines Vermögen sein«*, meinte ich.

»Vielleicht sogar ein größeres«, sagte Rover. *»Kann ja sein, dass er vorhatte, sich mit einem jüngeren Weibchen abzuseilen.«*

Ich runzelte die Stirn und konzentrierte mich auf den Metallbügelverschluss. Aber es gelang mir nicht, ihn zu öffnen.*»Und jetzt?«*, fragte der Kater.

»Isaak Newton«, sagte ich und rollte das Glas vor mir her auf den Rand des Heubodens zu. An der Kante gab ich dem Glas einen kleinen Schubs und sah zu, wie es die fünf Meter zum Boden fiel. Es knallte auf den Boden und zersprang in tausend Splitter. Mehrere Papiere

entfalteten sich und das gerollte Geldbündel hüpfte auf den Boden. Wir traten den Rückweg an – über den Querbalken, das Hochregal, den John Deere.

Rover hatte recht gehabt, runter ging es erheblich leichter.

Unten auf dem Boden näherten wir uns vorsichtig dem Scherbenhaufen. Ich hatte nicht vor, mir die Pfoten an den scharfen Glassplittern zu zersäbeln. Trotzdem blieb es nicht aus, dass ich den einen oder anderen Pikser abbekam.

Das Geld interessierte mich nicht so sehr wie die Papiere. Es waren zwei zusammengeheftete Blätter, und als ich daran schnupperte und flehmte, richteten sich mir die Haare auf. Ich erkannte einen schwachen Hauch von Hubers Geruch wieder, der dem Papier noch anhaftete[9].

Er war also tatsächlich hier gewesen und die Papiere waren mit Sicherheit ein Vertrag oder eine Quittung für das Geld, das Vogel Huber gegeben hatte.

»Mann, damit könnte ich mir einen Fünf-Sterne-Lebensabend machen!«, lachte Rover.

Ich sah ihn verständnislos fragend an und er zeigte mit der Pfote auf das Geldbündel. *»Du weißt doch: Katzen würden Whiskas kaufen. Nur stell dir mal das blöde Gesicht der Kassiererin im Supermarkt vor, wenn ich tatsächlich mit der Geldrolle hinein spaziert komme und Futter verlange.«* Der Kater wollte sich fast ausschütteln

9 *Im Vergleich zum Menschen mit über 2 bis 10 Millionen Geruchszellen ist die Katze mit über 60 bis 70 Millionen sehr geruchsempfindlich. Flehmen ist eine Mischung aus Riechen und Schmecken, mit Hilfe des Jakobsschen Organs.*

vor Lachen. Es war eine schwachsinnige Vorstellung, aber ich musste mitlachen.

Ich packte die Papiere an einer Ecke mit den Zähnen und zog sie langsam und vorsichtig aus dem Scherbenhaufen raus.

Rover sah mir interessiert zu und machte es mir dann nach, indem er die Geldrolle am Gummi packte und auf Zehenspitzen aus der Gefahrenzone schlich.

Ich sah ihn von der Seite her an, *»du willft doff nich wigglich inkaufen gehn, odr?«*, fragte ich spöttisch, das Papier noch zwischen den Zähnen.

»De Spaff wärfs mir eijentlich wert«, kicherte er ebenfalls durch die Zähne und legte dann das Bündel Geld ab, *»aber ich musste gerade an meine Rente denken. Ich werde ja auch nicht mehr jünger. Es gibt da eine alte Frau in Stroheich, die mir immer was zu futtern abgibt. Ich denke, ich bewerbe mich als Untermieter in Vollpension bei ihr. Und die Miete bring ich gleich mit.«*

Verdattert starrte ich ihn an. *»Aber das Geld gehört dir doch nicht.«*

»Nein. Das gehörte dem toten Vogel, aber der kann's ja nun nicht mehr verwenden, oder?«, Rover sah mich herausfordernd an, *»also was soll's?«*, seine gelben Augen funkelten böse.

»Hey, nimm das Geld und geh nach Stroheich oder dahin, wo der Pfeffer wächst, ich bin nicht daran interessiert. Ich hab, was ich wollte.«

Der Kater war einfach zu groß und stark zu für mich, auf eine Herausforderung konnte ich gut verzichten. Lieber den geordneten Rückzug antreten.*»Ich bin nicht* *auf Zoff aus*«, sagte ich und zog die Papiere weiter mit mir.

Rover packte das Geldbündel erneut am Gummi und marschierte Richtung offenes Toilettenfenster. Mit einem Satz sprang er auf die Fensterbrüstung. Ich sah ihm nach. »*Ich frag mich gerade, warum Vogel sein Versteck so weit oben hatte. Ist doch ziemlich umständlich, dran zu kommen.*«

»*Och, so dumm war das gar nicht Mal*«, meinte Rover noch zum Abschied. »*Weißt du, die Dame des Hauses hat nicht nur eine Katzenallergie, sondern auch Höhenangst.*« Dann sprang er runter und war weg. Ein grau getigerter Vagabund mit einem Geldbündel in der Schnauze.

Ich hatte mich mit den Papieren unter den Anhänger verkrochen und hockte mich erst einmal hin, um meine gespickten Pfoten zu untersuchen. Vorsichtig zog ich ein paar kleine Glassplitter aus den Ballen und leckte die Blutstropfen ab. Dann beschnüffelte ich noch mal gründlich die Papiere vor mir.

Ich konnte schwach zwei Gerüche unterscheiden, nur den von Huber erkannte ich wieder. Das luftdichte Glas hatte die Duftstoffe konserviert.

Huber hatte also Geld von dem Toten bekommen. Das Rätsel, ob Karl-Heinz Vogel freiwillig gezahlt hatte oder durch Erpressung war noch zu lösen.

»Darum könnte sich ja eigentlich auch die Polizei kümmern«, überlegte ich. Ich würde unterdessen herausfinden, ob sich hier vielleicht ein Eifersuchtsdrama abgespielt hat. Ich entspannte mich erst einmal bei einem ausgiebigen Fellputzen.

In meinem Kopf formte sich allmählich ein Plan. Ich wollte mir das Wohnhaus von Vogel und seiner Familie genau ansehen und seine Witwe beobachten. Natürlich, ohne dass ich dabei entdeckt würde. Dann wollte ich nach einer Gelegenheit suchen, die verdächtigen Papiere abzulegen, wo man sie auf jeden Fall finden würde. Alles Weitere würde sich daraus entwickeln.

Trier, in medias res

Die Redaktionskonferenz drohte fast im Chaos zu versinken. Im Medienhaus in Trier war es lange nicht mehr so kontrovers hergegangen.

Der Journalist Oliver Trust hatte zwei Tage lang recherchiert, telefoniert und war kreuz und quer durch die Eifel gefahren, um mit Leuten zu sprechen.

Dabei hatte er herausgefunden, dass Windkraftanlagen nicht nur in den ausgewiesenen Konzentrationszonen des Flächennutzungsplanes im Landkreis Vulkaneifel aufgestellt worden waren, sondern auch außerhalb. Mindestabstände zu Grenzen und Immissionsgrenzwerte waren nicht eingehalten worden.

Beschwerden hatte der Landrat persönlich abgebügelt und Einsprüche waren auf dem Dienstweg plötzlich verschollen.

Bei vielen Betroffenen war die Stimmungslage inzwischen gegen die Windräder gerichtet. Sie waren abgestoßen von der massiven Ausbreitung der Anlagen und enttäuscht, so wenig Unterstützung seitens der Politik zu erhalten. In etlichen Gemeinden waren die Windräder Prestigeprojekte, mit denen sich Verwaltungen schmückten.

Bei der Eifel-Energie-Agentur GmbH in Aachen hatte er um einen Interviewtermin mit Herrn Beneck nachgefragt, war aber von der Sekretärin abgewimmelt worden.

Nachts hatte Oliver Trust an seinem Laptop gesessen und alles niedergeschrieben. Zusammengenommen hatte er kaum sechs Stunden geschlafen, inzwischen lagen dunkle Schatten unter seinen blauen Augen. Dann hatte er alles zusammengefasst und seinen Bericht mit dem Scheck dem Chefredakteur des Trierischen Volksfreundes vorgelegt.

Die Story, dass ein Landrat nachweisbar der Bestechung überführt wurde, schlug ein wie eine Bombe und drohte, sogar den schrecklichen Flugzeugabsturz in einer chinesischen Provinz von der Titelseite zu verdrängen.

»Gutgutgutgutgut«, sagte Chefredakteur Weber und rieb sich die Hände, sein Blutdruck war während der letzten Stunde auf bedenkliche Höhen geklettert, »den Hammer haben wir exklusiv. Wir gehen damit First-online[10] und nehmen Reaktionen darauf noch mit in die Zeitung.«

Der Chefredakteur wandte sich an die Kontakterin der Zeitung. »Wenn sich Köln oder Berlin dranhängen wollen, gerne. Zu den üblichen Bedingungen.«

Weber wandte sich wieder seinen Redakteuren zu.

»Die Story kriegt einen Rahmen auf der Titelseite mit Kurzfassung und die komplette dritten Seite mit dem ausführlichen Bericht. Den Absturz in China setzen wir unterhalb auf den Titel, dann wird der halt kürzer. Wir sind ein regionales Blatt und in China ist schließlich kein Deutscher umgekommen.« Er drehte sich zu dem

10 Mit dem Prinzip First-online stellen Zeitungen ihre Beiträge im Internet zur Verfügung, noch vor dem späteren Druck.

Reporter um. »Mein lieber Oliver, du siehst aus wie der Tod auf Socken. Wann hast du das letzte Mal eigentlich geschlafen? Egal, du hast eine Stunde Zeit, um dich auf meiner Couch im Büro zu erholen. Dann setz dich an den Computer und schreib mir einen Artikel, dass es kracht. Ich telefoniere inzwischen mit Wohlgemuth und Benneke und nehme deren Stellungnahme auch noch auf.«

Das Gesicht des Chefredakteurs war gerötet und seine Wangen glänzten in Vorfreude auf das Telefongespräch.

Später in Daun

Kriminaloberkommissar Wolf riss die Bürotüre auf und rief seiner Kollegin zu: »Gerade hatte ich einen Anruf von Frau Vogel. Die wollte einen Anzug ihres Mannes für die Beerdigung morgen ausbürsten und hat darin einen Vertrag gefunden zwischen Heinrich Huber und ihrem Mann. Der Huber hat vergangenes Jahr 30.000 Euro von Vogel bekommen.«

Sybille Diesel sah überrascht drein: »Wie passt das denn zusammen? Ich denk, die haben sich gehasst?«

Sigmund Wolf zuckte mit den Schultern: »Das weiß ich auch noch nicht. Komm, wir fahren nach Zilsdorf, ich will den Vertrag erst sehen.

Und den Kevin Leimann schicken wir zum Huber, er soll ihn beschatten.«

Kriminalkommissarin Diesel schnappte sich ihre Jeansjacke und eilte ihrem Kollegen durch die Flure der Polizeiinspektion zum Parkplatz hinterher.

Mit dem Auto fuhren sie die vierzehn Kilometer über Dockweiler und Betteldorf bis nach Zilsdorf zum Hof der Vogels. Jutta Vogel hatte vom Küchenfenster den Polizeiwagen in den Hof kommen sehen und ging zur Haustüre, um sie zu öffnen.

Sie trug eine schwarze Hose mit einer dunkelblauen Bluse und bis auf den Ehering keinerlei Schmuck. Ihr rundes Gesicht war blass, Augen und Nase waren ziemlich gerötet.

Sie zog die Haustüre in dem Moment auf, in dem die beiden Kommissare davor standen. »Guten Tag«, sagte sie mit ruhiger Stimme, »vielen Dank, dass Sie sofort vorbeigekommen sind. Kommen Sie mit, ich hab den Vertrag im Wohnzimmer liegen.« Sie ging voraus durch den Flur.

Das Wohnzimmer war ein heller und großer Raum. Eine lange Fensterfront zeigte zur Terrasse und zum Garten, die Balkontüre stand einen Spalt auf. In einer Fensterecke stand ein großer ovaler Esstisch mit acht Stühlen. Eine Couchlandschaft aus hellem Leder teilte den Raum für den Wohnbereich ab, ihr gegenüber standen an der Wand moderne Ahornschränke und Vitrinen. In der Mitte thronte ein großer LCD-Fernseher.

Jutta Vogel ging zu der Couch und setzte sich langsam hin. Ihre Bewegungen waren sehr beherrscht und sparsam.

Die beiden Polizisten folgten ihr. Auf dem niedrigen Wohnzimmertisch lagen zwei etwas zerknitterte und angeschmutzte DIN-A-4-Blätter.

Frau Vogel zeigte mit ihren Fingern darauf und begann zu erzählen: »Ich hatte den guten Anzug von meinem Mann heraus gelegt und wollte ihn noch mal ausbürsten. Der Bestatter kommt heute Nachmittag, um ihn abzuholen. Als ich die Jacke ausschütteln will, fallen da Papiere raus. Ich heb sie auf und seh mir das an. Sie waren zerknittert und etwas schmutzig, aber es war ein Vertrag zwischen meinem Mann und Heinrich Huber über eine Geldsumme von 30.000 Euro. Und ich habe keine Ahnung, warum mein Mann ausgerechnet dem Geld gegeben hat. Wo der uns doch so viel Ärger gemacht hat.«

Die Witwe schniefte ein paar Mal und zog aus ihrer Hosentasche ein Taschentuch.

Sybille Diesel nahm aus ihrer Jacke ein Paar dünne Latexhandschuhe und streifte sie über ihre Hände. Dann ergriff sie die beiden Seiten und fing an, laut vorzulesen.

»Darlehensvertrag zwischen Karl-Heinz Vogel, Zilsdorf -Kreditgeber und Heinrich Huber, Walsdorf -Kreditnehmer

Darlehensgewährung

Der Darlehensgeber gewährt dem Darlehensnehmer ein verzinsliches Darlehen in Höhe von 30.000 EUR (in

Worten dreißigtausend Euro). Der Darlehensnehmer bestätigt mit seiner Unterschrift unter diesen Darlehensvertrag den Erhalt des Darlehensbetrages.

Verzinsung

Das Darlehen ist mit 5 % p.a. zu verzinsen. Die anfallenden Zinsen sind jährlich zu begleichen.

Tilgung

Das Darlehen ist jederzeit mit einer Frist von drei Monaten kündbar und innerhalb von drei Monaten nach Zugang der Kündigung einschließlich der bis dahin aufgelaufenen Zinsen zurückzuzahlen. Schlussbestimmungen

Dieser Vertrag gibt die vollständige Vereinbarung der Vertragsparteien wieder. Mündliche Nebenabreden bestehen nicht. Änderungen und Ergänzungen des Vertrages bedürfen der Schriftform. Dies gilt auch für ein Abweichen vom Schriftformerfordernis. Gerichtsstand und Erfüllungsort ist Walsdorf.

Sollten eine oder mehrere Bestimmungen dieses Vertrages unwirksam sein oder werden, berührt dies die Wirksamkeit der übrigen Bestimmungen nicht. Die unwirksame Regelung ist durch eine wirksame zu ersetzen, die dem rechtlichen und wirtschaftlichen Willen der Vertragsparteien am nahesten kommt. Dann folgen Datum und Unterschriften von beiden.

Das Datum ist vom vergangenen Jahr.«

Kommissar Wolf wendete sich der Frau zu: »Hat ihr Mann nie darüber gesprochen?«, fragte er.

»Nicht eine Silbe. Das wundert mich ja noch mehr. Wir haben immer über alles gesprochen«, sagte Jutta Vogel sehr bestimmt. »Ich hätte auch nie zugestimmt, wenn mich der Kalli gefragt hätte, ob er dem Huber Geld leihen soll.«

»Nun ja, Frau Vogel, kann es sein, dass Ihr Mann das geahnt hatte und es deshalb verschwiegen hat?«, Sigmund Wolf gab wieder mal den vertraulichen Teddybären, seine Kollegin Diesel registrierte das mit kurzem Seitenblick.

»Völlig ausgeschlossen«, Jutta Vogel saß jetzt kerzengerade auf der Couch, »wir hatten nie Geheimnisse voreinander.« Wieder schniefte sie und tupfte sich mit dem Taschentuch die Nase ab.

Die Kommissarin hatte sich in ihrer Laufbahn schon oft über derart lebensfremde Überzeugungen gewundert. Sie hatte ein wenig Mühe, ihre Mimik zu beherrschen und Augenbrauen und Mundwinkel nicht zu verziehen.

»Mich wundert es ein wenig, dass keine genaue Laufzeit und Tilgung dort aufgeführt wurde«, warf Sybille Diesel ein.

»Das ist mir auch aufgefallen.« Frau Vogel wurde das erste Mal etwas lebhafter, sie strich sich mit der Hand eine dunkle Haarsträhne aus der Stirn. »Normalerweise schreibt man doch bei einem Darlehen, wie viel man im Monat an Raten zu zahlen hat. Aber nichts davon. Als wenn er das Geld auf unbestimmte Zeit verliehen hätte.«

Eine Träne lief ihr die Wange hinunter. »Von meinem Mann Geld zu bekommen und ihn dann hinterrücks erschlagen. Ich hoffe, Sie buchten diesen Mistkerl jetzt ein und schmeißen den Schlüssel weg«, sagte Frau Vogel tonlos. Sie starrte eine Weile vor sich hin und ihre Hand richtete eine Fernsehzeitung auf dem Wohnzimmertisch exakt zum Rand aus.

Sybille Diesel hatte einen Kunststoffbeutel aus ihrer Jacke gefischt, verstaute vorsichtig die Papiere darin für weitere Untersuchungen und verschloss ihn. Dann zog sie die Handschuhe wieder aus. »Dürfte ich mir mal die Hände im Bad waschen?«, fragte sie die Hausfrau.

»Natürlich«, sagte Jutta Vogel abgelenkt, »im Flur rechts die zweite Türe.«

Kommissarin Diesel ging in den Flur und suchte das Badezimmer. Wie angegeben fand sie es und ging hinein. Sie betrat eine moderne Wellnessoase in edlen Bordeaux und Perlgrautönen, mit einer großen Eckbadewanne und Sprudeldüsen, einer geräumigen und barrierefreien Dusche mit Glasabtrennung, zwei Waschbecken und einem WC hinter einem gemauerten Raumteiler. Italienische Fliesen zierten Wände und Boden die Kommissarin stieß einen leisen Pfiff aus. Die Windräder müssen verdammt viel Geld einbringen, dachte sie, das Bad hat locker 40.000 Euro gekostet.

Sie ging auf die Waschbecken zu und drehte den Wasserhahn auf. Vor ihr auf der Ablage sah sie Antihistamine und ein cortisonhaltiges Nasenspray stehen. Sie runzelte die Stirn, rote Augen und eine schniefende Nase passten zu einer trauernden Witwe ebenso gut wie zu einem Allergiker, überlegte sie.

Sie trocknete sich die Hände ab, nahm die Medikamente in die Hand und las sich den Aufdruck durch.

Dann stellte sie diese wieder zurück auf die Ablage und ging ins Wohnzimmer zurück.

Ihr Kollege Wolf befragte weiterhin die Witwe, wie es vor Jahren zu dem Bau der Windräder gekommen war und sie erteilte sachlich und ruhig Auskunft.

Sybille Diesel sah sich im Wohnzimmer genau um, alles machte einen TOP gepflegten Eindruck. Porentief rein fiel ihr spöttisch ein alter Werbespruch ein. Für einen Wohnraum waren kaum Stoffe vorhanden, keine Gardinen, Couch und Stühle waren mit Leder bezogen, nur ein paar wenige Kissen gab es, der Bodenbelag war Laminat, auf dem Esstisch gab es keine Tischdecke, dort war eine Holzschale mit viel Obst arrangiert. Sybille Diesel tippte auf Hausstauballergie, das würde zu der textilarmen Umgebung passen. Jutta Vogel nieste plötzlich mitten im Satz.

»Gesundheit«, sagte die Kommissarin mitfühlend,

»Ich weiß, wie das ist, wenn man unter Allergien leidet. Ich habe die Medikamente im Bad gesehen.«

Sigmund Wolf sah Sybille Diesel kurz fragend an, er wusste von keiner Allergie seiner Kollegin.

»Ja, ich habe eigentlich eine Katzenallergie, aber wir haben hier keine Katzen. Seit zwei Tagen schwellen mir die Schleimhäute zu. Nur mit dem Cortison kriege ich überhaupt Luft. Ich weiß auch nicht, woher das plötzlich kommt«, stöhnte Frau Vogel gequält.

Eine Hausstauballergie ist das Kreuzallergen zur Katzenallergie, dachte die Kommissarin, das solltest du eigentlich wissen. Alles Theater hatte Sybille Diesel plötzlich den Verdacht, diese Frau ist für meinen Geschmack viel zu kontrolliert. Sie beherrscht und lenkt die Situation, nicht wir.

Die beiden Polizisten sahen sich kurz an und standen dann gleichzeitig auf. »Ich danke Ihnen, dass Sie uns ein so wichtiges Beweisstück überlassen«, meinte Kommissar Wolf zum Abschied.

»Das ist selbstverständlich, ich will, dass der Huber hinter Gitter kommt.« Jutta Vogel erhob sich ebenfalls und brachte die beiden zur Türe.

Draußen stiegen die Polizisten in ihren Dienstwagen und fuhren vom Hof runter die L421 in Richtung Walsdorf.

Zilsdorf Scheune

Ich hatte mich auf den benachbarten Feldern mit mehreren Mäusehäppchen versorgt und kam mit einer weiteren Maus im Maul zur Scheune zurück, um sie als späteren Snack zu verwahren.

Ich sah das Polizeiauto um die Ecke biegen, als ich durch das offene Fenster wieder in die Scheune einsteigen wollte.

Ich sprang hinein, ließ die Maus auf dem Boden liegen und wartete, bis ich hörte, wie zwei Zweibeiner auf die Haustüre zugingen und ins Haus gelassen wurden. Schnell machte ich kehrt und lief von der Scheune um das Wohnhaus in den Garten hinein. Vorsichtig schlich ich mich am Sockel entlang unterhalb der Fensterfront auf die offen stehende Terrassentüre zu. Hier konnte ich alles mithören.

Wie ich es mir gedacht hatte, war mein Plan aufgegangen. Ich hatte in den letzten anderthalb Tagen das Wohnhaus genau beobachtet, war in günstigen Momenten eingestiegen und hatte mich innen umgesehen.

Der Wohnbereich machte einen sauberen, fast schon sterilen Eindruck. Aufdringlich scharfe Gerüche nach Putzmitteln strapazierten aber jede meiner Inspektionen.

Heute Morgen hatte ich dann den Männeranzug auf dem Bett liegen und darin die Gelegenheit gesehen, die Papiere aus dem Glas-Safe unterzubringen. Schleunigst lief ich zur Scheune zurück. Zuerst hatte ich versucht, mit den Papieren das Toilettenfenster hochzuspringen, aber das funktionierte nicht.

Also schob ich den Vertrag einfach unter dem Scheunentor nach draußen, sprang durchs Fenster und holte mir um die Ecke die Papiere ab. Man muss sich nur zu helfen wissen.

Dann schlich ich mich ins Haus zum Bett und stopfte mit den Pfoten die Blätter in den Anzug. Gerade noch rechtzeitig flüchtete ich unters Bett, als die Frau des Hauses ins Schlafzimmer kam. Als ich mich später heimlich nach draußen schlich, hörte ich sie mehrmals lauthals niesen.

Als sich die Polizisten jetzt verabschiedeten, trabte ich wieder zu meinem Versteck in der Scheune. Die Maus hatte ich mir jetzt als Belohnung verdient.

In der Scheune hatte ich mich im John Deere häuslich eingerichtet und meistens auf dem gepolsterten Fahrersitz geschlafen. Ich verzog mich dahin zurück und fing an, mich ausgiebig zu putzen.

Die lang anhaltende Fellpflege dient nicht nur der Katzenhygiene, sie hat auch therapeutische Vorteile: Eine Katze kann dabei herrlich entspannen – und am besten nachdenken.

Ich hatte, seit ich hierher gekommen war, die Frau von Kalli Vogel genau beobachtet und mein Instinkt warnte mich vor ihr. Ich wusste nicht, warum es mir jedes Mal im Nacken kribbelte, wenn ich sie sah, aber ich war auf der Hut.

Objektiv konnte man ihr gar nichts nachsagen. Sie hatte alles im Griff, war ihren erschütterten Kindern eine starke Stütze, regelte ihren Haushalt perfekt, als wenn nichts passiert wäre, bereitete die Beerdigung ihres Mannes vor und hatte Trost und Zuspruch für jeden, der anrief oder vorbeikam.

»Fast schon heroisch«, dachte ich.

Trotzdem erschien mir die Ruhe und Sachlichkeit, mit der sie das alles handhabte, beinahe zombiemäßig. Wenn ich ihr näherkam, witterte ich von meinen diversen Verstecken bei Jutta Vogel eine unterdrückte Wut und Angst, die ihr aus allen Poren drang. Wenn sie sich alleine wähnte, starrte sie für Momente dumpf vor sich hin, die Augen weiteten sich entsetzt, als würden sie Bilder verfolgen, die zu unheimlich waren. Sie atmete flach und stoßweise.

Dabei krallte sie ihre Fingernägel in die Unterarme und presste die Lippen fest aufeinander, um nicht schreien zu müssen. Ihre Arme hatten viele Kratzspuren, weshalb sie nur noch langärmlige Blusen und Shirts trug. Diese Frau voller Angst verbarg etwas, das wurde mir klar. Und sie verbarg es auch vor der Polizei. Sie hatte es verdammt eilig gehabt, Huber als den Mörder ihres Mannes hinzustellen.

Mir fiel meine Unterhaltung mit Rover ein, als er erzählte, er hätte Kalli Vogel oben in dem Heu mal mit einem anderen Weibchen in flagranti ertappt. Nachdenklich starrte ich zu dem Heuboden herauf.

»Genug Fellpflege!«

Ich stand auf und dehnte und streckte mich ausgiebig. Dann startete ich erneut die anspruchsvolle Klettertour nach oben über das Kabinendach des Treckers, das Hochregal, den Querbalken. »Mit der Zeit geht das immer besser«, dachte ich oben angekommen auf dem Balken. Ich balancierte zum Heuboden und fing an, intensiv zu schnüffeln. Ich schnüffelte an den Rundballen, witterte dort aber nur eine alte Markierung von Rover. Dann umkreiste ich den Heuhaufen. In einer Nische, die von vier Strohballen abgeteilt war, begegnete ich anderen Duftmolekülen. Mit ein paar Sätzen sprang ich dorthin und nahm intensiv Witterung auf. Ich erkannte einen

Duft von den Papieren wieder. Das musste der Geruch von Karl-Heinz Vogel gewesen sein.

Es gab aber auch noch einen zweiten, etwas aufdringlichen Duft, den ich noch nicht kannte. Der roch nicht nur nach Mensch, sondern hatte auch einige künstliche Aromen. »Wahrscheinlich die Parfum-Lady«, konstatierte ich. Ich stapfte ein paar Schritte weiter durch das weiche Heu, als mich eine Duftwolke umwehte. Ich blieb stehen, und versuchte, die Quelle des Geruchs zu finden. Mit den Pfoten fing ich an, im Heu zu scharren und hatte plötzlich einen Stoff an den Krallen hängen.

Ich zog das Teil aus dem Heu heraus und sah, dass es sich dabei um einen roten Spitzen-BH handelte.

»Wenn ich in der Lage wäre zu pfeifen, dann wäre das die einzig korrekte Reaktion darauf«, dachte ich. Ich hielt mit einer Kralle den BH in die Höhe. Ich schnüffelte intensiv an dem reizvollen Stoff, das roch eindeutig nach einem Weibchen, aber nicht nach der Frau von Vogel. Außerdem hatte er einen zusätzlichen künstlichen Geruch. Eben Parfum.

Der Größe nach konnte der unmöglich der dicken Jutta Vogel gehören, der rote Fummel hatte eher Modelmaße.

Ich legte den BH vor mir ab und hockte mich hin. Grübelnd starrte ich das rote Ding an. Rivalitäten waren mir in der Katzenwelt nicht fremd.

Unter Katern waren Kämpfe meisten ritualisiert mit viel Getöse und wenig Blessuren. Kater schlagen gezielt gegen die gut gepolsterten und durch dickes Fell geschützten Körperpartien. Bei Weibchen musste man schon vorsichtiger sein, da wurden Kämpfe auch sehr ernst durchgeführt, vor allem, wenn es kleine Kätzchen zu verteidigen galt.

Wenn Rover recht hatte und das fremde Weibchen tatsächlich so stark parfümiert war, dann sollte es doch möglich gewesen sein, dass auch die eifersüchtige Frau Vogel den aufdringlichen Duft gerochen hat.

Einer Frau, deren Haushalt beinahe klinisch sauber ist, und die einen ausgeprägten Kontrollzwang hat, der kann doch ein fremdes Parfum nicht entgehen, führte ich meine Gedanken weiter aus.

»*Und wenn sie ihren Mann zur Rede gestellt hat? Und dabei ist es zu einer mörderischen Auseinandersetzung gekommen?*« Ich versuchte mir, die Szene vorzustellen – und schlief ein.

Aachen

Es war das erste Mal in ihrer zehnjährigen Firmenzugehörigkeit, dass die Sekretärin von Jan Benneke ihren Chef durch die geschlossene Bürotüre toben hörte. Der sonst so beherrschte Mann schimpfte lauthals am Telefon auf den Landrat Helmut Wohlgemuth ein.

»Seit gestern laufen bei mir die Telefone heiß. Aus Daun bekomme ich die Info, dass meine Anträge für weitere Windkraftanlagen erst einmal auf Eis gelegt werden und aus Brüssel die Nachricht, dass Zahlungen bis auf Weiteres zurückgehalten werden. Es bestände noch Aufklärungsbedarf über ein paar Ungereimtheiten. Und soeben ruft mich jemand aus der Redaktion des Trierischen Volksfreundes an und fragt, ob ich Stellung beziehen möchte zu einem Artikel, der morgen erscheint und der besagt, dass ich über 12.000 Euro an Sie gezahlt habe. Vielleicht verraten Sie mir einmal, wie die Presse so plötzlich Wind davon bekommen hat, Sie angeblicher Vollprofi!«

Landrat Wohlgemuth am anderen Ende der Leitung büßte gerade ein paar Zentimeter seiner stattlichen Körpergröße ein. »Ich habe keine Ahnung, woher die das haben, aber es ist bereits im Internet zu lesen. Was glauben Sie, was bei mir los ist. Ich gehe nur noch ans Telefon, wenn ich die Nummer kenne«, erwiderte er.

»Was haben Sie mit dem Scheck gemacht?«, blaffte Jan Benneke ihn an.

»In den Safe gelegt, was denken Sie denn«, gab Wohlgemuth genau so laut zurück, doch dann musste er kleinlaut zugeben: »Aber da ist er nicht mehr.«

»Waaaaaass?«, schallte es ihm so laut entgegen, dass sich Landrat Wohlgemuth den Hörer vom Kopf weg halten musste.

»Ich hatte den Scheck nach Ihrem Besuch weggeschlossen und heute früh den Safe erst wieder geöffnet, nachdem die ersten Meldungen rein kamen. Er ist nicht mehr da! Und es gibt nicht den geringsten Hinweis auf einen Einbruch«, sagte Helmut Wohlgemuth matt. Er hatte Schweißperlen auf der Stirn und fühlte sich erschöpft wie nach einer Haushaltsplansitzung, nur dass er diesmal kein Ergebnis vor sich hatte, auf das er stolz sein konnte. Was immer auch passiert war, es konnte ihn politisch beerdigen. »Es ist wie verhext.«

»Was ist mit dem Interview, dass Sie nach meinem Besuch hatten?«

Wohlgemuth wiegelte ab. »Ausgeschlossen! Der Reporter ist nicht mal in die Nähe des Safes gekommen und woher sollte der auch wissen, wo der ist.«

Für ein paar Augenblicke war es still in der Leitung, dann sagte Jan Benneke gefährlich leise: »Sie schaffen dieses Debakel aus der Welt. Streiten Sie alles ab, behaupten Sie, es wäre eine Lüge.«»Ich weiß selbst, was ich zu tun habe«, funkte Wohlgemuth wütend dazwischen. Er hatte nicht vor, sich auch noch vorschreiben zu lassen, wie er sich zu verhalten habe. Klein beizugeben kam für ihn nicht infrage, dazu hatte er sich zu lange hoch gekämpft.

»Ich habe für morgen früh eine Pressekonferenz anberaumt. Ich werde dem Trierischen Volksfreund seine Unverschämtheit in den Rachen würgen«, versprach er mit mehr Zuversicht, als er tatsächlich verspürte.

»Das hoffe ich. Für Sie!«, zischte Jan Benneke. Er dachte daran, sofort im Anschluss seinen Rechtsanwalt anzurufen. Er musste sich unbedingt beraten lassen. Es wäre auch gut, selbst schon mal eine Presseerklärung vorzubereiten, dachte er.

In den letzten zwei Stunden hatten die Telefonanfragen und Emails von Journalisten bei seiner Sekretärin exponentiell zugenommen.

Helmut Wohlgemuth beendete das Telefonat und setzte sich in seinen Bürostuhl. Er legte die Hände auf die Schreibtischunterlage und stierte vor sich hin.

Sein schwarzer Kater Black Jack hatte die ganze Zeit über auf der Couch gelegen und alles mitgehört. So nervös hatte er seinen Dicken noch nie erlebt. Er ließ sich von der aufgeheizten Stimmung anstecken und sein Schwanz zuckte hin und her.

Das Telefon klingelte erneut und die Miene des Landrats verzog sich grimassenhaft. Er hob den Hörer ab und begrüßte seinen Gesprächspartner mit großem Enthusiasmus. »Mein lieber Kurt, das ist eine angenehme Überraschung. Was kann ich für S... «, er hörte ein paar Augenblicke zu und versuchte durch Einwürfe, sich zu erklären. »Natürlich nicht, ich habe .... nur eine Spende, alles korrekt .... «

Helmut Wohlgemuth wurde um einen Schein blasser. »Selbstverständlich, Herr Ministerpräsident«, sagte er leise und legte auf.

Hubers Hof in Walsdorf

Die Kommissare Sigmund Wolf und Sybille Diesel fuhren auf den Hof von Heinrich Huber vor. Ihr Assistent Kommissaranwärter Kevin Leimann sollte mit einem zweiten Polizeiwagen die Hofeinfahrt versperren. Heinrich Huber hörte den Wagen und kam aus dem Stall, wo er seine Kühe gerade versorgte. »Was wollen Sie denn schon wieder hier? Ich hab doch schon alles gesagt«, maulte er die Polizisten übel gelaunt an.

»Da sind wir aber anderer Meinung, nicht wahr, Siggi?«, konterte Sybille Diesel zurück. »Vielleicht setzen wir uns erst mal in ihre gemütliche Küche und unterhalten uns über das, was Sie uns nicht gesagt haben«, sagte ihr Kollege mit ironischem Unterton.

Huber sah beide misstrauisch an und entdeckte dann den zweiten Polizeiwagen, der die Hofeinfahrt blockierte. Unter seiner wettergegerbten Haut wurde er etwas blasser.

»Bitte, nach Ihnen«, sagte Kommissarin Diesel und wies mit der Hand auf die Haustüre. Heinrich Huber brummte etwas, ging voraus und gewohnheitsmäßig streifte er die dreckigen Gummistiefel an der Türe ab, bevor er hineinging. Im Hausflur schlüpfte er in seine ausgelatschten Schlappen und ging voran zur Küche.

»Wollen Sie nen Kaffee oder was Wasser?«, brummte er.

»Danke, nichts«, sagte Kommissar Wolf und eröffnete die Befragung. »Erzählen Sie uns doch bitte, wofür die 30.000 Euro waren, die Sie von Karl-Heinz Vogel bekommen haben?«

Der Bauer starrte sie mit großen Augen an. Er hatte damit gerechnet, dass sie ihn erneut zu dem Mord befragen wollten.

Dass die Polizei über das Geld stolpern würde, daran hatte er nicht gedacht. Er brauchte ein paar Augenblicke, um zu überlegen.

»Was für 30.000 Euro?«, versuchte er es. Kommissarin Diesel zog aus ihrer Jacke die Plastikhülle mit den Vertrag und hielt ihn demonstrativ hoch. Ihr Kollege Wolf meinte dazu lakonisch: »Bitte, strapazieren Sie doch nicht unsere Geduld, Herr Huber. Sie haben von Vogel 30.000 Euro im vergangenen Jahr erhalten. Es interessiert uns, wie der Mann Ihnen Geld geben konnte, wo ihr doch so spinnefeind miteinander ward. Also, wie war das?«

Heinrich Huber war beim Auftauchen des Vertrages noch blasser geworden. Seine Schultern sanken ein wenig tiefer.

»Herr Huber«, sagte Sybille Diesel ruhig, »wir wissen, dass Vogel Ihnen das Geld nicht freiwillig gegeben hat und der Vertrag sieht auch eher so aus, als wenn Sie niemals die Absicht gehabt hätten, es zurückzuzahlen.« Sie riskierte einen Schuss ins Blaue – und traf.

»Oh doch!«, Huber hatte den Kopf hochgerissen und starrte beide an. »Ich wollte das Geld nie geschenkt haben. Sobald ich die Möglichkeit dazu gehabt hätte, dann hätte ich es ihm auch zurückgezahlt.« Müde fuhr sich der Bauer mit beiden Händen durch das Gesicht.

»Meine Frau war im vergangenen Jahr schwer krank. Bauchspeicheldrüsenkrebs. Die Ärzte in Daun hatten ihr nicht mehr viel Hoffnung gemacht. Dann hatte sie in so einer Zeitung von einer neumodischen Therapie gelesen, in Süddeutschland. Aber das war eine Privatklinik und die Krankenkasse wollte die Kosten nicht übernehmen, von wegen, keine anerkannte Therapie und so. Meine Frau hatte ein paar Mal mit der Klinik telefoniert und sich Broschüren schicken lassen.«

Huber sah die beiden Polizisten Verständnis heischend an, »sehen Sie, ich wollte doch meine Frau nicht verlieren. Sie hatte ohnehin kein tolles Leben hier gehabt, aber ich wollte, dass es ihr wieder besser ging. Nur Geld hatte ich keines, die Bank wollte mir auch kein weiteres Darlehen mehr genehmigen, der Hof ist bis über die Dachrinne mit Hypotheken belastet. Also habe ich Kalli Vogel gefragt und er hat es mir geliehen.« Huber presste die Lippen zusammen, als wollte er nichts weiter mehr sagen.

Wolf fragte weiter: »Damit haben Sie aber immer noch nicht gesagt, wie Sie Herrn Vogel dazu gekriegt haben, mal eben 30.000 Euro zu zahlen. Er muss es Ihnen bar gegeben haben, sonst hätte doch seine Frau was spitzgekriegt.«

Hubers Augen fingen böse an zu funkeln: »Natürlich durfte seine Frau nichts erfahren. Sonst hätte er ihr ja auch sein Knüssenöllchen[11] mit der Blonden erzählen müssen.«

Kommissarin Diesel durchzuckte es, in Sekundenschnelle sortierte sie das Puzzle um den Mord von Vogel neu und kam zu einem ganz anderen Bild. »Vogel hatte eine Geliebte?«, fragte sie nach.

Huber nickte und seufzte: »Ich habe die beiden Mal gesehen in einer Jagdhütte bei Hohenfels. Sie ist so eine Schicke aus der Stadt, blond, Modelfigur, jung, fährt nen BMW Z4.« Er sah Kommissar Wolf an: »Kalli Vogel flog auf den Typ, schon immer. Zuhause bei ihm ging es ja weniger lustig zu. Seine Frau Jutta sagte, wo es lang ging, die hat Haare auf den Zähnen.«

Sigmund Wolf beugte sich ein wenig vor und sah ihm in die Augen. »Also haben Sie ihn erpresst!«, sagte er leise.

Huber presste die Lippen zusammen, zögerte einen Augenblick. Dann senkte er den Kopf und nickte. Heinrich Huber hob den Kopf wieder an und blickte fest erst Wolf, dann Diesel an: »Aber ich habe Kalli Vogel nicht umgebracht. Dabei bleibe ich.«

Sybille Diesel zückte die Handschellen. »Vielleicht sollten wir diesen Punkt ja auf unserer Inspektion klären«, sagte sie und kam auf Huber zu. Der sah sie mit großen Augen an.

»Aber, ich habe mit dem Mord nix zu tun«, schrie er beinahe.

Kommissar Wolf drehte ihn an den Schultern herum und hielt seine Hände auf dem Rücken fest. »Erpressung

11 Verhältnis, Liebschaft

ist auch eine Straftat«, sagte er, als die Handschellen klickten.

Friedhof in Walsdorf

Der Friedhof in Walsdorf liegt auf einer Anhöhe. Von dort aus hatte man einen weitläufigen Ausblick auf die Talsenke, in der das Dorf liegt. Heute, am Tag der Beerdigung von Karl-Heinz Vogel standen der Parkplatz und die Anfahrt zum Friedhof voll mit Autos und Menschen drängelten sich auf dem kleinen Dorffriedhof. Viele Nachbarn und Freunde aus Zilsdorf, Walsdorf und der Umgebung wollten Abschied nehmen.

Auch Wolf und Diesel waren zu der Beerdigung gekommen. Gestern hatten sie Huber nach Daun auf die Polizeiinspektion gebracht und weiter verhört. Aber außer der Erpressung hatte dieser nichts weiter gestanden. Er blieb dabei, Vogel nicht erschlagen zu haben. Gegen Abend ordneten sie dann Untersuchungshaft für Huber an.

Die Verhaftung Hubers war natürlich in dem kleinen Walsdorf nicht unbemerkt geblieben und heute Gesprächsthema Nummer eins unter den Trauergästen. Die beiden Kommissare bekamen etliche anerkennende Blicke zugeworfen und es hätte nicht viel gefehlt, und einer hätte ihnen auch noch auf die Schulter geklopft. Der Mann konnte sich gerade noch beherrschen, nachdem ihn seine Ehefrau mit dem Ellbogen in die Rippen geboxt hatte. So stellten sich Wolf und Diesel etwas abseits der Trauergesellschaft an eine Hecke und beobachteten die Leute.

Aus den Augenwinkeln nahm Sybille Diesel eine Katze war, die mit hoch erhobenem Schwanz vorbeistolzierte, eine typische Eifeler Hauskatze mit weißen Beinchen und einem getigerten Rücken und Schwanz. Unwillkürlich musste sie lächeln.

Sie sah, wie die Katze auf eine junge, blonde Frau zu spazierte, die am anderen Ende des Friedhofs abseits der Trauerfeier stand und immer wieder dorthin blickte. Sybille Diesel runzelte nachdenklich die Stirn.

Ich hatte auf dem Hof von Vogel erlauscht, wann die Beerdigung stattfinden sollte und war deshalb schon sehr früh zum Friedhof nach Walsdorf aufgebrochen. Hier hatte ich dann unter Ziersträuchern versteckt gewartet.

Ich war neugierig auf die Art und Weise, wie Menschen mit dem Tod umgingen. Auch wir Katzen können Trauer empfinden, wenn wir einen nahen Artgenossen verlieren oder unseren menschlichen Bezugspartner. Ich hatte schon beobachtet, dass viele von uns dann kaum noch fressen oder sich nicht mehr putzen und es gibt ganz sensible Katzen, die richtig in Depressionen verfallen. Auch wenn wir im allgemeinen Einzelgänger sind, brauchen Katzen auch ihre Zeit, bis sie einen Verlust seelisch verarbeitet haben.

Der Friedhof füllte sich allmählich mit Menschen. Das Familiengrab der Vogels lag am Hauptweg und um den Pfarrer versammelten sich die Angehörigen und die Trauergemeinschaft. Die Witwe Jutta Vogel stand mit ihren beiden Kindern an der offenen Grabstelle und weinte lautstark. Die Kinder machten einen traurigen und verwirrten Eindruck. Der Pfarrer begann mit der Zeremonie.

Durch die großen, weit ausladenden Bäume flirrte das Sonnenlicht. Ein leichter Wind wehte und plötzlich zog eine Duftwolke an mir vorbei, die mich elektrisiert zusammenzucken ließ.

Es war derselbe Geruch, den ich schon auf dem Heuboden und an der roten Reizwäsche gerochen hatte. Ich ging der Duftspur nach und sie führte mich zu einer jungen Frau, die in einer Grabreihe weit abseits der großen Trauergruppe stand.

Sie hatte blondes Haar und einen für meine feine Nase geradezu penetranten Parfumhauch an sich. Ich sah, dass ihre Schultern zuckten und sie hielt sich ein Taschentuch vor die roten Lippen. Leise hörte ich sie schluchzen.

Ich strich ihr um die Beine, sie erschrak erst zusammen, doch als sie mich sah, beugte sie sich zu mir herab und streichelte meinen Rücken. Sie hatte sehr zärtliche Finger.

Ich beschnüffelte sie intensiv. Ja, ganz eindeutig war das die Parfum-Lady von dem Heuboden. Also war sie in der Scheune gewesen und Karl-Heinz Vogel hatte mit ihr rumgemacht. Da ich es aus meiner Samtpfotenwelt nichts anderes von Katern gewohnt war, sah ich das eigentlich als normal an. Aber aus meinem Zusammenleben mit Zweibeinern wusste ich, dass diese weniger großzügig in Bezug auf Partnerschaft waren.

Die junge Frau kraulte mir jetzt den Kopf und ich schnurrte. »Du bist aber ein Liebes. Willst du mich trösten?«, fragte sie leise.

Schritte näherten sich uns: »Verzeihung. Mein Name ist Sybille Diesel von der Kriminaldirektion in Trier«, sagte die Kommissarin und hielt der Frau ihre Dienstmarke hin. »Können wir uns vielleicht unterhalten?«

Ich erschrak und machte, dass ich wegkam.

Kriminalkommissarin Diesel hatte die Szene beobachtet und sich an die Aussage Heinrich Hubers über Vogels angebliche Geliebte erinnert.

Sie sprach die junge Frau leise an, um den Pfarrer, der auf dem Hauptweg nun den Sarg mit Weihwasser besprengte, nicht zu stören.

Diese war ein wenig verwirrt. Hinter einer dunklen Brille liefen Tränen über ihr Gesicht.

Sybille Diesel betrachtete sie eingehend. Die Frau machte einen sehr modebewussten Eindruck. Ein schwarzer Trenchcoat war chic mit einem breiten Gürtel zugezogen, die schwarzen, hochhackigen Stiefel hatten eine knallrote Sohle. Für eine Trauerfeier in einem Eifeldorf fast schon ein Skandal. Sie gehörte ganz eindeutig nicht hierher.

»Vielleicht hier«, sagte die Kommissarin und wies mit der Hand auf einen mächtigen Buchenstamm, hinter den sich beide stellen konnten und so vom Hauptweg aus nicht mehr zu sehen waren.

»Sagen Sie mir bitte Ihren Namen?«, fragte sie die junge Frau leise.

»Ich bin Ramona Wellinghoff.«

»Mir scheint, Sie sind nicht von hier. Kannten Sie den Mann, der dort beerdigt wird?«, fragte die Kommissarin weiter.

»Ich war mit Herrn Vogel bekannt und wollte von ihm Abschied nehmen«, ihre Stimme war angenehm dunkel.

»Frau Wellinghoff, Sie waren mehr als nur bekannt mit Karl-Heinz Vogel, nicht wahr?«, Ramona Wellinghoff schüttelte schnell den blonden Kopf.

»Wir haben die Aussage von einem Zeugen, der Sie zusammen mit Herrn Vogel gesehen hat. Soll ich vielleicht auf dem Parkplatz nachsehen, ob dort ein BMW Z4 steht oder möchten Sie eine Gegenüberstellung mit unserem Zeugen?«, insistierte die Kommissarin.

Die junge Frau senkte den Kopf und war für einen Moment still versunken. »Bitte lassen Sie mir die Zeit, mich von ihm zu verabschieden. Selbstverständlich stehe ich Ihnen nachher zur Verfügung«, sagte sie leise.

Kriminaloberkommissar Wolf hatte seine Kollegin beobachtet, nun spürte er sein Handy in der Jackentasche vibrieren. Er ging ein paar Schritte abseits, um niemanden zu stören und meldete sich dann am Telefon. »Was gibt es denn?«, fragte er.

Während er lauschte, verzog sich sein Gesicht und er fluchte: »Verdammte Scheiße!«, was ihm ein paar entrüstete Blicke einiger Trauergäste einbrachte. Er klappte sein Handy wieder zu und ging langsam auf seine Kollegin zu. Als er nahe genug war, gab er ihr ein Zeichen. Sybille Diesel kam zu ihm und sah ihn fragend an. »Heute Morgen wurde Heinrich Huber erhängt in seiner Zelle aufgefunden. Er hat aus seiner Arbeitshose die langen Hosenträger herausgerissen und sich damit einen Strick gedreht«, stöhnte er. Kommissarin Diesel schloss für einen Augenblick die Augen und unterdrückte den Fluch, der ihr auf der Zunge lag.

»Für unseren Kriminalhauptkommissar ist der Fall damit erledigt. Huber ist für ihn der Mörder und der hat sich jetzt selbst gerichtet. Fall gelöst! Also alles eintüten und ab ins Archiv. Wir sollen sofort nach Daun kommen«, sprach er weiter.

Sybille Diesel überlegte einen Augenblick lang und schüttelte dann den Kopf. »Fahr du alleine. Schick mir unseren Assi Kevin mit einem Wagen hierher. Ich habe die Freundin von unserem Opfer gefunden und spreche noch mit ihr.«

»Was soll das noch bringen?«, fragte Wolf flüsternd.

»Wenn sich Huber selbst umgebracht hat, dann bestimmt nicht aus Reue gegenüber dem Mord. Der Mann war schon vorher erledigt! Der hatte nichts mehr, nur noch Schulden und Einsamkeit. Ich bin hier noch nicht fertig, egal was unser hoch verehrter Kriminalhauptkommissar dazu meint«, flüsterte sie erregt zurück.

Wolf sah sie nachdenklich an und entschloss sich dann, ihrem weiblichen Instinkt zu vertrauen. »Ist gut, ich schick dir den Leimann«, sagte er und drehte sich zum Ausgang des Friedhofs um.

Inzwischen war der Sarg in die offene Grabstelle herabgelassen worden, die Trauergesellschaft kondolierte, und verließ allmählich den beschaulichen Platz auf der Anhöhe.

Ramona Wellinghoff wartete ab, bis auch der letzte Besucher den kleinen Friedhof verlassen hatte, kam dann hinter der Buche hervor und ging zum Grab Karl-Heinz Vogels. Kommissarin Diesel beobachtete die junge Frau genau.

Sie sah, wie sie eine weiße Rose in das Grab warf und leise zu dem Sarg flüsterte. Ihre zitternde Hand wischte ein paar Tränen vom Gesicht. Dann richtete sich die Frau auf und kam langsam auf die Polizistin zu. »Danke, dass Sie mir die Zeit gegeben haben.«

Zusammen gingen sie den breiten Weg zum Eingangstor und verließen den Friedhof. Draußen auf dem Parkplatz kramte Ramona Wellinghoff in ihrer Handtasche und holte Zigaretten und Feuerzeug heraus. Sie bot der Polizistin auch eine an, aber Sybille Diesel hatte sich vor drei Jahren mühsam das Rauchen abgewöhnt und schüttelte nur den Kopf.

Die blonde Frau zündete sich eine Zigarette an und inhalierte tief mit geschlossenen Augen. Dann nahm sie ihre Sonnenbrille ab und sah die Kommissarin mit ihren dunkelblauen Augen an.

»Ich kenne den Karl-Heinz seit circa einem Jahr. Ich arbeite als Unternehmensberaterin und im Bereich Marketing für KMUs«, und als die Kommissarin sie fragend ansah, »kleine und mittelständische Unternehmen, meine ich. Mein Spezialgebiet sind neue Energietechnologien. Ich hatte Karl-Heinz Vogel auf einer Messe kennengelernt und wir haben uns gut unterhalten. Kurze Zeit später rief er mich ein paar Mal an und irgendwann haben wir uns verabredet. Natürlich nicht hier in der Gegend, zuerst in Ahrweiler.«

Sie lächelte: »Karl-Heinz hatte sehr viel Humor, wir hatten so viel Spaß. Wir sind uns schnell nähergekommen. Aber am Anfang war das wirklich nichts Ernstes. Ich wusste ja, dass er Familie hat. Ich bin ja in meinem Beruf auch sehr eingespannt und viel unterwegs, dachte ich damals.« Ihre blauen Augen bekamen einen sehnsuchtsvollen Ausdruck.

Die Kommissarin sah sich die junge Frau sehr genau an, ihr harmonisches Gesicht mit der schmalen Nase und den vollen, roten Lippen. Die blonden Haare hatten einen modischen Stufenschnitt.

Ramona Wellinghoff sprach weiter: »Wir hatten uns selbst eingeredet, dass wir nur ein lockeres, unverbindliches Verhältnis wollten. Irgendwann entdeckten wir dann, dass längst mehr daraus geworden war. Karl-Heinz sprach als Erster von Liebe und dass er auch bereit sei, für uns seine Familie zu verlassen.« Sie ließ den Zigarettenstummel auf den Parkplatzboden fallen und zertrat ihn mit der Schuhspitze. »Das war erst vor Kurzem, so drei, vier Wochen her. Wir hatten noch gar nicht über

Details gesprochen, ich lebe in Köln und war mir auch noch nicht sicher, ob er sich in dem Trubel überhaupt wohlfühlen könnte oder ob ich vielleicht umziehen wollte.«

Kommissarin Diesel hatte die junge Frau sprechen lassen und nicht unterbrochen, jetzt fragte sie nach. »Wissen Sie, ob seine Frau etwas von Ihnen geahnt hat?«

Ramona Wellinghoff schüttelte die blonde Mähne.

»Das weiß ich wirklich nicht. Bisher hatten wir uns immer nur heimlich getroffen und meistens außerhalb. Karl-Heinz hatte sich extra ein Pre-Paid-Handy zugelegt, mit dem telefonierten wir.«

Sybille Diesel sah von Weitem ein Polizeifahrzeug die Straße zum Friedhof hochkommen. Kommissaranwärter Leimann steuerte den Wagen und hielt auf ein Handzeichen der Kommissarin an.

Sybille Diesel wandte sich wieder an die junge Frau.

»Frau Wellinghoff, wann haben Sie Karl-Heinz Vogel das letzte Mal gesehen?«

Das Gesicht der jungen Frau wurde ein wenig rot.

»Das war ungefähr eine Woche, bevor er so schrecklich ums Leben gekommen ist. Seine Frau war ein paar Tage mit den Kindern weg. Und ich wollte schon immer mal eine Nacht im Heu verbringen, wenn Sie verstehen, was ich meine.«

Sie konnte ein schalkhaftes Lächeln nicht unterdrücken. »Er hat mich heimlich auf seinen Hof gebracht, damit die Nachbarn nichts mitbekommen.«

Sybille Diesel wollte das noch mal genauer hören: »Sie waren mit Karl-Heinz Vogel auf seinem Hof und hatten Sex im Heu?«

Ramona Wellinghoff senkte den Kopf. Tränen rannten über ihr Gesicht. »Ja, wir waren in der Scheune oben auf einem Heulager. Es war so romantisch.« Jetzt weinte sie haltlos. Die Tränen lösten ihre Wimperntusche auf und hinterließen schwarze Spuren auf den Wangen.

Die Kommissarin wartete ein paar Augenblicke, bis sich Ramona Wellinghoff beruhigt hatte. Dann legte sie leicht die Hand auf den Arm der jungen Frau.

»Frau Wellinghoff, Sie haben uns mit Ihrer Aussage sehr geholfen. Ich habe die Bitte, dass Sie mich nach Daun auf die Inspektion begleiten, damit wir das protokollieren können.«

»Aber ... «, begann die blonde Frau verwirrt und blickte in Richtung eines einsam am Straßenrand stehenden BMW Z4.

»Es ist sehr wichtig für uns. Mein Kollege kann mit Ihrem Wagen nachkommen«, sagte Sybille Diesel und sanft, aber bestimmt, schob sie Ramona Wellinghoff zum wartenden Polizeifahrzeug.

Tatort Zilsdorf

Kriminalkommissarin Sybille Diesel fuhr die L421 gemächlich in Richtung Zilsdorf. Die tief stehende Sonne zauberte eine goldene Traumlandschaft in das schöne Stück Vulkaneifel, das sie gerade durchquerte. Die Polizistin ging in Gedanken noch einmal die Zeugenaussage von Ramona Wellinghoff durch.

Damit waren sie und ihr Kollege Wolf sich einig, dass es nötig war, die Ehefrau des Opfers, Jutta Vogel, zu befragen. Allein Schüssler war davon nicht überzeugt, für ihn war der Fall mit dem Selbstmord von Heinrich Huber abgeschlossen.

Aus diesem Grund war Sigmund Wolf in Daun geblieben und sprach mit dem Kriminalhauptkommissar, während Sybille Diesel nach Zilsdorf fahren sollte. Wolf sollte verhindern, dass Schüssler zu früh hinausposaunen würde, der Fall Vogel sei gelöst. Und sie wollten auch nicht, dass der Selbstmord Hubers in seiner Zelle zu früh bekannt wurde. Sie ahnten längst, dass Vogel von jemand anderem erschlagen worden war. Es gab allerdings nicht die geringste verwertbare Spur darauf. Kommissarin Diesel bog den Wagen in die Hofeinfahrt der Vogels ein und stellte das Auto ab. Dann ging sie zur Haustüre und klingelte.

Jutta Vogel wirkte etwas überrascht, als sie die Türe einen Spalt weit öffnete. Sie sah die Polizistin etwas ungehalten an. »Ja, gibt es denn, noch was?«, fragte, sie statt einer Begrüßung.

»Guten Tag, Frau Vogel, es sind noch ein paar Fragen aufgetaucht, die Sie mir vielleicht beantworten können. Darf ich hineinkommen?«, fragte Sybille Diesel und wies mit der Hand in den Flur.

»Natürlich«, sagte Jutta Vogel hastig und öffnete die Türe ganz, »das ist aber kein guter Zeitpunkt. Meine Schwiegereltern bringen die Kinder heute Abend zurück. Und ich hab noch einiges vorzubereiten.«

Sybille Diesel ging nicht darauf ein, sondern sah die Witwe einfach an.

Mit einem kleinen Seufzer sagte Jutta Vogel: »Setzen wir uns ins Wohnzimmer.«

Ich war von der Beerdigung in Walsdorf wieder zurück in die Scheune nach Zilsdorf gelaufen und hatte unterwegs noch am Rastplatz zur Feldmaus angehalten und meinen Hunger gestillt. Ich zermarterte mir den Katzenkopf, wie ich das spitzenbesetzte Beweisstück einsetzen konnte.

Das Prinzip, wichtige Indizien den geeigneten Leuten in den Weg zu legen, hatte sich als goldrichtig erwiesen und mich hierher geführt. Ich war mir inzwischen hundertprozentig sicher, dass Karl-Heinz Vogel von seiner eigenen Frau erschlagen worden war.

Jutta Vogel wollte alles beherrschen und folgte einem ausgeprägten Kontrollzwang. Niemals hätte sie geduldet, dass ihr Mann sie wegen einer anderen Frau verließ. Ihr Selbstwertgefühl hing von dem katholischen Heile-Welt-

Bild ab, das sie mühsam aufrechterhielt. Dazu gehörte ihr Putzfimmel genauso wie eine vollständige Familie.

Meine Gedanken wurden unterbrochen, als ich das Motorengeräusch des Polizeiwagens wieder erkannte. Die letzten Meter legte ich im Sprint zurück, obwohl meine Pfoten mittlerweile wie Feuer brannten. Ich hatte aufgehört, die Kilometer zu zählen, die ich in den letzten Tagen auf Tour war. Ich rannte gerade um die Ecke, als ich sah, wie die Polizistin ins Haus ging und die Türe schloss.

Sofort sprang ich zur Scheune und kletterte durch das Fenster hinein. Aus meinem Versteck unter dem Anhänger holte ich den roten Büstenhalter und schleppte ihn zum großen Tor. Wie schon zuvor die Papiere schob ich den BH einfach durch die Lücke am Boden und machte mich auf den Weg nach draußen.

Vor dem Scheunentor packte ich den Spitzenfummel mit den Zähnen und sah mich um. Wo wäre der beste Platz für das Teil?

»Es muss sofort ins Auge fallen, darf auf keinen Fall übersehen werden«, dachte ich. Es war sehr ruhig auf dem Hof in der einbrechenden Dämmerung. Langsam ging ich auf die Haustüre zu. Die rote Reizwäsche legte ich direkt auf der Fußmatte ab und zog das Knäuel mit den Pfoten auseinander. Ein sexy roter BH auf einer Fußmatte in einem Eifeldorf – ich krauste ein wenig die Nase, senkte halb die Augen und schmunzelte. Dann ging ich mit hoch erhobenem Schwanz zu einer alten Bank, die im Vorgarten unter einer Kletterrose stand,

und sprang hoch. Von hier aus konnte ich alles beobachten. Ich hockte mich bequem hin und begann meine Pfoten zu putzen.

Schon auf der Hinfahrt hatte die Kommissarin überlegt, wie sie vorgehen sollte. Jutta Vogel hatte sich sehr unter Kontrolle, sie aus der Reserve zu bringen, war enorm heikel.

»Was macht Ihre Allergie?«, fragte Diesel.

Jutta Vogel sah sie ein wenig irritiert an und antwortete dann: »Danke, leider ändert sich nichts. Ich hoffe, ich kann in den nächsten Tagen endlich mal zum Arzt fahren. Bisher hatte ich noch keine Zeit dafür.« Sie lehnte sich in die Couch zurück.

Ihr Blick wurde plötzlich neugierig: »Stimmt es, dass Sie den Huber verhaftet haben? Es wurde auf der Beerdigung fast von nichts anderem mehr geredet.«

»Das ist richtig, wir haben Heinrich Huber gestern vernommen und das hat lange gedauert.«

Jutta Vogel atmete tief durch und lächelte grimmig.

»Ich bin froh, dass Sie das Schwein, das meinen Mann umgebracht hat, kassiert haben und der jetzt seine gerechte Strafe bekommt.«

»Nun«, Sybille Diesel tastete sich behutsam vor,

»Wofür immer Herr Huber bestraft werden müsste, das hat er schon selbst besorgt. Heinrich Huber hat sich heute Morgen umgebracht.« sagte sie und sah Frau Vogel an.

In deren Augen blitzte es triumphierend auf und ein höhnisches Grinsen durchzuckte ihren Mund, aber sehr schnell hatte sie ihr Gesicht wieder unter Kontrolle und machte eine betroffene Miene. »Mein Gott, Selbstmord?«, fragte sie mit fassungsloser Stimme nach.

»Genauer gesagt, er hat sich in seiner Zelle erhängt.« Jutta Vogel hob den Kopf: »Ein solches Ende hat er sich selbst zuzuschreiben für den Mord an meinem Mann. Ich bin froh, dass Sie den Täter gefunden haben. Jetzt können meine Kinder und ich in Frieden leben.« Sie gibt keinen Millimeter preis, dachte die Kommissarin, dann leg mal los. »Den Mord an Ihrem Mann hatte Herr Huber bis zuletzt bestritten ...«

»Das ist doch klar!«, platzte Jutta Vogel erregt dazwischen.

»... dennoch, es sind interessante Informationen bei der Vernehmung aufgetaucht, die den Tod Ihres Mannes in einem anderen Licht erscheinen lassen.«

Die Witwe sah die Kommissarin fragend an: »Ich dachte, mit dem Selbstmord von Huber wäre der Fall erledigt?«

»Nicht von unserer Seite. Es gibt Indizien, dass Huber es getan haben könnte, aber keinen Beweis, dass er es getan haben sollte. Tatsächlich ist mit seiner Aussage eine neue Spur für uns sehr viel interessanter geworden. Frau Vogel, warum haben Sie uns verschwiegen, dass Sie von der Affäre, die Ihr Mann hatte, gewusst haben?« Die Kommissarin sah die Witwe jetzt direkt an.

Jutta Vogel zuckte zusammen. Für einen kurzen Augenblick zeigte sie eine unkontrollierte Wut, dann straffte sie ihre Schultern und sah Sybille Diesel mit großen

Augen erstaunt an. »Eine Affäre? Mein Mann? Das ist lächerlich. Das hat sich der Huber nur ausgedacht.«

Die Kommissarin schüttelte den Kopf. »Nein, von Huber hatten wir nur einen Hinweis. Aber inzwischen konnten wir uns ausführlich mit der Geliebten Ihres Mannes selbst unterhalten. Demnach war er seit fast einem Jahr mit der Frau liiert und hatte vorgehabt, Sie zu verlassen. Ich glaube Ihnen nicht, dass Sie nichts geahnt haben wollen. Heinrich Huber hatte bereits ausgesagt, dass Sie alles bestimmen und kontrollieren würden, auch Ihren Mann. Vergleichbares hörten wir auch von der jungen Frau.«

Jutta Vogel war weiß im Gesicht geworden. Sie hörte der Polizistin mit wütendem Blick und zusammengepressten Lippen zu, ihre Arme hatte sie unter der Brust verschränkt und ballte die Hände zu Fäusten.

Sybille Diesel beobachtete sie und sprach weiter.

»Karl-Heinz Vogel wollte seine Familie verlassen und mit seiner Freundin Ramona zusammenleben. Er war unabhängig mit den Einnahmen aus dem Vertrag mit der Windenergiegesellschaft und wusste seine Familie auch finanziell abgesichert. Für ihn war das der beste Zeitpunkt zu gehen. Sie ahnten oder wussten, dass er von Ihnen weg wollte und das konnten Sie nicht ertragen.

Sie haben ihn in der Scheune zur Rede gestellt oder er hat es Ihnen selbst gesagt, jedenfalls haben Sie die Kontrolle verloren und einfach mit dem Nächstbesten zugeschlagen. Sie hatten eine solche Wut, dass Sie Ihrem Mann den Schädel eingeschlagen haben. Dann erkannten Sie, was Sie getan haben und Panik überfiel Sie. Sie zogen sich schnell um und fuhren nach Hillesheim zum Supermarkt, wo Sie zufällig noch Ihre Freundin getroffen haben, die Ihnen ein Alibi verschaffen konnte.«

Jutta Vogel fauchte: »Wie können Sie es wagen, diesen Müll über meinem Mann und mir auszukippen. Nichts davon ist wahr. Wir waren eine glückliche Familie, bis Huber meinen Mann ermordet hat. Das hat er nur gesagt, weil er neidisch war, auf das, was wir alles hatten.«

»Nein, Frau Vogel, wir haben auch die Aussage der Frau, für die Ihr Mann bereit war, seine Familie zu verlassen, ebenso gemeinsame Bilder auf ihrem Handy und leidenschaftliche SMS, die er an sie verschickt hat.« Es kostete Jutta Vogel enorme Kraft, sich zu beherrschen und ihre Wut und Angst zu unterdrücken. Sie nahm weiter eine gelassene Haltung ein, aber ihre Finger krallten sich unbewusst in ihre Oberarme. »Ich glaube Ihnen kein einziges Wort.« Jutta Vogel sprach langsam und sehr präzise.

»Ihr Mann hatte ein Pre-Paid-Handy, von dem Sie nichts wussten. Wir werden noch einmal in der Scheune suchen, wenn mein Kollege gleich mit dem Technikteam ankommt. Ich wette, Ihr Mann hat es dort versteckt.«

Jutta Vogel drehte den Kopf weg und sah aus dem Fenster. Hinter ihrer Stirn arbeitete es fieberhaft.

Sybille Diesel sprach ruhig weiter: »Frau Vogel, Sie haben Ihren Mann getötet. Wir wissen das. Und auf dieser Basis ermitteln wir auch weiter. Sie werden den Mord nicht für ewig verschweigen können, es zerfrisst Sie ja jetzt schon, das sehe ich Ihnen an. Sie werden sich selbst zerstören, wenn Sie sich nicht zu Ihrer Tat bekennen und Ihre Kinder mit Ihnen.«

»Lassen Sie meine Kinder aus dem Spiel«, schrie Jutta Vogel die Kommissarin an, »ich habe nichts getan. Und weiter muss ich auch nicht mehr mit Ihnen sprechen. Wenn Sie nichts haben als Ihre wilden Spekulationen, dann muss ich jetzt darauf bestehen, dass Sie mein Haus verlassen. Ich habe Ihnen nichts mehr zu sagen!« Sie erhob sich und wies zur Türe. »Gehen Sie!«

Sybille Diesel schluckte eine Antwort herunter und stand auf. Sie war vergeblich gegen diese Mauer angerannt und sah nun frustriert auf die Witwe herab.

Jutta Vogel war von der Tatsache, dass ihr Mann sie betrogen hatte, nicht so überrascht gewesen, wie eine unwissende Ehefrau es hätte sein müssen. Und sie legte eine enorme Selbstbeherrschung an den Tag, aber darunter kochte es wie ein alter Eifelvulkan.

Beide gingen wortlos zur Haustüre, die Jutta Vogel öffnete. Dann schrie sie plötzlich kreischend auf.

Auf der dunklen Fußmatte vor der Eingangstüre leuchtete ein roter BH, ein wenig angeschmutzt, aber mit reizvollem Spitzenbesatz. Die entsetzte Frau schlug die Türe weit auf und stolperte ein paar Schritte rückwärts, bis sie an der Flurwand nicht weiterkam und kraftlos an dieser herabsank. Sie schrie und keuchte und schlug sich die Hände vor die weit aufgerissenen Augen.

Die Kommissarin hatte sofort erkannt, dass der Büstenhalter unmöglich Jutta Vogel gehören konnte. Er war viel zu klein für die stämmige Witwe. Das war der Riss in der Mauer, auf den sie gehofft hatte. Sie stellte sich vor die erschütterte Frau.

»Die Reizwäsche gehört der Geliebten Ihres Mannes. Dass die beiden hier gewesen sind, wussten wir bereits von ihr«, sagte sie brutal direkt. »Und Sie haben es auch gewusst! Ihr Mann bringt seine Liebschaft hierher, in Ihr sauberes Heim. Das durfte er auf keinen Fall machen. Eine andere Frau in Ihrem Haus, womöglich in Ihrem Bett. Das konnten Sie nicht ertragen.«

Jutta Vogel schauderte es bei diesem Gedanken, sie weinte haltlos.

»Frau Vogel«, insistierte die Kommissarin, »Ihr Mann war in der Scheune und Sie sind zu ihm hingegangen und haben ihn zur Rede gestellt. Und dann haben Sie sich gestritten. Wollen Sie nicht loswerden, was Ihnen die Seele zerfrisst?«

Die Witwe hockte auf dem Boden und hatte die Hände in die Haare gekrallt, sie starrte noch immer wie hypnotisiert auf den leuchtenden Stoff. Langsam nickte sie.

Die Kommissarin zog sich sofort ein Paar Einweghandschuhe über und hob den roten BH vom Boden auf. Die Frage, woher das Teil so plötzlich aufgetaucht war, musste sie auf später verschieben. Die Chance auf ein Geständnis hatte sie nur einmal. Dann schob sie ihn in einen Plastikbeutel und verschloss ihn. Sie steckte alles in ihre Jackentasche, holte ein kleines Aufnahmegerät heraus und drückte die Record-Taste.

Der Blick von Jutta Vogel brach und sie lehnte erschöpft den Kopf an die Wand. »Was ist in der Scheune passiert?«, fragte die Kommissarin leise.

Jutta Vogel konnte die Flut der Bilder, die in ihr Bewusstsein hochbrandete, nicht länger unterdrücken.

Sie sah vor ihrem geistigen Auge, wie sie ihren Mann in der Scheune anflehte, sie nicht zu verlassen und vor seinem gleichgültigen Blick entsetzt zurückwich.

Er liebte sie nicht mehr, das wurde ihr schlagartig klar und in ihrem Kopf explodierte ein heißer Feuerball.

An der Werkbank lehnte das Brecheisen, das Kalli kurz zuvor noch benutzt hatte. Jutta Vogel war die schwere Arbeit auf einem Bauernhof von klein auf gewöhnt und sehr kräftig. Als sie jetzt zuschlug, wusste sie sofort, dass sie etwas Unwiderrufliches getan hatte. Sie hörte es am Knirschen des Schädelknochens.

»Ich konnte es zuerst nicht glauben«, flüsterte Jutta Vogel mit brüchiger Stimme, »Kalli wollte mich tatsächlich verlassen. Nach all den Jahren. Er wollte ein neues aufregendes Leben beginnen. Ich hätte ja den Hof, finanziell wären wir abgesichert, sagte er. Als ob es darauf ankäme. Wir sind schon so lange zusammen, er gehört einfach hierher. Wir haben nicht einmal gestritten oder uns angeschrien, wie man sich das so vorstellt. Nein, er war so ruhig, so endgültig, und das machte mir richtig Angst. Plötzlich lag ein Kuhfuß in meiner Hand und ich hab einfach zugeschlagen. Dann war das viele Blut da und ich … «, sie verstummte vor dem Bild, das in ihrem Kopf auftauchte, und senkte den Kopf. Ihre Schultern zuckten und sie weinte leise.

Sybille Diesel berührte ihre Schulter leicht mit der Hand. »Kommen Sie, Frau Vogel, begleiten Sie mich bitte nach Daun.«

Jutta Vogel sah verwirrt auf und kam langsam auf die Beine, sie schwankte ein wenig. Die Kommissarin stützte sie und legte dann ihre Hände auf den Rücken.

Aus ihrer Jacke holte sie die Handschellen und verhaftete die Täterin. »Frau Vogel, ich nehme Sie wegen Mordes an Ihrem Mann Karl-Heinz fest. Sie haben das Recht, die Aussage zu verweigern oder einen Rechtsanwalt hinzuzuziehen. Ich bringe Sie jetzt für die Vernehmung in die Polizeiinspektion nach Daun.«

Sachte schob sie die Mörderin zur Haustüre in Richtung ihres Polizeiwagens. Kommissarin Diesel half der Frau auf den Rücksitz und ging dann um das Auto herum.

Quer über der glänzenden Motorhaube verlief eine Spur mit Pfotenabdrücken.

Sybille Diesel stutzte und blickte sich suchend um, aber der Bauernhof lag in der Dämmerung verlassen da. Sie stieg in den Wagen, fuhr an und bog an der Hofausfahrt in Richtung L421 ab.

Aus dem Augenwinkel sah sie am Feldrand eine grau getigerte Katze mit hoch erhobenem Schwanz und weißen Hinterpfoten.

Für einen Moment blickte sie der Katze stirnrunzelnd nach, musste sich aber gleich wieder auf die kurvenreiche Strecke konzentrieren und vergaß sie schnell.

Nach Hause

Meine Aufgabe war erledigt! Mein früherer Lebensretter war von seiner eigenen Frau erschlagen worden und ich hatte geholfen, den Fall aufzuklären. Langsam ging ich in der einsetzenden Dunkelheit in Richtung Walsdorf zurück. Ich wollte zurück zur Scheune meiner Geburt und von da aus endlich nach Hause.

Ich war völlig fertig, es war eine enorm anstrengende Woche für mich gewesen. Meine Muskeln schmerzten brennend und meine Pfoten waren in einem traurigen Zustand. Abgenommen hatte ich auch; naja, dem Pfund würde ich nicht nachtrauern. Meine Figur war jetzt um einiges sportlicher.

Schon zu Beginn meines Abenteuers hatte ich mich gefragt, woher eigentlich mein Antrieb kam, mich hierbei einzumischen und mich wie ein Detektiv aufzuführen.

Jetzt, wo alles vorbei war, war es mir klar. Das Opfer Karl-Heinz Vogel hatte mir als Kätzchen zwar das Leben gerettet, aber mehr verband mich deshalb nicht mit ihm. Es war Neugierde! Grenzenlose Neugierde.

Von Weitem hörte ich das »Wwusssch« der drei Windräder in der Nacht. Meine Augen nahmen im Feld jede Menge Bewegungen wahr. Einen Augenblick überlegte ich, ob ich noch eine kleine Jagdpause einlegen sollte, aber dann zog ich weiter. Ich wollte nur noch nach Hause.

Mitten in der Nacht erreichte ich das schlafende Walsdorf und den Bauernhof. Ganz leise schlich ich mich am schnarchenden Wachhund vorbei in die Scheune.

Pussy lag auf dem verschlissenen Sessel und blinzelte mich verschlafen an. Ich sprang zu ihr hoch und begrüßte sie mit einem Nasenstüber.

»*Und?*«, fragte sie und sah mich mit den hellgrünen Augen an, die ich von ihr geerbt hatte.

»Die Ehefrau war' s. Sie ist verhaftet worden. Und ich bin so was von fertig«, gähnte ich und rollte mich neben ihr zusammen. Pussy fing an, mir Gesicht und Ohren zu putzen und ich dämmerte in tiefen Schlaf.

Es war schon spät am Vormittag, als ich endlich aufwachte. Ich gähnte herzhaft und dehnte und streckte meine Glieder. Dann sprang ich vom Sessel und suchte im Kuhstall nach den Näpfen, die für uns Katzen immer dort standen. Es war nur etwas Milch darin, fürs Frühstück musste das erst mal reichen.

Ich leckte mir mein Mäulchen sauber, als Pussy mit meinem Bruder Black Jack zur Scheune rein kam. Sie hatte eine Feldmaus gerissen und legte sie mir vor die Pfoten, ausgehungert machte ich mich darüber her.

»Mann, da draußen ist was los. Du hast für ganz schön viel Wirbel gesorgt«, plapperte mein Bruder drauf los, während ich frühstückte. *»Meinen Dicken hat es voll erwischt. Aus der Zeitung hat er vorgelesen, etwas von Bestechungsaffäre und Skandal. Und dass die Staatsanwaltschaft Aachen jetzt die Ermittlungen gegen den Windkraftradbetreiber einleitet. Mein Dicker schreibt gerade an einer Presseerklärung, dass er seine Kandidatur als*

Landrat für die kommende Wahl zurückzieht. Zum Wohle der Partei. Das war wohl der Deal, damit er mit blauem Auge davonkommt. Er wird sich aus der Politik ins Privatleben verabschieden und seine Memoiren schreiben.« Jacky verdrehte die Augen und grinste schief. Mir kam fast die Maus wieder hoch.

Pussy hatte die ganze Zeit ruhig danebengesessen.

»Jetzt erzähl mal, was bei dir alles passiert ist.«

Wir gingen alle drei zu dem alten Sessel und machten es uns gemütlich. Dann begann ich mit meinem Bericht. Als ich Rover erwähnte, musste Pussy lächeln, natürlich kannte sie den alten Rumtreiber.

An der Stelle mit dem roten BH auf der Fußmatte bekam mein Bruder einen Lachanfall. *»Ist ja verschärft, Reizwäsche vor 'ner Eifeler Haustüre.«*

Nachdem ich fertig war, sah mich Pussy an: *»Du weißt es vermutlich noch nicht, heute früh habe ich's im Dorf gehört, der Huber hat sich im Gefängnis selbst umgebracht.«*

Ich sah sie erschrocken an. Hatte ich das verursacht?

Pussy sah die Frage in meinen Augen und schüttelte den Kopf. *»Mach dir keine Vorwürfe. Der Mann war seines Lebens nicht mehr froh, schon bevor du hier aufgetaucht bist. Über kurz oder lang wäre das wahrscheinlich auch so passiert. Der ist voriges Jahr mit seiner Frau schon gestorben.«*

Ich stierte bedrückt vor mich hin.

»Willst du eigentlich wieder nach Bolsdorf zurück oder hier bleiben?«, fragte sie mich aufmunternd.

»Ich will nach Hause«, sagte ich einfach.

»Zu Fuß oder per Anhalter?«, lächelte sie verschmitzt. Bei dem Gedanken an die lange Strecke über den Berg und an der Sandgrube vorbei rebellierten meine wunden Pfoten. Ich sah sie fragend an und dann verstand ich.

Grinsend standen wir auf und gingen zu zweit aus der Scheune, vorbei an dem misstrauisch dreinschauenden Schäferhund, der sich ungeachtet dessen keinen Schritt nach vorne traute. Dem juckte immer noch die Nase.

Wir gingen durch den Garten auf die rückwärtige Terrassentüre zu und begannen mit einem lautstarken Katzenkonzert. Ich schrie und miaute so laut, wie ich konnte.

Bäuerin Kathi öffnete die Türe und sah mich erstaunt an »Ja, wie kommst du denn hierher. Himmel, wie siehst du aus.« Sie beugte sich zu mir und hob mich auf den Arm. Ihre braunen Augen musterten mich mitfühlend. »Nur noch Haut und Knochen, du armes Ding.« Oooch, ich hatte nichts gegen ein paar Streicheleinheiten und tatkräftiges Bedauern. Vom Küchenherd her duftete es geradezu verführerisch. Ich leckte mir das Mäulchen. »Dich versorgen wir erst mal und dann rufe ich sofort meine Schwägerin an, damit sie dich abholen kommen. Die haben sich vielleicht Sorgen gemacht und dich überall gesucht.«

Meine Mutter Pussy blieb draußen vor der Türe stehen und so nahmen wir mit den Augen Abschied voneinander.

Epilog

Bolsdorf, ein paar Monate später.
Satt und zufrieden hatte ich mich auf der Ofenbank zusammengerollt. Mein Abenteuer lag jetzt schon eine Weile zurück und ich ging meinen üblichen Katzengeschäften nach: Jagen, spielen, fressen, schlafen.

Nachdem mich Marieke-weiblich-besorgt und Jonas-Chauffeur-vom-Dienst, in Walsdorf mit dem Auto abgeholt hatten, hatte ich erst mal fast zwei Tage lang nur geschlafen und gefressen. Verdutzt hatte ich die Feststellung gemacht, dass ich meine Leute und meine Freunde in Bolsdorf wirklich vermisst hatte und mich richtig freute, wieder daheim zu sein.

Auf das Vergnügen eines Tierarztbesuches hätte ich aber sehr gerne verzichtet, aber die überbesorgte Marieke machte sich über meinen etwas heruntergekommenen Zustand die allergrößten Sorgen. Die Vitaminspritze, die ich verpasst bekam, werd ich ihr noch lange nachtragen.

Der alten Kimba hatte ich alles haarklein erzählt und ihr die Grüße meiner Mutter ausgerichtet. Auch sie erinnerte sich noch sehr gut an den alten Rover.

»*Das war damals vielleicht ein strammer Bursche*«, seufzte sie zahnlos; ich sah sie nur kopfschüttelnd an.
Dem Nachbarkater Tomtom hatte ich eine genaue Wegbeschreibung bis nach Walsdorf gegeben, ob er allerdings den Weg raus aus dem Dorf finden würde, war ich mir nicht so sicher.

Am Küchentisch klapperten jetzt die Teller und Bestecke. Meine zweibeinigen Versorger aßen zu Mittag und unterhielten sich wie immer.

»Du glaubst nicht, was ich heute gehört habe, Jon«, sagte Ludwig zwischen zwei Bissen »erinnerst Du dich noch an den Bestechungsskandal mit der Windkraftfirma vor einiger Zeit?«, und als Jonas mit vollem Mund nickte, »die haben doch damals Insolvenz angemeldet, weil denen die Fördermittel gestrichen worden waren. Die hatten aber mit den Mitteln fest gerechnet und das Geld schon vorher ausgegeben. Als die Förderung dann platzte, stand die Firma mit einem dicken Minus da.«

»Selbst Schuld«, meinte Sparschwein-Sammlerin-Oma dazu.

»Was ist denn mit denen?«, fragte Jonas nach.

»Heut krieg ich mit, dass sich ein belgisches Konsortium mit dem Insolvenzverwalter geeinigt hat und die Firma aufkaufen wird. Zu einem Bruchteil des Wertes und die übernehmen auch alle Windräder, die bereits aufgestellt sind. Und jetzt ratet mal.«

Ludwig machte eine Pause und wartete, bis alle um den Tisch herum ihn gespannt ansahen. »Ein Mitglied in dem Konsortium ist Frau Benneke, ausgerechnet die Ehefrau von dem früheren Geschäftsführer der Eifel-Energie-Agentur GmbH.«

Ich fing an, meine Pfoten ausgiebig zu putzen und schnurrte dabei laut vor mich hin.

Eifelquelle

Eifelquelle

Erschrocken sog ich die kalte Nachtluft ein, als mir der Feind plötzlich gegenüberstand. Vor dem Scherenschnitt der Bäume glühten die Augen des Monsters rot-golden.

Ich ahnte seine Bewegung auf der kleinen Waldlichtung mehr, als ich sie sah.

Mit kräftigen Muskeln stieß der Marder seine Hinterbeine vom Boden ab und flog zum Angriff auf mich zu. Ich schnellte meinen angespannten Körper nach oben und fuhr meine Krallen aus.

In der Luft trafen wir uns mit brüllendem Geschrei. Ich verdrehte den Oberkörper und meine Krallen fanden die ungeschützte Stelle in den Weichteilen seines Körpers.

Meine Ohren nahmen noch das reißende Geräusch wahr, mit dem ich ihm den Bauch aufschlitzte. Gleichzeitig glühte ein peitschender Schmerz an meiner rechten Flanke entlang.

Das verdammte Vieh hatte meinen Oberschenkel bis auf den Muskel aufgerissen.

Die Fliehkraft unseres Sprungs trennte uns wieder und ich schlug auf dem weichen Waldboden auf. Der Schmerz im rechten Bein donnerte mir bis unter die Schädeldecke. Ich fuhr herum und sah den Marder keuchend am Boden liegen, die Augen wutentbrannt auf mich gerichtet.

Der Bauch des Waldmonsters war aufgerissen und blutete stark, aber es sprang für einen weiteren Angriff auf die Beine. Mein verletztes Bein konnte ich nicht belasten und verlagerte das Gleichgewicht auf das andere.

Scharf sah ich den Marder an, auf der Suche nach einer Lücke in seiner Deckung. Lange konnte ich einen Kampf mit ihm nicht durchhalten, er war größer und schwerer als ich. Und flüchten konnte ich auf drei Pfoten auch nicht.

Mir blieb nur, ihn zu überlisten.

Die glühenden Augen umrundeten mich, auch er suchte nach einer Schwachstelle. Ich ließ mich plötzlich auf den Rücken fallen und rollte über die Schulter ab. Der Marder sprang sofort auf mich zu.

Darauf hatte ich gehofft.

Mit den Hinterbeinen gab ich ihm einen Tritt, dass er mich knapp verfehlte und neben mir auf dem Boden aufschlug. Blitzschnell kam ich über ihn, umklammerte seinen Hals und schlug meine Fangzähne in den ungeschützten Nacken.

Mit aller Kraft drückte ich die Kiefer zu.

Das Monster schlug wild um sich und versuchte, mich mit Gewalt abzuschütteln. In einem dichten Knäuel aus braun-weiß-grauem Fell wirbelten wir über den Waldboden. Ich schmeckte sein Blut im Mund und spürte den Widerstand der Halswirbel an meinen Zähnen.

Sein Todesgebrüll hallte weit durch den dunklen Wald. Meine Halsmuskeln verkrampften sich fast schon, als seine Bewegungen unkontrollierter und schwächer wurden.

Und mit einem deutlichen Knacken brach der Knochen. Der Marder erschlaffte in meinen Armen, das letzte Ausatmen klang wie ein beruhigendes Summen.

Dann war er tot.

Ich hielt ihn noch keuchend für wenige Sekunden fest, dann löste ich meinen verkrampften Kiefer von seinem Nacken und ließ ihn zu Boden gleiten. Ich schluckte das Blut hinunter und leckte mir mehrmals über die Schnauze, schon um die Kiefermuskeln zu entspannen.

Ich sah den Feind an. Im diffusen Schimmer der Dämmerung glänzte sein Fell beinahe schwarz mit violetten Reflexen. Die halb geöffneten toten Augen hatten ihr unheimliches Glühen eingebüßt und blickten traumverloren in die verblassenden Sterne des Nachthimmels.

Mühsam humpelte ich ein paar Schritte abseits und setzte mich vorsichtig hin, um eine Bestandsaufnahme meiner Verletzungen zu machen. Zahlreiche Kratzer und Löcher im Fell zeugten von dem heftigen Todeskampf des Marders. Am schlimmsten war die Beinverletzung.

Die Krallenspur reichte vom Schwanzansatz über den Oberschenkel bis fast zum Knie. Teilweise waren centgroße Stücke aus der Haut gerissen und der Muskel war zu sehen. Vorsichtig schnüffelte ich daran. Ich verlor sehr viel Blut und die Sterne am Himmel fingen bereits an, einen wilden Tanz vor meinen Augen aufzuführen.

In diesem Zustand würde ich es nie nach Hause schaffen, unterwegs würde ich vor Kreislaufschwäche zusammenbrechen und verbluten.

Meine Kehle war trocken und ich schluckte.

DURST!

Blitzartig fiel mir die Wunderquelle im Wald ein und mein Herz klopfte mit neuem Schwung.

Alle freilaufenden Tiere aus der Umgebung kannten die heilwirkende Wasserquelle, die an der tiefsten Stelle im Bolsdorfer Wald in der Vulkaneifel zwischen Felsen versteckt lag. Meine Freundin Kimba hatte sie mir eines Tages gezeigt, als ich mich an einer rostigen Egge verletzt hatte.

»Halt deine Pfote hinein«, sagte Kimba damals zu mir, »das Wunderwasser hilft dir sofort und du wirst ein leises Kribbeln spüren.« Die Wunde war jedenfalls sauber und heilte auch sehr gut ab. Schon nach zwei Tagen war nichts mehr von der Schramme zu sehen.

Die kleine Lichtung, auf der ich mit dem toten Marder war, befand sich vielleicht 300 Meter von der Quelle entfernt, schätzte ich.

Aber ich musste über eine Felsenbrücke zu ihr hinauf klettern. Ich holte tief Luft und erhob mich vorsichtig. Auf dem weichen Waldboden konnte ich mich noch auf drei Pfoten vorwärts bewegen, aber die Kletterpartie musste ich wohl oder übel mit dem verletzten Bein bewältigen.

Mit pochenden Schmerzen im Oberschenkel hangelte ich mich über Wurzeln und Steine die steile Anhöhe hinauf. Ich krallte mich verzweifelt in jede noch so kleinen Vertiefung fest, um ja nicht abzurutschen. Oben angekommen, tanzten die Sterne mittlerweile nicht mehr am Himmel, sondern mir vor den Augen.

Ganz leise nahm ich das Plätschern von Wasser wahr und folgte torkelnd dem nassen Lockruf. Auf einem schmalen Felsplateau gab es einen Riss in einem dicken Felsbrocken, aus dem ein kleines Rinnsal sprudelte und sich durch eine Rinne wand, die sich im Laufe der Jahrhunderte in den Stein gegraben hatte. Ein paar Meter weiter verschwand das Rinnsal wieder unter Felsen und folgte seinem unterirdischen Lauf.

Ich schleppte mich kraftlos die letzten Meter bis zu dem Wasserlauf und ließ mich mit einem gequälten Aufschrei in der Heilquelle nieder. Schnell beruhigte das kalte Wasser die Schmerzen und ich spürte, wie ein leiser Energiestrom durch meinen Körper wanderte.

Völlig erschöpft überließ ich mich den Wunderkräften der Quelle.

Der alte Feyen Jannes aus Bolsdorf, mit vollem Namen Johannes Fey, war für seine 89 Jahre erstaunlich fit und gesund. Wie jeden zweiten oder dritten Tag seit über sechzig Jahren wanderte er zu seinem Waldstück im Herzen des Bolsdorfer Tälchens, um aus einer alten Quelle Wasser in eine Blechkanne zu füllen.

Feyen Jannes kannte das Geheimnis der Heilquelle schon von Kindheit an, sein Großvater hatte ihm das kleine Felsplateau gezeigt und ihm die Heilwirkung des Wassers erklärt.

Und wie es der Tradition entsprach, hatte der alte Jannes es seinem Enkel erzählt, als der in das Alter kam.

Wie schon sein ganzes Leben lang war er vor Sonnenaufgang wach geworden und aufgestanden. Jetzt marschierte er mit der Blechkanne an der Hand zur Anhöhe mit seiner Quelle hinauf.

Schon von Weitem sah er die Katze in dem Wasserlauf liegen. Wie ein Damm lag sie im Rinnsal und das Nass quoll links und rechts an ihr vorbei.

Er beschleunigte seine Schritte und beugte sich zu dem bewusstlosen Tierchen hinab. Die nasse Katze war schwer verletzt, er sah die tiefen Risse und Schnitte, als er sie vorsichtig anhob.

Das Heilwasser hatte aber die Blutung gestillt und die Wunden gereinigt.

»Kluges Kätzchen, hmm? Die Tiere hier wissen sich schon zu helfen, was?«, murmelte er leise.

Die Katze regte sich und fauchte schwach, die Augen öffneten sich einen Spaltbreit und funkelten ihn hellgrün an.

»Dich hab ich aber schon mal gesehen, du bist doch unten aus dem Dorf. Ich glaub, ich bring dich mal besser nach Hause.«

Er bettete die Katze vorsichtig auf seinen Armen und ging den Pfad, auf dem er gekommen war, wieder hinunter.

Jonas öffnete verschlafen die Haustüre, als der alte Feyen Jannes morgens um sechs Uhr bei ihm Sturm klingelte und ihm seine verletzte Katze übergab.

Im Nu waren alle Hausbewohner auf den Beinen, und noch bevor die Tierarztpraxis in Jünkerath öffnete, wartete seine Frau Marieke mit einem Katzenkorb und der verletzten Jule ungeduldig vor der Türe.

Der alte Fey ging unterdessen zu seiner Quelle zurück, wo er den Blechkanister liegen gelassen hatte, und füllte ihn bis zum Rand mit dem frischen, klaren Wasser auf. Jeden Tag, seit er denken konnte, trank er ein bis zwei Gläser von dem Wunderwasser.

Da er in seinem Leben ganz selten krank gewesen war und sogar noch über alle Zähne verfügte, glaubte er fest an die wunderwirkenden Kräfte der Wasserquelle. Zufrieden mit Gott und der Welt trat er den Heimweg an.

Sein Enkel hatte seinen Besuch für heute angekündigt.

Als er an ihn dachte, erlitt seine gute Laune einen kleinen Dämpfer. Der unzuverlässige Bursche brachte nichts auf die Reihe. Als Junge hatte Günther noch viel versprechende Anlagen gezeigt, aber als Erwachsener kam er mit einer tollen Idee nach der anderen an, den Blick immer auf das nächste »Projekt« gerichtet, anstatt wenigstens ein Geschäft mal zu Ende zu bringen.

Was hatte der Günther nicht schon alles versucht, schüttelte der alte Fey den Kopf, Immobilienmakler, Handelsvertreter, Import/Export, Anlageberater. Der alte Mann war nicht zurückgeblieben, er war geistig sehr rege und interessiert an der Welt. Er sah ein, dass gebrochene Lebensläufe und Berufswege heutzutage fast schon Normalzustand waren, anstatt Ausnahme.

Aber die Häufigkeit, mit der sein Enkel Günther die Jobs wechselte, irritierte ihn sehr.

Zum Nachmittag fuhr dann ein glänzender Audi TT laut hupend auf dem alten Bauernhof vor und ein Mann von 32 Jahren stieg aus.

Günther Fey war nicht sehr groß gewachsen mit seinen 1,72 Meter, aber er verwendete sehr viel Zeit auf sein Äußeres, seine schlanke Figur, die er mit regelmäßigen Tennisstunden in Form hielt, seine kinnlangen Haare und die Schuheinlagen, um doch noch ein paar Zentimeter an Höhe zu gewinnen.

Mit breitem Lächeln ging Günther auf die Haustüre zu. Sie öffnete sich sofort und der alte Feyen Jannes brummte seinen Enkel an: »Ich bin ja nicht schwerhörig.«

Er sah über die Schulter hinweg zu dem silberglänzenden Sportcoupé.

»Neues Auto? Schon wieder?«, fragte er Günther. Der überhörte den kleinen Vorwurf in der Stimme.

»Der fährt sich wie auf Schienen, sag ich dir. So einen Schlitten brauchst du, wenn du mit den richtigen Leuten verhandeln willst.« Er klopfte seinem Großvater grüßend auf die Schulter und mit einem »Wie geht es?«, ging er vorbei in Richtung Wohnzimmer.

Der alte Mann hatte auf dem Tisch eine Platte mit Wurst- und Käseschnittchen hergerichtet und von der Küche her duftete schon der Kaffee.

Johannes Fey holte den Kaffee und eine Weile unterhielten sie sich über Günthers neues Auto und den allgemeinen Dorfklatsch.

Dann kam Günther zu dem eigentlichen Grund seines Besuches: »Opa, du hast mir doch früher mal die Quelle im Wald gezeigt und gesagt, dass sie auf deinem Grund und Boden liegt.« Er sah den Alten freundlich lächelnd an.

Der alte Fey nickte und Günther fuhr fort: »Ich hab mich mal schlau gemacht. Mein Kontaktmann zu einem großen Mineralwasserhersteller sagte mir, dass solche Quellen heiß begehrt sind. Ich könnte ein Gutachten der Quelle machen lassen, eine balneologische Untersuchung und eine Heilwasseranalyse. Wenn wir an die EIFEL Quelle verpachten, können wir jede Menge Geld verdienen.« Günther hatte mit Eifer gesprochen und sah seinen Großvater erwartungsvoll an.

Der schüttelte nur verwirrt den Kopf. »Eine bal- was? Die Quelle verpachten? Warum denn?« Er verzog den Mund. »Ich will nicht, dass da im Wald gebaut wird. Außerdem hat der Sprudel[1] schon genug Quellen in der Gegend.«

Günther verschwieg dem Großvater, dass er bereits eine Wasseranalyse in seiner Tasche hatte. Der Kalziumwert lag über 85 mg/l und Magnesium zeigte die Analyse mit 52 mg/l an. Weitere Werte offenbarten Konzentrationen von Bicarbonat, Fluorit und Sulfat, wenig Natrium und kaum Kohlensäure.

Sein Tennispartner, der im Labor der EIFEL Quelle GmbH arbeitete und die Analyse heimlich gemacht hatte, war von der Zusammensetzung begeistert und hatte bereits mehrmals gefragt, wo er das Wunderwasser denn her hatte.

Lange konnte er das Geheimnis nicht mehr verbergen, das wusste Günther. Außerdem drückten ihn Schulden, die er aus seinen diversen gescheiterten Geschäften hinter sich herzog und die mit dem neuen Auto nun eine

1 In der Eifel werden die großen Mineralwasserhersteller umgangssprachlich »Der Sprudel« genannt.

alpine Größenordnung angenommen hatten. Er brauchte im wahrsten Sinne des Wortes eine neue Geldquelle.

Günther beugte sich ein wenig nach vorne. »Opa, von Ausbeuten kann doch keine Rede sein«, beschwichtigte er. »Im Augenblick möchte ich doch nur mal eine Wasserprobe im Labor untersuchen lassen.«

»Ja, hast du denn keine Augen im Kopf? Glaubst du, ich wäre so alt geworden, ohne jemals krank zu sein, wenn ich nicht regelmäßig von dem Wasser trinken würde.«

Der alte Fey war jetzt ziemlich verärgert, die weißen Augenbraunhaare standen wie Igelstacheln hervor. »Schluss jetzt. Ich will nichts davon wissen. Solange ich lebe, kommt mir da kein Sprudel auf das Grundstück.«

Schwungvoll stand er auf und ging zu dem alten Nussbaumschrank. Aus dem Barfach holte er eine Flasche von seinem selbst Gebrannten und zwei Gläser heraus. Er drehte sich zu seinem Enkel um und hielt die Flasche hoch.

»Du auch einen?«, fragte er.

Günther schüttelte den Kopf. »Ich muss noch Auto fahren.« Er presste die Lippen zusammen. Mit einer so harschen Abfuhr des Alten hatte er nicht gerechnet. Er betrachtete seinen Großvater genauer und erschrak über die Vitalität des 89-Jährigen. »Wenn der weiterhin sein Wunderwasser säuft«, dachte er, »kann der noch über hundert werden.«

Die Vorstellung, noch Jahre auf sein Erbe warten zu müssen, war ein Horror. Das Gespenst der Insolvenz war sogar noch eine freundliche Erscheinung gegenüber den dunklen Gesellen von Moskau Inkasso, die zuerst bei ihm vorsprechen würden. Er konnte einfach nicht so lange warten.

Johannes Fey hatte sich ein großzügiges Glas mit Schnaps ausgeschenkt und trank mit Muße. Der alte Mann hatte sich schnell wieder beruhigt, er war nicht nachtragend.

»Erzähl mir doch von deiner neuen Freundin«, forderte er lächelnd seinen Enkel auf.

Günther seufzte gequält und lehnte sich in die Couch zurück. Eine Stunde später verabschiedete er sich mit dem Versprechen, bald mal wieder vorbei zu kommen.

Auf der Heimfahrt brütete er verärgert vor sich hin und jagte in halsbrecherischem Tempo über die kurvigen Eifeler Landstraßen. Er hatte nicht erwartet, bei dem Alten abzublitzen. Mit seinem Tenniskumpel hatte er bereits einen Plan ausgearbeitet, wie sie die Quelle erschließen und gewinnbringend nutzen könnten. Aber solange der Alte lebte, waren alle Pläne für die Katz.

»Solange der Alte lebte«, sprach er leise vor sich hin. Der Satz hallte wie ein Echo in seinem Kopf nach. Seine Freundin arbeitete doch in einer Apotheke, folgte er seinen Gedanken weiter. Sie kam an die Medikamente heran, die einen Herzstillstand auslösen konnten. Der Tod des Alten musste natürlich völlig normal aussehen, mit 89 stirbt man eben.

Er tippte die Kurzwahl in seinem Handy an. »Hallo mein Schatz«, begrüßte er seine Freundin am Telefon. »Sehen wir uns heute Abend?«

Ich war stinksauer auf Marieke. Ich rechnete es ihr ja hoch an, dass sie mir nur helfen wollte, als sie mich zum Tierarzt fuhr, aber es wäre nicht mehr nötig gewesen. Die Heilquelle hatte bereits die Wunden versorgt und den Heilungsprozess in Gang gesetzt. Aber nein – ich musste ja nach menschlicher Meinung unbedingt genäht werden.

Und deswegen lief ich jetzt mit rasiertem Arsch herum!

So konnte ich mich draußen nicht blicken lassen. Ich machte mich ja zum Gespött der ganzen Dorfkatzengemeinschaft. Ich bestrafte meine Versorger, indem ich tagelang übel gelaunt schmollte und ihnen meine rasierte Kehrseite zuwandte.

Zu meinem Trost konnten die Fäden bereits nach wenigen Tagen gezogen werden, die Wundränder hatten sich prima verschlossen und keine Entzündung ausgelöst.

Und eine Woche später bedeckte ein leichter Flaum die Narben und ich fühlte mich topfit. Ich war mir hundertprozentig sicher, dass das Wunderwasser dabei mehr bewirkt hatte, als die blöde Antibiotikaspritze des Tierarztes. Ich hatte genug von der Rekonvaleszenz und wollte nach draußen.

Im Freien bekam ich prompt eine spöttische Bemerkung von dem Nachbarkater Tomtom zu hören. Aber dem stopfte ich das freche Maul, indem ich von meinem Kampf mit dem Marder berichtete.

Dabei fiel mir der alte Feyen Jannes ein, der mich gefunden hatte, und die Höflichkeit gebot, dass ich mich für seine Hilfe bedankte – auf Katzenart natürlich, was bedeutete, dass ich eine extra fette Maus fing und sie ihm vor die Türe legte.

Mit einer Maus in der Schnauze spazierte ich kurze Zeit später die Dorfstraße Am Berg hinauf zu dem Feyen-Haus. Das Geschenk legte ich auf der Fußmatte vor der Haustüre ab und begann mein lautstarkes Katzenkonzert.

Als nach vier Minuten Dauerbeschallung immer noch keiner öffnete, wurde ich ungeduldig und sah mich um. Ich schlich um das Haus herum und entdeckte auf der Rückseite ein Fenster, das nur angelehnt war. Ich sprang auf die Fensterbank und stupste das Fenster mit der Pfote an. Es öffnete zur Küche hin und vorsichtig kletterte ich hinein.

Von der Arbeitsplatte aus sprang ich auf den Fliesenboden und sah mich neugierig um. Sofort fiel mir ein eigenartiger, feiner Geruch auf, der mir ein Kribbeln im Nacken verursachte und langsam die Haare sträubte. Mein Herz klopfte und ich peitschte nervös mit dem Schwanz.

Durch die Wände drangen Geräusche einer TV-Kochshow zu mir und ich ging weiter Richtung Flur den Stimmen und dem Applaus nach. Der Geruch war jetzt viel stärker.

Von der Wohnzimmertüre aus sah ich den alten Fey ganz entspannt in seinem Sessel sitzen, die Hände hingen herunter. Ich maunzte ihn ein paar Mal an, aber er rührte sich nicht. Vorsichtig geduckt und mit dickem

Schwanz schlich ich auf den Sessel zu und betrachtete den alten Mann.

Sein Gesicht war ruhig und erschlafft, der Mund leicht geöffnet. Die Augen standen ebenfalls einen Spalt offen und starrten blicklos zum Fernseher.

Ich wusste, dass er tot war.

Mit einem Satz sprang ich auf die Armlehne des Polstersessels und schnüffelte an dem toten Körper herum. Der Mann war wahrscheinlich vor einem Tag gestorben. Neben dem beginnenden Verwesungsgeruch nahm ich noch aufdringliche Urin- und Fäkalgerüche wahr und eine feine Duftnote, die ich zuerst nicht zuordnen konnte.

Vorsichtig nahm ich die Witterung des unbekannten Geruchs auf. Auf den Lippen und dem Hemd des Alten nahm ich Duftstoffe einer unbekannten Substanz auf, sie roch nach Alkohol und einem Medikament, das bei uns zu Hause die Oma regelmäßig einnehmen musste.

Alarmiert zog ich mich zurück.

War der alte Feyen Jannes etwa keines natürlichen Todes gestorben?

Ich blickte mich im Wohnzimmer um.

Auf dem Tisch stand noch eine angebrochene Flasche Schnaps und ein halb leer getrunkenes Gläschen. Auf der Couch entdeckte ich den Geruch eines weiteren Menschen, der vor Kurzem hier gesessen hatte.

Ich schnüffelte intensiv, fand aber leider keine weiteren Duftstoffe, die mir noch etwas erzählen konnten. Ich ging weiter in jedes Zimmer des alten Hauses.

Im Schlafzimmer entdeckte ich auf dem unbenutzten Bett ein Kopfkissen mit denselben medizinischen Duftmolekülen wie an der Leiche.

»*Wie ein Abdruck*«, dachte ich irritiert.

Ich sah mich um. Neben dem Bett stand auf der Nachtkonsole nur eine kleine Nachttischlampe und ein alter mechanischer Wecker, dessen Zeiger stehen geblieben waren.

Ich sprang auf den Boden und machte mich an der Schublade zu schaffen. Nach einigem Gezerre am Griff hatte ich sie einen Spalt auf, aber es waren keine Medikamente drin. Ich entdeckte nur ein paar Stofftaschentücher und eine angebrochene Schokolade.

Ich sprang noch mal aufs Bett und beschnüffelte das Kopfkissen intensiver. Am Rand entdeckte ich auch noch Geruchsmoleküle des anderen Menschen, den ich auch schon an der Couch gewittert hatte.

Ich flehmte[2], um ganz sicher zu gehen.

Nachdenklich setzte ich mich hin. Mir juckte die Haut an der frischen Schenkelnarbe und vorsichtig begann ich mich zu putzen.

Leise fing ich an zu schnurren und meine Gedanken sortierten sich im Kopf zu einem Bild.

Einem sehr hässlichen Bild, wie ich zugeben musste, denn es war für mich offensichtlich, dass Johannes Fey nicht an Altersschwäche gestorben war. Nur, so wie sich die friedliche Szene im Wohnzimmer präsentierte, wür-

---

2 Flehmen ist eine Mischung aus Riechen und Schmecken, mit Hilfe des Jakobson Organs.

de jeder Hausarzt bei einem 89-Jährigen einen sofortigen Herztod attestieren und den Totenschein unterschreiben.

Der Mann hat ferngesehen und noch ein Schnäpschen genossen: Prost, Abgang. Es gab ja auch faktisch keine Hinweise auf ein Gewaltverbrechen. Wollte hier irgendeiner eine Absicht vermuten?

Verstimmt stand ich auf und trabte die Treppe hinunter. Im Wohnzimmer hockte ich mich vor den Toten und sah ihn an. Mein Entschluss stand fest: Ich würde das Haus beobachten und abwarten, was hier in nächster Zeit passieren würde. Und sollte ich den Menschen erkennen, der hier seine Spuren hinterlassen hatte, würde ich ihn genau unter meine schmalen Pupillen nehmen.

Es war die Nachbarin, die den Feyen Jannes am Nachmittag schließlich fand. Sie schaute regelmäßig nach dem Alten und ging ab und zu für ihn einkaufen. Mit dem Zweitschlüssel öffnete sie die Haustüre, nachdem sie mehrmals vergeblich geklingelt hatte, und entdeckte den Toten in seinem Lieblingssessel vor dem laufenden Fernseher.

Der Reihenfolge nach rief sie den Hausarzt, den Pfarrer und dann seinen Enkel Günther an, der ganz überrascht tat und versprach, so schnell es ging zu kommen.

Wie Günther es gehofft hatte, schrieb der Hausarzt bedenkenlos den Totenschein aus, nachdem er die Leiche kurz untersucht hatte.

»So friedlich möchte ich es auch mal hinter mich bringen«, seufzte er zum Pfarrer gewandt, der Johannes Fey die Sterbesakramente gab.

Der nickte zustimmend und machte über der bleichen Stirn das Kreuzzeichen.

Höchst zufrieden fuhr Günther die kurvenreiche Strecke durch die sonnenbestrahlte Vulkaneifel, ausnahmsweise in gemäßigtem Tempo, weil seine Freundin neben ihm saß.

Nach der Mitteilung, dass sein Großvater verstorben sei, hatte er einen Bestatter aus Hillesheim mit der Beerdigung beauftragt und erfreut festgestellt, dass sein Großvater schon alles vor Jahren vertraglich geregelt hatte, von der Auswahl des Sarges bis zum Buffet der Totenfeier.

Die Beerdigung auf dem kleinen Dorffriedhof am Rand des Eifelsteiges war für den kommenden Samstag bestimmt. Vorher aber wollte Günther im Haus nach einigen Unterlagen suchen, Besitzurkunden, Grundbuchauszügen.

Da seine Eltern schon tot waren, war er jetzt der Alleinerbe.

So schnell es ging, wollte er beim Amtsgericht den Erbschein beantragen und die Umschreibung des Waldgrundstücks auf seinen Namen vornehmen lassen. Vorher war es nicht möglich, in die Verhandlungen um die Erschließung der Heilquelle einzutreten.

Sein Tenniskumpel hatte ihm vorgerechnet, dass aus der Quelle ein Jahresverbrauch von bis zu 250.000 Hektoliter möglich war. Im Discounter und im Getränkemarkt, hatte er gesehen, wurden die 12er Kisten mit den 0,75 Liter Flaschen zu einem Preis von 6 Euro angeboten.

Bei einem zu erwartenden Anteil von vielleicht drei Prozent wären das vorsichtig geschätzt: Millionen!

Günthers Herz klopfte schneller und die Sonne strahlte noch heller für ihn.

Das fröhliche Plappern seiner Freundin drang wieder in seine Gedankenwelt ein. Sie hatte ihm eine Frage gestellt und sah ihn mit großen blauen Augen an.

»Was ich mit dem alten Haus vorhabe? Ich weiß es noch nicht«, antwortete er irritiert. »Als Wochenendhaus behalten oder verkaufen. Die Holländer sind verrückt nach so alten Bauernhöfen in der Eifel. Es müsste jedenfalls erst mal viel renoviert werden.«

Bei dem Gedanken, in dem Haus wohnen zu müssen, in dem sein Großvater gestorben war, rieselte ihm ein Schauer über den Rücken und seine gute Stimmung verflog. Immobilienmakler anrufen, notierte er sich in Gedanken.

Er bog in die Einfahrt zu dem Haus ein und stellte den Wagen ab. Zusammen stiegen sie aus und gingen zur Eingangstüre.

Günther schloss mit dem Zweitschlüssel auf, den er sich von der Nachbarin hatte geben lassen.

Im Flur kamen ihnen ein Schwall abgestandener Luft und ein Rest des Leichen- und Fäkalgeruchs entgegen.

»Puuuh«, machte seine Freundin und hielt sich die Hand vor die Nase.

»Wir lüften erst mal«, sagte Günther gepresst und schloss die Haustüre hinter sich. Dann ging er in Küche und Wohnzimmer und öffnete alle Fenster.

Als er an dem Wohnzimmersessel vorbei kam, in dem sein Großvater gestorben war, starrte er ängstlich zu dem Möbel hinunter. Die Bilder seiner Erinnerung brandeten hoch.

Nach seinem Besuch vor zwei Wochen hatte er seiner Freundin seine verzweifelte finanzielle Situation gebeichtet und die Gefahr vor den Typen von Moskau Inkasso besonders düster geschildert.

Die Zukunft dagegen mit einer reichlich sprudelnden Geldquelle malte er in den rosigsten Farben aus. Da war es doch einfach ungerecht, dass der Alte so lange auf dem Erbe sitzen blieb.

Er verwendete seinen ganzen Charme und Überredungskunst dazu, dass sie ihm aus der Apotheke, in der sie als Gehilfin angestellt war, heimlich Diazepam-Tropfen mitbrachte.

Erneut war er nach Bolsdorf gefahren, vorgeblich, um sich bei seinem Großvater zu entschuldigen. Diesmal parkte er seinen auffälligen Sportwagen hinter dem alten Stall, wo er von der Straße aus nicht zu sehen war.

Johannes Fey war überrascht, seinen Enkel so schnell wiederzusehen und erfreut, dass dieser den Streit bedauerte und um Verzeihung bat.

Jetzt wäre doch ein Versöhnungsschnäpschen angebracht, ob er noch was von seinem selbst Gebrannten hätte?

Die beiden Männer prosteten sich lächelnd zu. Als der alte Fey zwischendurch in die Küche ging, um ein paar Kekse zu holen, nahm Günther das Diazepam aus seiner Jackentasche und schüttete etwa 60 Tropfen unbemerkt in das Glas seines Opas. Arglos trank Johannes Fey seinen Schnaps aus.

Die Wirkung setzte bereits nach wenigen Minuten ein, es fiel ihm schwer, der Unterhaltung mit Günther noch zu folgen und sich zu konzentrieren. Seine Muskeln wurden schlaff, er konnte kaum noch die Arme heben. Die Augenlider konnte er vor Müdigkeit nur mit Mühe offen halten und sein Kinn senkte sich auf die Brust.

Er hätte sich jetzt gerne auf die Couch gelegt, aber auch seine Beine konnte er nicht mehr bewegen. Verwundert blinzelte er seinen Enkel an, der mit einem Kopfkissen auf ihn zukam.

»Oh, dasissabernett ...«, war das Letzte, was er dachte, bevor es dunkel vor seinen Augen wurde.

Als Johannes Fey nicht mehr atmete, räumte Günther alles so auf, als wenn er nie da gewesen wäre. Das Kissen, das er auf das Gesicht des hilflosen Mannes gedrückt hatte, verschwand wieder im Schlafzimmer.

Er holte ein neues Glas aus dem Schrank und drückte es dem Alten an Hand und Lippen, dann schüttete er ein wenig von dem Schnaps hinein. Die gebrauchten Gläser spülte er sorgfältig und stellte sie in den Schrank.

Er rückte den Sessel mit dem Toten vor den Fernseher und schaltete einen Sender ein. Dann verwischte er noch seine Fingerabdrücke mit dem Küchenhandtuch.

Die Szene sah so harmlos aus, wie er es sich vorgestellt hatte. Unbemerkt verschwand er aus dem Haus und fuhr davon.

Ich hatte das Feyen-Haus mehrere Tage lang beobachtet und sah jetzt den silbernen Sportwagen vor dem Haus parken und die Fenster sperrangelweit offen stehen.

Neugierig sprang ich zur Fensterbrüstung hoch und kletterte ins Wohnzimmer hinein. Sofort erkannte ich den Geruch, den ich auf der Couch schon wahrgenommen hatte.

Die unbekannte Person war also im Haus.

Aus dem oberen Stockwerk hörte ich Stimmen. Vorsichtig schlich ich die Treppe rauf zum Schlafzimmer und lugte um die Ecke.

Ein Mann und eine junge Frau standen an dem Bett, vor ihnen türmten sich ein paar Aktenordner und Kartons mit Papieren auf der Decke.

Die beiden stritten sich.

»Du wirst dich schon etwas gedulden müssen! So schnell werde ich das Geld nicht zur Verfügung haben«, sagte der Mann ärgerlich.

»Ich rede doch nicht davon, dass du mich für das Diazepam bezahlen sollst«, empörte sich die junge Frau. »Wir sind Partner. Ich möchte nur sicherstellen, dass wir das auch weiterhin bleiben. Schließlich habe ich einiges für dich riskiert. Ich habe dem Alten zwar nicht das Gift ins Glas geschüttet, das warst du, aber ich hänge wegen Beihilfe mit drin. Und bedenke: Eine Ehefrau kann gegen ihren Mann nicht aussagen.« Sie hob das Kinn und sah ihn herausfordernd an.

Günther Fey war wie vom Donner gerührt.

Er betrachtete seine Freundin, als sähe er sie zum ersten Mal, ihre schlanke, anschmiegsame Figur mit der weichen Haut, ihre glänzenden rotbraunen Haare, die sie mit Extensions verlängert hatte, und ihre blauen Augen, die auf einmal nicht mehr so groß wirkten und einen leicht verkniffenen Ausdruck hatten.

In welche Falle war er denn da geraten?

Seine Gedanken rasten durch den Kopf.

»Zeit. Ich muss Zeit gewinnen«, dachte er, schluckte und setzte ein Lächeln auf.

»Ja möchtest du denn keine große Hochzeit mit allem Drum und Dran?«, fragte er mit schmeichelnder Stimme. »Ich hätte dich doch so gerne in einem weißen Brautkleid gesehen, mein Schatz.«

»Doch, eigentlich schon. Aber ich möchte auch nicht so lange warten«, antwortete sie versöhnlich.

Günther trat auf seine Komplizin zu und legte seine Hände um ihre Taille. Er lächelte sie an: »Nun, dann steht ja einer kleinen Verlobungsfeier nichts mehr im Weg, oder?«

Er zog sie an sich und küsste sie leidenschaftlich. »Komm mit runter. Mein Opa hat immer einen hervorragenden Rotwein im Keller gehabt. Wir stoßen auf unsere Verlobung an.«

Begeistert lachte die Frau auf, schlang ihre Arme um seinen Hals und küsste ihn auf die Wangen. Beide drehten sich zur Türe und kamen aus dem Schlafzimmer.

Ich erschrak und mit einem Satz flüchtete ich unter eine Kommode und versteckte mich dort, bis sie die Treppe runter waren. Einen Moment dachte ich nach.

Das Gehörte war ungeheuerlich.

Mein Verdacht, dass der alte Mann nicht auf natürliche Weise gestorben war, hatte sich als richtig erwiesen. Sein Enkel hatte praktisch zugegeben, dass er der Mörder war.

Das nutzte aber nicht viel, da ich kaum in der Lage war, bei Gericht eine Zeugenaussage zu machen. Frustriert kroch ich unter der Kommode hervor und schlich mich leise die Treppe hinab.

Ich hoffte noch immer auf eine Gelegenheit zum Eingreifen. Aus dem Wohnzimmer hörte ich das Klirren von Gläsern und Lachen. Ungesehen schlich ich in den Raum und suchte hinter einer Blumenbank Deckung.

Durch die Gummibaumblätter beobachtete ich die beiden Komplizen. Sie prosteten sich mit Rotweingläsern zu.

Günther überlegte unterdessen fieberhaft, wie er unbemerkt die restlichen Diazepam-Tropfen, die er noch bei sich trug, in das Glas seiner Freundin schütten konnte.

Dann kam ihm eine Idee und er machte plötzlich ein überraschtes Gesicht. »Der Familienschmuck!« Er schlug sich mit der Hand gegen die Stirn. »Natürlich. Der Schmuck meiner Großmutter muss oben im Schlafzimmer sein.«

Die Augen der Frau funkelten gierig, als sie das hörte.

Günther sah sie an. »Schau doch mal oben in der Kommode nach. Das Kästchen ist bestimmt unter der Wäsche.«

Die Frau rauschte aus dem Zimmer und ich hörte ihr eiliges Schuhklappern die Treppe hinauf.

Günther presste seine Lippen zu einem grimmigen Lächeln zusammen, griff in seine Jackentasche, holte ein kleines Fläschchen hervor und schraubte den Verschluss ab. Er gab etliche Tropfen von der klaren Flüssigkeit in das Glas seiner Komplizin und rührte das Ganze mit dem Finger durch.

»Ich find es nicht«, schallte es hell von oben.

»Ich komm und helf dir suchen«, rief Günther laut und steckte das Fläschchen wieder in seine Jackentasche. Dann verschwand auch er in das obere Stockwerk.

Das Wohnzimmer lag verlassen.

Ich kroch hinter der Blumenbank hervor und blickte zum Esstisch hoch, wo die beiden Rotweingläser standen.

Einer plötzlichen Eingebung folgend, sprang ich auf den Tisch und beschnüffelte beide Gläser. In dem Glas, das der Frau zugedacht war, roch ich den schon bekannten Duft nach der tödlichen Medizin.

Ganz vorsichtig – um das Glas nicht umzustoßen oder den Rotwein zu verschütten – setzte ich die Pfote auf den Fußrand und schob das verdächtige Glas langsam nach vorne, bis es neben Günthers Glas zum Stehen kam.

Dann wechselte ich den Platz und schob das Weinglas des Mörders auf die Position des Glases seiner Komplizin.

Beide hatten nun die Plätze getauscht.

Ich hörte Schritte auf der Treppe, sprang schnell vom Tisch und verschwand in meinem Versteck.

»Mach schon auf«, drängelte die Frau.

Günther Fey lachte und setzte ein Holzkästchen auf dem Esstisch ab. Er öffnete es und sie sahen ein paar Schmuckstücke auf verblichenem Samt, eine Perlenkette, einen schmalen goldenen Ehering, ein Paar Granatohrringe, einen Rosenkranz, die alte Taschenuhr seines Großvaters und einen Goldring mit einem kleinen Saphir, umrahmt von Diamantsplittern.

Die junge Frau zog enttäuscht einen Flunsch. »Ist ja nicht gerade üppig«, maulte sie.

»Sie waren halt Bauern«, erklärte Günther. »Ich kaufe dir einen wunderschönen Brillantring in der Stadt, hmm? Was hältst du davon, wenn wir zur Feier des Tages lecker essen gehen? Ich kenne da ein chices Restaurant beim Golfplatz.« Er griff zu den Gläsern und drückte ihr unwissentlich seines in die Hand.

»Prost mein Liebling, wir haben ein tolles Leben vor uns«, sagte er und sah ihr beim Trinken direkt in die Augen.

Das Gift würde bei ihr vielleicht nicht so schnell wirken, wie bei seinem Großvater, überlegte er. Aber unterwegs im Auto war Zeit genug zu warten, bis sie das Bewusstsein verlor. Dann noch ein wenig Druck auf die Kehle und es gab hun-derte von Abzweigungen, die in dichtes Gebüsch und Wälder führten, wo man eine Leiche heimlich verschwinden lassen konnte. Günther trank sein Glas leer und stellte es ab.

Er drückte seiner Verlobten einen Kuss auf die Wange. »Wir fahren jetzt essen und kommen später wieder. Ich spüle nur die Gläser eben ab.« Er griff zu der Flasche und nahm beide Gläser in die Hand.

Fasziniert hatte ich aus meinem Versteck die ganze Szene beobachtet. Als beide aus dem Raum gingen, nutzte ich die Gelegenheit, um mich zu verdrücken.

Draußen vor dem Haus steuerte ich eine niedrige Mauer auf dem Nachbargrundstück an und setzte mich darauf. Die Haustüre behielt ich im Blick. Ich atmete tief ein und eine ausgeglichene Ruhe überkam mich.

Langsam begann ich, meine Pfoten zu lecken.

Kurz daraus verließen die beiden Komplizen Arm in Arm das Haus. Als Günther im Audi saß und den Sicherheitsgurt anlegte, musste er kurz ein Gähnen unterdrücken.

Wenn die Beerdigung und der ganze Stress vorbei sind, mach ich ein paar Tage Urlaub, dachte er, mal so richtig ausschlafen. Er startete den Wagen und ließ den Motor aufheulen.

»Ras nicht wieder so«, sagte seine Verlobte.

Günther bog auf die Straße ab und sah auf der gegen-überliegenden Mauer eine gescheckte Katze sitzen, die ihn mit Sphinxaugen anstarrte.

Am Samstag war der kleine Dorffriedhof voll. Fast alle Bewohner aus Bolsdorf waren gekommen, um von Johannes Fey Abschied zu nehmen.

Mitglieder der Freiwilligen Feuerwehr trugen den Sarg durch ein Spalier von Kollegen. Der Feyen Jannes hatte noch zur Ersten Generation der Feuerwehr gehört und jahrzehntelang mitgeholfen.

Ich hockte an der Hecke, die um den Friedhof verlief, und belauschte die leise und erregt geführten Gespräche am Rande der Beerdigung.

Einige Dorfbewohner unterhielten sich über den tragischen Autounfall, den der Enkel des alten Fey gehabt hatte. Der Audi TT war mit überhöhter Geschwindigkeit von der Landstraße abgekommen und hatte sich mehrfach überschlagen.

Beide Insassen waren sofort tot, stellten die herbeigerufenen Rettungskräfte fest. Bei einer anschließenden Untersuchung wurde in der Tasche des Mannes ein starkes Beruhigungsmittel gefunden.

Ich ging mit hoch erhobenem Schwanz auf die offene Grube zu, in die der Sarg jetzt niedergelassen wurde. Am Rand setzte ich mich hin und blickte auf den schlichten Eichensarg.

Ich dachte an die Heilquelle, die nun für immer ein Geheimnis der Tiere bleiben würde und verabschiedete mich von dem freundlichen Alten.

Dann erhob ich mich und ging fort.

Katzenfeuer

Frühlingsgefühle

Die Maisonne brannte heiß auf den gepflasterten Kirchplatz vor St. Margarethen in Bolsdorf. Ringsumher zwitscherten und pfiffen die Vögel in einem Gesangswettstreit mit den Kirchenglocken, die lautstark zu einer Hochzeit einluden.

Eine fröhliche Hochzeitsprozession kam die Dorfstraße „Am Berg" herunter zur Kirche, angeführt von dem jungen Brautpaar.

Die hübsche Braut Daniela war in ein langes, cremefarbenes Kleid gehüllt und der Bräutigam Peter in seine Fest-uniform mit schwarzer Hose und grauem Jackett. Der Hauptfeldwebel Peter Henning stammte von hier, war aber in der Eifelkaserne in Gerolstein stationiert. Seine Braut Daniela war erst vor Kurzem in die gemeinsame Wohnung nach Bolsdorf gezogen und noch etwas unsicher den neuen Nachbarn gegenüber.

Aber heute lächelte sie glücklich zu den vielen Zurufen und Glückwünschen, die der Hochzeitszug auf seinem Weg von den Dorfbewohnern, die neugierig an Gartenzäunen und Haustüren standen, erhielt.

Peter Henning war in Bolsdorf geboren und aufgewachsen. Schon früh hatte er angefangen, an seinem Skateboard herumzuschrauben, seinem Fahrrad, später am Motorroller oder Vaters Trecker. Man kannte ihn ihm Dorf nie anders als mit übermütig blitzenden graublauen Augen, verwuschelten braunen Haaren und ölverschmierten, dreckigen Fingern. Und er hatte viele Freunde im Dorf, vor allem, wenn es galt, etwas zu reparieren. Nach der mittleren Reife hatte er bei der Landmaschinenwerkstatt Schreiber seine Leidenschaft für große Maschinen entdeckt und eine Ausbildung zum Mechaniker gemacht. Danach rief ihn die Bundeswehr zur Wehrpflicht. Die großen Transporter, Panzer und gepanzerten Fahrzeuge, die er hier kennenlernte, begeisterten ihn erst recht, sodass er sich nach der Grundausbildung für zwölf Jahre der Bundeswehr verpflichtete.

Ein paar Jahre und zahlreiche Fortbildungen beim Feldwebel- und Meisterlehrgang später hatte er als Schirrmeister der 2. Kompanie des Führungsunterstützungsbataillons 281 in Gerolstein die Verantwortung über die Einsatzfähigkeit einer Instandsetzungsgruppe der Streitkräftebasis.

Die zweite Leidenschaft, die Peter hatte, galt dem Fotografieren. Mit sechs Jahren hatte er die alte Agfa seines Vaters geschenkt bekommen und erst mal alles geknipst, was nicht schnell genug in Deckung gehen konnte. Mit der Zeit wurde er überlegter und anspruchsvoller in seiner Motivauswahl. Inzwischen hatte sich Peter Henning eine traumwandlerische Sicherheit für Bildkomposition und Motive erworben. Viele seiner Bilder waren bereits in Zeitschriften und Kalendern veröffentlicht worden oder hatten bei Fotowettbewerben Lob und Preise erhalten. Auch an einer Ausstellung in der Galerie art & edition in Bonn hatte er schon teilgenommen. Auf der Vernissage hatte er seine Daniela kennengelernt.

Die junge Frau war mit einer Freundin zu der Ausstellung gekommen und ihm sofort ins Auge gefallen. Daniela war hochgewachsen und übermäßig schlank, sie hatte eine moderne Frisur in einem auffälligen Burgunderrot.

Vor einer Reihe Landschaftsaufnahmen trafen sie sich. Daniela war fasziniert von den Schwarz-Weiß-Bildern aus der Eifel.

»Das könnten glatt Bilder von Ansel Adams sein«, sagte sie zu Peter gewandt. Der fühlte sich geschmeichelt, mit dem berühmten amerikanischen Fotografen verglichen zu werden. Am Schluss der Galerie-Feier bat Peter sie um ihre Handynummer und um ein Wiedersehen.

Mit den leiser werdenden Glockenschlägen erreichte die Gesellschaft die kleine weiße Kirche St. Margarethen. Familie und Freunde strömten in die Kirche hinein und nahmen auf den alten Holzbänken Platz. Draußen legten die Freundinnen der Braut letzte Hand an Kleid und Schleier, zupften hier und da noch eine Falte oder eine Haarsträhne zurecht.

Durch die geöffnete Tür ertönte Orgelmusik und das Paar ging in die Kirche hinein. Dann schloss sich die Tür, und für die nächste Stunde hörte man nur ab und zu gedämpfte Musik und Gesang durch die Bleiglasfenster.

Gegenüber, an der „Alten Schmiede“, waren Helfer dabei, alles für die Hochzeitsfeier vorzubereiten. Kuchen und Platten wurden abwechselnd hineingetragen. Ein Kühlanhänger stand an der Straße offen; er war voll mit Fässern Bier, Kartons mit Wein und Sekt, Kästen mit Sprudel und Cola.

Die Alte Schmiede war das Gemeindehaus von Bolsdorf, ein rustikaler alter Steinbau von 1884 mit einem Brunnen und einer großen Wiese mitten im Dorf. Hier fanden die Feiern des Dorfes zu Karneval, Pfingsten, Altentag oder Feuerwehrfest statt. In den rustikalen Räumen wurden gern auch private Feiern wie Geburtstage oder Hochzeiten gefeiert. So auch heute.

Erneutes Glockenläuten zeigte das Ende der Trauung an, und alle Gäste kamen aus der Kirche heraus. Die meisten gingen schräg über die Straße zur festlich geschmückten Alten Schmiede und standen in Gruppen auf dem grünen Rasen. Die Kinder spielten auf der großen Wiese Nachlaufen oder spritzten am Brunnen mit Wasser. Bedienungen reichten Sektgläser herum, und im Nu verbreiteten sich Lachen und fröhliche Gespräche.

Ich hatte die ganze Zeit auf unserer Hofmauer gelegen und mir die Sonne auf den getigerten Pelz scheinen lassen. Katzen lieben ja solche Aussichtsplätze, und dieser gehörte zu meinen Favoriten. Von hier oben hatte ich den besten Überblick über das Treiben mitten im Dorf.

Dem Festtag angemessen, putzte ich mir das Fell gründlich sauber, den grau-braun getigerten Rücken und Schwanz sowie meine weiße Unterseite und Pfoten. Eine typische Eifeler Hauskatze, mit grünen Augen und einer stämmigen Figur. Meine Versorger hatten mir den Namen Jule gegeben. Sie meinten wohl, er passte zu meinem Gesicht mit dem drolligen Fleck auf der Schnüss[1].

1 Mund, Schnauze

Eine Weile schaute ich dem festlichen Treiben nebenan noch zu, aber dann wurde es mir doch zu unruhig auf meinem Logenplatz. Ich würde mir stattdessen ein stilles Plätzchen suchen und den Tag verträumen.

Und auf die Nacht warten.

Auch mir war im Augenblick so romantisch zumute. Vor wenigen Tagen hatte es angefangen. In mir tobte ein Gefühlschaos. Meine Hormone spielten völlig verrückt, fressen wollte ich nicht mehr und nachts schrie ich in den seltsamsten Tönen vom Dach des Carports durch das ganze Dorf, bis Jonas-schlaflos-in-Bolsdorf durch das offene Schlafzimmerfenster brüllte: »Jule, hal endlich deng Moul!«[2]

Mein sehnsuchtsvolles Rufen hatte zumindest den Erfolg, dass sich alle noch zeugungsfähigen Kater aus Bolsdorf und Niederbettingen auf den Weg zu mir machten und auf der Wiese vor dem Feuerwehrhaus eine heftige Prügelei austrugen. Ich lag nicht weit daneben und rollte mich auf dem Boden verzweifelt von einer Seite zur anderen, von heißen Gefühlen überwältigt.

Nun, heute hatte ich jedenfalls meine eigene Hochzeitsnacht und schenkte meine Leidenschaft einem hübschen nachtschwarzen Kater, der so clever war, sich nicht an der Massenkeilerei zu beteiligen und stattdessen mit mir heimlich das Weite zu suchen.

In dieser Nacht wurde ich schwanger.

2 »Jule, würdest du bitte leise sein«

Anfang Juni

Die Hochzeitsreise von Daniela und Peter dauerte nur sehr kurz. Eine aufregende Woche lang war das frisch getraute Paar in Rom gewesen. Die Sehenswürdigkeiten waren erheblich vernachlässigt worden, da es Daniela unterhaltsamer fand, kleine schicke Boutiquen und große Flohmärkte zu stürmen. Peter hatte seufzend nachgegeben.

Er hatte bereits seine Kommandierungsverfügung für den Einsatz nach Masar-e Scharif in Afghanistan in der Tasche und wollte ein paar ungetrübte Tage mit seiner Braut verbringen. Es würde eine lange Zeit vergehen, bis er wieder nach Hause kommen konnte.

So genossen sie es, im Sonnenlicht durch die Straßen Roms zu schlendern, an belebten Plätzen in Straßencafés zu sitzen und dem bunten Treiben zu zusehen. Am letzten Abend hatte Daniela dann zu ihrem Mann gesagt, dass sie ein Kind erwartete.

Schmollend sah sie jetzt zu, wie Peter seine Uniform und seinen Feldanzug „Wüstentarn“ an die Schranktür hängte und weitere Bekleidungsstücke auf dem Bett ausbreitete. Neben dem Bett stand der offene Kampfrucksack.

»Ich verstehe nicht, wie du hier seelenruhig alles einpacken kannst. Ich dachte, jetzt, wo wir ein Kind bekommen, kann man dich nicht so einfach nach Afghanistan schicken.«

Peter atmete langsam tief ein und aus. Er wollte diese Diskussion nicht schon wieder führen.

Als Daniela ihm in Rom gesagt hatte, dass sie schwanger sei, hatte sie tatsächlich angenommen, dass er jetzt zu Hause bleiben würde. Eine Annahme, die er sofort korrigierte, was dann zu ihrem ersten lautstarken Ehestreit führte. Der Abend war jedenfalls gelaufen. Verstimmt und wortkarg hatten sie am anderen Tag den Heimflug angetreten.

In Bolsdorf hatte sich Peter dann sofort an die Vorbereitungen zu seiner Versetzung gegeben.

»Dani«, sagte er langsam, »darüber haben wir schon gesprochen. Wir wissen doch seit Wochen, dass ich weg muss. Daran ändert doch auch deine Schwangerschaft nichts. Ich kann mich nicht einem Befehl widersetzen.«

Peter dachte daran, dass er bereits eine Vergünstigung erhalten hatte, weil sein vorgesetzter Oberstleutnant die Abreise nach Afghanistan um zehn Tage verschoben hatte, damit sein Hauptfeldwebel in Ruhe heiraten und auf Hochzeitsreise gehen konnte.

»Aber du kannst mich doch jetzt nicht in dieser Situation allein lassen!«, kam es vorwurfsvoll von Daniela.

»Du bist nicht allein!«, sagte Peter eine Tonlage schärfer, als er eigentlich wollte. »Im Haus nebenan wohnen meine Eltern und ich habe Freunde im Dorf, die dich gern in ihre Mitte aufnehmen.«

Peter blickte seine junge Frau an. Zwischen ihren geschwungenen Augenbrauen hatte sich eine zornige Falte gebildet. Es sah aber auch die Panik, die tief in ihren Augen lag.

Er seufzte leise und trat dicht an Daniela heran.

»Hör zu, Schatz!«, sagte er leise, »ich hab dir von Anfang an nichts vorgemacht. Du hast gewusst: wenn man mit einem Soldaten zusammen ist, muss man immer damit rechnen, dass er ans andere Ende der Welt geschickt wird. Und auch, dass es gefährlich werden kann.«

»Aber du bist doch Techniker!«, beharrte sie eigensinnig.

»Ja, gerade weil ich in der Lage bin, mich um die Fahrzeuge und Transporter zu kümmern, mit denen meine Kameraden raus auf die Straße müssen. Es liegt in meiner Verantwortung, dafür zu sorgen, dass die Maschinen so gut in Schuss sind, dass die kämpfenden Gruppen damit auch wieder heil zurückkommen.«

Peter legte seinen Arm um ihre Schultern und stupste ihren Kopf mit der Nasenspitze an.

»Dani. Niemand ist in der Eifel allein. Du hast hier Familie und Freunde, du musst nur ein klein wenig auf sie zugehen. Meine Eltern freuen sich doch so auf dich und das Baby.«

Er dachte an ihren Einzug in den kleinen Anbau, in dem sie ihre Wohnung hatten. Hier war früher der Stall gewesen. Peters Eltern hatten ihn vor Jahren entkernt und zu einem zweigeschossigen Appartement ausgebaut. Sie planten für ihr Rentenalter einen Tausch mit dem Haupthaus, falls ihr Sohn dann den Platz für eine größere Familie bräuchte.

Daniela war freundlich von der Familie aufgenommen worden, aber nicht uneingeschränkt herzlich. Das lag nicht an ihrem auffallend flippigen Äußeren. Auch wenn Bolsdorf als kleines Dorf 206 Einwohner hatte, so waren diese doch modebewusst.

Peter war erst vor Kurzem dahintergekommen, dass seine Frau tief im Inneren eine instabile, unsichere Persönlichkeit verbarg. Nur mühsam hielt sie im Alltag die Illusion von Normalität vor ihrer Umgebung aufrecht. Dabei genügte eine unbedachte Bemerkung, ein schiefer Blick oder ein kleiner Misserfolg, um sie völlig ausrasten zu lassen.

Peters Eltern hatten sich sehr gefreut, dass ihr Sohn endlich eine Frau gefunden hatte, mit der er eine Familie gründen wollte. Daher waren sie nicht wenig irritiert über die Stimmungsschwankungen ihrer neuen Schwiegertochter. Sein Vater Alwis rechnete das kurzerhand der Schwangerschaft zu, von der er begeistert war; er freute sich schon riesig auf Enkelkinder.

Peters Mutter betrachtete dagegen mit stiller Kritik die bevorstehende Abreise ihres Sohnes in ein gefährliches Krisengebiet. Sie war in Sorge, wie ihre Schwiegertochter mit der neuen Situation fertig werden sollte.

»Deine Mutter mag mich nicht!«, hörte er Daniela maulen – nicht zum ersten Mal.

»Das stimmt doch gar nicht.«, Peter packte Daniela an den Schultern und sah in ihre traurigen braunen Augen.

»Meine Eltern haben dich sehr gern und passen schon auf dich auf«, versuchte er sie zu trösten.

In Danielas Augen blitzte es auf, und mit einem Ruck befreite sie sich aus seinen Händen.

»Hast du mich hier in die tiefste Provinz gekarrt, damit ich unter der Kontrolle deiner Eltern und Freunde bin?«, rief sie wütend aus. Verdattert starrte Peter sie an.

»A-aber nein …«, stammelte er und wusste nicht, was er noch darauf antworten sollte. Seine Hände hielt er in einer hilflosen Geste in der Luft. Daniela wirbelte herum und rauschte aus dem Schlafzimmer, wenige Sekunden später krachte die Haustür ins Schloss. Peter zuckte zusammen.

Er war verwirrt und schüttelte erstmal seinen Kopf, um einen klaren Gedanken zu fassen und sich zu erinnern, ob er irgendetwas Falsches gesagt hatte.

Als Peter das erste Mal einen Wutanfall seiner Frau erlebt hatte, war er fassungslos gewesen. Aus völlig nichtigem Anlass heraus hatte sie ihm Untreue vorgeworfen. Die spätere Versöhnung war nicht weniger heftig ausgefallen. Daniela liebte ihren Mann leidenschaftlich und verfiel auch hier ins Extreme.

»Wahrscheinlich läuft sie wieder stundenlang durch die Gegend«, dachte er verstimmt. Daniela hatte eine Ausdauer im Joggen, die sogar ihn wie eine lahme Ente aussehen ließ. In Bonn war die Rheinaue ihr bevorzugtes Laufrevier gewesen, hier kannte sie jeden Grashalm. Der Kölnmarathon würde dieses Jahr ohne sie stattfinden, ihre Schwangerschaft würde bis dahin zu weit fortgeschritten sein.

»Weiber!«, brummte er missmutig und griff nach dem Verpackungsplan mit den Ausrüstungsgegenständen, die er nach Afghanistan mitzunehmen hatte. Er überblickte das Chaos, das sich auf dem großen Bett ausbreitete, und sortierte alles der Reihe nach.

Als es dunkelte, kehrte Daniela zurück in die kleine Wohnung, erschöpft und völlig verschwitzt, die kurzen Haare klebten ihr an der Stirn. Ihre Augen hatten wieder das sanfte Haselnussbraun, dass Peter so sehr liebte. Morgen schon würde er abfliegen, und er wollte die restliche Zeit jeden Streit vermeiden und mit seiner Frau zusammen sein.

Lächelnd trat er auf sie zu und zog sie in seine Arme. »Nicht, ich bin total verschwitzt«, zierte sie sich, aber nur wenig.

»Dann geh duschen. Nimmst du mich mit?«, fragte er leise. »Hmmm, machst du mir ein Angebot, das ich nicht ablehnen kann?«, schnurrte sie.

»Jawohl, gnädige Frau. Melde mich einsatzbereit«, salutierte er spaßeshalber. Daniela presste sich gegen seine Hüfte und streichelte ihn über der Jeans. Peter stockte der Atem. Dann drehte sie sich um und ging Hüften schwingend voran ins Badezimmer.

Ansehen konnte man es mir noch nicht, dass ich trächtig war. Aber sämtliche Dorfkatzen wussten sofort Bescheid, wenn sie mir begegneten. Das hängt mit dem Hormonstatus und dem Geruch zusammen, den wir verströmen.

Außerdem nahm ich zu. Meine Hauptbeschäftigung war derzeit schlafen und fressen. Marieke-Dosenöffnerin sah mich misstrauisch an und kaufte nur noch Großpackungen Trockenfutter und 400g Dosen.

Nach der „Hochzeitsnacht“ war die alte Kimba die Erste gewesen, die mir zum zukünftigen Nachwuchs gratuliert hatte. Sie wohnte am Waldrand nahe beim Wanderweg durch das Bolsdorfer Tälchen, und ich besuchte die steinalte Schildpattkatze häufig.

»Hallo Jule. Na, das war ja vielleicht ein Konzert gewesen neulich Nacht. Rock am Ring ist nix dagegen. Du hast wohl das ganze Tal rebellisch gemacht. Es läuft jedenfalls kaum noch ein Kater ohne Schrammen herum. Und alle geben sie an wie Graf Koks. Wer war denn nun wirklich der glückliche Gewinner?«, meckerte meine alte Freundin zahnlos.

»Ein schwarzer Abstauber aus Niederbettingen«, grinste ich verlegen und sprang zu ihr auf die Gartenbank.

»Scheiß Ausländer«, lästerte sie.

»Sind unsere Dorfmachos doch selber schuld«, konterte ich, *»die waren so damit beschäftigt, sich untereinander zu prügeln, dass die mich gar nicht beachtet haben.«*

Kimba lachte sich fast scheckig: *»Ja, das ist mir vor Urzeiten auch mal passiert. Und? Willst du deine Jungen zu Hause kriegen?«*, fragte sie mich.

»Bestimmt nicht! Ich hab die Tage erst mitgelauscht, wie sich meine beiden Versorger über Tierarzt und Sterilisation unterhalten haben. Ich werd mir draußen ein sicheres Versteck suchen und meine Kätzchen erst präsentieren, wenn sie alt genug sind.«

Ich hockte mich neben Kimba und fing an, meine weißen Pfoten gründlich zu putzen. Den Rest des Nachmittages wurde ich mit Geschichten über ihre vielen Würfe und Ratschlägen versorgt.

Um 04:30 Uhr klingelte der Wecker neben der Bettseite von Peter Henning. Er tastete schlaftrunken danach und stellte den nervigen Piepston aus. Neben ihm rührte sich seine Frau und schlang ihren Arm um seinen Brustkorb.

»Nochfunfmenutn«, murmelte sie, an seine Schulter geschmiegt.

Er nahm sie in den Arm und genoss für eine kleine Weile noch das warme Gefühl. Dann holte er tief Luft und schlug seine Bettdecke zurück. Der Tag war lang und konnte leider nicht warten. Er stand auf und ging duschen.

Camp Marmal in Masar-e Scharif! 5.500 Soldatinnen und Soldaten, davon 2.800 aus Deutschland, waren hier im Norden Afghanistans stationiert und überwachten ein Gebiet von fast 150.000 Quadratkilometern. Als Peter Henning im Camp Marmal eintraf, wurde ihm gleich zur Begrüßung gesagt: »Vergessen Sie hier alles, was Sie von zu Hause kennen oder gelernt haben. Es IST eine andere Welt. Es gibt hier nur zwei Wetter – staubig oder matschig, und jeder Tag ist Mittwoch, bis auf Freitag, der ist Sonntag, weil da für alle Afghanen arbeitsfrei ist.«

Der Dienst war anstrengend und forderte ihm körperlich und psychisch enorm viel ab. Peter war als Leiter der Instandsetzung, kurz INST genannt, verantwortlich für die Wartung und Reparatur der Einsatzfahrzeuge, mit denen die Patrouillen Fahrten ins Umland unternehmen konnten.

Alles, was kaputt ging, kam zum Reparieren hierher in die INST. Und kaputt ging viel auf den holprigen Straßen von Kunduz. Gerade erst hatte er einen Fennek, einen Spähwagen, auf der Bühne gehabt mit Schäden an den Stoßdämpfern.

»Nicht zu fassen«, sagte Peter zu einem Kollegen, als er in der Grube unter dem Wagen stand und sich den Schaden besah, »der Wagen hat doch erst knapp 20.000 Kilometer gelaufen. Aber so verschlissen, beinahe fünfmal so stark wie in Deutschland.«

Er blickte durch das offene Werkstatttor zum Hof, der beinahe zugeparkt war. Die Patrouillen kamen von ihrer Tour zurück und stellten die Fahrzeuge kurzerhand vor der Werkstatt ab. Und natürlich wollten sie ihre Dingos, Wölfe und Füchse so schnell wie möglich wieder einsatzbereit haben.

Auch die Materialversorgung war eine Herausforderung für Peter. Wenn das angeforderte Ersatzteil nicht in Masar-e Scharif vorhanden war, musste es erst in Deutschland bestellt werden, und das konnte auch mal dauern. Dann hieß es einfach nur: warten. Ein Schild hing an der Werkstatttür „Geht nicht, gibt´s nicht. Nur Wunder dauern etwas länger.“

Die Arbeit war anstrengend, sieben Tage Dienst in dem trockenen Wüstenklima, dann hatte er einen Ruhetag. So war er an den meisten Abenden nicht auf Vergnügungen aus, sondern hockte vor seinem Laptop und sendete Emails nach Deutschland oder telefonierte übers Handy mit seiner jungen Frau.

Die beiden Kameraden, Mike aus Hannover und der Berliner Stefan, mit denen er sich den Wohncontainer teilte, hatten sich daraufhin den Spaß gemacht und ein rosa gefärbtes Mückennetz über dem Bett des frisch Verheirateten aufgehängt.

Manchmal ging Peter zu den regelmäßig stattfindenden Filmabenden der CIMIC (Civil Military Cooperation). Dann sprang auch die CIMIC-Katze, mit der er sich angefreundet hatte, von den Soldaten wegen ihres rot gestreiften Fells „Pommes rot-weiß“ genannt, auf seinen Schoß, rollte sich zusammen und schnurrte.

Juli, Afghanistan

Routine ist der gefährlichste Feind eines Soldaten in einem fremden Einsatzgebiet. Bei aller Anstrengung und Arbeit konnte sich auch Peter nicht der schleichenden Langeweile entziehen, die sich nach der aufregenden Eingewöhnungsphase im Lagerleben breitmachte.

Er wollte mehr sehen von Land und Leuten, vor allem deshalb hatte er seine komplette Fotoausrüstung mitgeschleppt. Er hatte bereits unzählige Aufnahmen im Lager gemacht und die Daten auf eine externe Festplatte geladen, die er dafür gekauft hatte. Aber er sehnte sich nach Motiven, die das ursprüngliche Afghanistan zeigen sollten, seine bizarre Landschaft, die den Menschen so viel abverlangte, dass daraus ein hartes und unnachgiebiges Volk erwachsen war. Dass er bisher so wenig von Land und Leuten kennengelernt hatte, verdross ihn sehr.

Als Feldwebel Dennis Nentwig von der Objektschutzgruppe seinen Eagle IV zur Inspektion brachte, weil er ihn am nächsten Tag zu einer Fahrt im Rahmen des Projektes „Holz für Raketen“ brauchte, bekam Peter glänzende Augen und lag ihm so lange in den Ohren mit der Bitte, doch mitfahren zu dürfen, bis der Feldwebel einverstanden war.

»Na schön«, meinte er zu Peter, »bisher ist dort immer alles sehr friedlich und freundlich abgelaufen. Ich werde mir trotzdem einen aktuellen Stand zur Bedrohungslage einholen. Und wenn sich da kein Hinweis ergibt, kannst du morgen früh mitkommen.«

Dennis war „Dorffeldwebel“ für den kleinen Ort Quala-i Gul im Norden Afghanistans. Er war der Ansprechpartner des Malik[3] und traf sich regelmäßig mit dem Dorfvorsteher, nicht nur, um bei einer Tasse Tee und Süßigkeiten die guten Beziehungen zu pflegen. Es ging konkret um einen ganz besonderen Handel.

Der Mangel an Baustoffen und Bauholz hatte viele Afghanen dazu gebracht, alte Raketen und Geschosse aus den vorangegangenen Kriegen als Baumaterial für ihre Häuser und Brücken einzusetzen. Aufgeschnittene Raketenhüllen dienten als Regenrinnen oder Abflussrohre. Von den Zündern befreit, ersetzten die ehemaligen Waffen statische Funktionen bei Türen und Fensterstürzen, und sogar im Brückenbau wurden sie verarbeitet. Oft genug waren dabei die Sprengstoffe nicht entfernt

3 Dorfpatriarch, Dorfältester

worden, man hatte sie aus Stabilitätsgründen einfach in den Hüllen gelassen. Das Risiko bestand darin, dass auch nach Jahren chemische Reaktionen und Korrosion die Hüllen zerstören und unbeabsichtigt noch eine späte Explosion auslösen konnten. Sehr viele Afghanen lebten wortwörtlich in einem „Pulverfass".

Das Projekt „Holz für Raketen" bot hier die Möglichkeit für die Bevölkerung, an dringend benötigte Baustoffe und Holzbalken heranzukommen und dabei die gefährlichen Altlasten loszuwerden. In Quala-i Gul hatten die Dorfbewohner einen eigenen „Schrottplatz" für die gefundenen Raketen und Munition in sicherer Entfernung zum Dorf angelegt. So wanderten lange Kanthölzer in die Hände der Afghanen, und die Altwaffen nahmen die Kampfmittelspezialisten vorsichtig entgegen. Für den Rücktransport wurden sie gesichert. Weitab vom Dorf wurde die Altmunition dann kontrolliert gesprengt. Auf diese Art wurden im Jahr an die 600 Raketen und Waffen allein von den deutschen Einsatzkräften vernichtet.

Als Peter davon hörte, war er Feuer und Flamme. Feldwebel Nentwig lachte, als er den voll bepackten „Paparazzo" in der Morgendämmerung des nächsten Tages auf sich zukommen sah.

»So eine Gelegenheit wie diese kriege ich so schnell nicht wieder«, sagte Peter zu ihm und hatte alles an Fotoausrüstung umgehängt und mitgenommen, was in seinen Taschen Platz fand. Nentwig schüttelte grinsend den Kopf und wies mit dem Daumen zum offenen Eagle: »Aufsitzen!«

Peter kletterte hinein und setzte sich hinter dem Beifahrersitz auf die Bank.

Der Konvoi mit einem Führungsfahrzeug und zwei Duros als Transporter für die Holzladung sowie einem Dingo zur rückwärtigen Sicherung setzten sich langsam in Bewegung und fuhren vom Camp Marmal auf noch sehr guten Straßen ins Landesinnere.

Je weiter sie nördlich in die Berge kamen, umso holpriger wurden die Straßen, durch unzählige Schlaglöcher so uneben wie ein vertrocknetes Flussbett. Der Fahrer war ein Ass und bewegte das breite Gefährt geschickt um die schlimmsten Untiefen herum. Trotzdem konnte er nicht verhindern, dass er jede Menge Staub aufwirbelte und den nachfolgenden Transportern die Sicht behinderte. Feldwebel Nentwig gab per Funk die Anweisung, die Abstände etwas zu vergrößern. Als Patrouillenführer hatte er zu allen Fahrzeugen des Konvois Verbindung.

Hinter Peter war der so genannte „Backseater", ein Gefreiter, der am MG stand, das Gelände beobachtete und nach Auffälligkeiten absuchte. Der fünfte Mann im Fahrzeug war der afghanische Sprachmittler Abdullah Mazar. Er sprach leidlich gut Englisch und sehr wenig Deutsch und hatte bereits mehrere Touren in die Berge mitgemacht. Er war als Dolmetscher mitgekommen und begleitete das Gespräch mit dem Malik. Unterwegs erzählte er Peter in seinem babylonischen Sprachgewirr von den früheren Fahrten nach Quala-i Gul.

Nach drei Stunden Fahrt über die buckeligen Passstraßen erreichten sie das Dorf. Am Dorfrand gab der Feldwebel das Zeichen zum Stopp, und der Konvoi kam zum Stehen. Vor sich sahen sie eine Ansammlung von Lehmhütten und Mauern, die sich entlang eines einzigen gewundenen staubigen Pfades reihten, kaum breit genug für die schweren gepanzerten Fahrzeuge. Die Häuser hatten winzige Fensteröffnungen, antiken Schießscharten gleich.

Nentwig drehte sich zu Peter um: »Pass auf, Peter, egal, was ist, du bleibst in meiner Nähe. Wenn irgendwas passiert, gehst du sofort in Deckung. Verstanden?«

»Hast du nicht gesagt, du kennst die Leute hier?« Peter machte ein enttäuschtes Gesicht, er war wenig begeistert von der Aussicht, in seiner Fotomotivauswahl eingeschränkt zu werden. Feldwebel Nentwig schüttelte den Kopf.

»Ich bin schon eine Weile hier, trotzdem, verstehen werd ich das Land nie. Das hier ist Klingonisch zum Quadrat. Ich werd dich erst mal einführen bei den Dorfvorstehern. Und fotografier bloß nicht die Frauen hier.«

Ein Dutzend Kinder stürmten lachend und kreischend auf den Konvoi zu. Sie hielten schon von Weitem bettelnd ihre kleinen schmutzigen Hände auf. Sie wussten, dass die Soldaten immer viele Naschereien und Spielzeug mitbrachten.

Der Malik des Dorfes kam mit zwei weiteren Mitgliedern des Ältestenrates auf den Konvoi zu. Feldwebel Nentwig sah sich erst um und stieg dann mit Peter aus. Ein Nahsicherer und der Dolmetscher Mazar begleiteten sie.

Der Malik Amrullah Pascha begrüßte den „Dorffeldwebel“ Nentwig wie einen alten Freund. Er begrüßte auch die anderen sehr höflich und lud sie zu sich ins Haus ein. Peter betrachtete den Malik durch den Sucher seiner Kamera.

Der Mann musste so um die sechzig sein, schätzte er, hinter einer einfachen Metallbrille lagen tief liegende Augen, umrahmt von unzähligen feinen Fältchen, die sich verstärkten, wenn er lächelte. Sein Bart war grauweiß und gepflegt gestutzt. Ein grüner Turban saß auf seinem fast kahlen Kopf. Amrullah Pascha strahlte eine ruhige Autorität und Schicksalsergebenheit aus. Peter war fasziniert von dem Gesicht, das so viel Lebenserfahrung und Weisheit zeigte.

Sein Begleiter Hamidullah mit einer weißen Takiyah, der traditionellen islamischen Mütze, hatte eine gewisse Ähnlichkeit mit ihm, wahrscheinlich ein naher Verwandter, dachte der Truppführer. Der Mann machte einen etwas nervösen Eindruck und blickte immer wieder zu seinem Vetter hin.

Der Dritte war jünger und hielt etwas Abstand. Sein schwarzer Bart war lang und wild, und seine Augen schauten dunkel und stolz auf die deutschen Besucher. Ein spöttischer Ausdruck huschte über das Gesicht des Mannes. Dennis Nentwig betrachtete den jüngeren Mann irritiert, er war ihm bei seinen früheren Besuchen nicht aufgefallen.

Der Malik Amrullah Pascha winkte sie mit Gesten zu seinem Haus.

»Mearyi«, rief er – kommst du mit?

Die Gruppe ging die Dorfstraße entlang, die man kaum als solche bezeichnen konnte. Eher eine staubige

Gasse, reihte sich an ihr ein ummauertes Gehöft nach dem anderen an. Die Gruppe betrat durch eine verwitterte Holztür in einer Lehmmauer einen Innenhof. Wie fast jedes Haus in Quala-i Gul bestand das Heim des Malik aus zwei quadratischen Innenräumen, in denen die Familie wohnte, schlief und aß. Amrullah Paschas Familie lebte hier mit sieben Mitgliedern. Ein zweites, kleineres Gebäude grenzte direkt an das Haus, darin lebte Hamidullahs Familie. In kleinen Lehmbauten des Gehöfts waren die Tiere untergebracht, Hühner, Ziegen, eine Milchkuh. Im Innenhof gab es um eine Schatten spendende Dattelpalme einen großen Platz mit einem Lehmofen und einen eigenen kleinen Brunnen, was in dieser kargen Landschaft schon ein Luxus war.

Sie wurden ins Innere des Hauses eingeladen, einem großen Raum mit blauen Wänden und roten Teppichen über Matratzen, die an den Wänden entlang lagen, sogenannten Toshaks. Die deutschen Gäste setzten sich nieder.

Ein Junge von etwa zehn Jahren kam mit dem Tee herein. Er balancierte ein großes Tablett mit Gläsern, Kannen mit Tee und heißem Wasser und Schälchen mit Zucker und kandierten Feigen. Vorsichtig stellte er das schwere Tablett auf dem Boden ab und schenkte das heiße Getränk in die verzierten kleinen Gläser.

»Motsahkerm«, bedankte sich Nentwig bei dem Jungen.

Im Schneidersitz und mit einem Teeglas in der Hand begann nun eine kuriose Unterhaltung zwischen dem Malik und Nentwig, der holprigen Übersetzung Mazars aus dem lokalen Farsidialekt ins Englische zum Trotz. Peter verfolgte überrascht, wie umfassend die Bundeswehr allein in diesem Dorf bereits Hilfe geleistet hatte. So war das Dorf gegen Geröllawinen, die in jedem Frühjahr nach der Schneeschmelze eine Gefahr darstellten, mit einer Schutzmauer gesichert worden. Auch seltene Medikamente wurden besorgt oder einfach nur ein Fußball für die Dorfkinder. Der letzte Winter war der härteste seit dreißig Jahren in Afghanistan gewesen. Das Dorf Quala-i Gul hatte die anhaltende Kälte nur deshalb unbeschadet überstanden, weil die Bewohner zentnerweise mit Hilfsgütern wie Holz, Mehl, Reis, Bohnen, Öl bzw. Wolldecken versorgt wurden.

Feldwebel Nentwig hatte das Gefühl, dass die Unterhaltung immer wieder stockte, auf ihn machte Amrullah Pascha einen unkonzentrierten Eindruck. Deshalb schlug er schon nach kurzer Zeit vor, zusammen den Schrottplatz aufzusuchen. Der Malik erhob sich und bedeutete seinen beiden Dorfältesten, im Haus zu bleiben. Er wollte mit dem Dorffeldwebel und seinen Leuten allein zu der Waffensammlung gehen.

Zu fünft gingen sie die staubige Dorfstraße entlang bis zum Ende der Häuser. Ein paar hundert Meter von den Häusern weg lag in einer Senke eine Ansammlung von Metallhülsen und Rohren. Sie alle waren verbeult und stark angerostet, viele trugen internationale Kennzeichnungen: verblasste russische, israelische und auch koreanische Beschriftungen und Zeichen waren zu erkennen. Ordentlich aufgereiht lehnten sie an einem Steinwall. Peter Henning ging in die Hocke und fotografierte dieses exotische „Baustofflager“. Feldwebel Nentwig hatte im Kopf überschlagen, welchen Gegenwert an Holz und Balken er dem Malik dafür anbieten konnte. Die Verhandlungen würden nach afghanischer Tradition mindestens ein bis zwei Stunden dauern und dann in etwa bei der Menge ankommen, die er gerade seinem Gehirn kalkulierte. Das wusste er aus Erfahrung.

Er sah zu seinem Freund Peter hin und wollte ihm gerade zurufen, dass sie zum Haus zurückkehren wollten, als er im Augenwinkel ein Aufblitzen im steinigen Gelände wahrnahm. Instinktiv riss er den Kopf zur Seite und spürte einen harten Schlag gegen seine Schläfe, der ihn sofort von allem Handeln abschirmte. Im Fallen hörte er noch den Schuss, der laut durch das Tal schallte. Dann spürte er ein warmes Rinnsal über sein Gesicht, und folgte dem Blutstrom in die lautlose Dunkelheit hinein.

Der Gewehrschuss, der Nentwig getroffen hatte, war nur der Start zu einer ganzen Reihe von Schnellfeuergarben, die aus dem steilen Gelände hinter dem Dorf auf die Senke niederprasselten. Peter hockte noch immer vor der Munitionssammlung und sah entsetzt, wie sein Feldwebel getroffen wurde. Der Nahsicherer sprang zu einem dicken Felsen und suchte dahinter Deckung. Er hatte sein MG bereits entsichert und feuerte blindlings in das Gelände. Peter drehte sich um, seine linke Hand löste die Sicherung des Pistolenhalfters. Von zwei Seiten sah er dunkel vermummte Männer auf die Senke zustürmen. Mazar, der Dolmetscher, schrie in Farsi verzweifelt die Angreifer an. Dann drehte er sich um und rannte zum Dorf. Peter sah ihn nach wenigen Metern die Arme hochreißen, ein Maschinengewehrfeuer zerteilte ihn fast in der Mitte. Mazar stürzte zu Boden und blieb in seiner Blutlache liegen.

Hilflos fuchtelte Amrullah Pascha mit den Armen. Geschosse schlugen rings um den alten Mann in den Boden und spritzten Gesteinssplitter auf. Dicht neben Peter trafen Querschläger den Boden und manche Granathülse, was ein metallisches Pfeifen hervorrief. Peter durchzuckte es eiskalt, als ihm klar wurde, was ein Treffer auf die Altmunition auslösen konnte. Er sprang auf und lief auf die Mauer zu. Mit einem verzweifelten Sprung hechtete er über den Steinwall und warf sich dahinter flach auf den Boden. Gewehrkugeln pfiffen über ihn hinweg. Endlich registrierte er, dass er die ganze Zeit über den Finger auf den Auslöser seiner Kamera gedrückt hielt, und löste seine Hand. Geistesgegenwärtig steckte er die Kamera in eine Vertiefung in der Mauer und verdeckte sie mit etwas Sand. Jenseits der Mauer hörte Peter das deutsche MG rattern. Aber der Nahsicherer hatte eine schlechte Position, er wurde von zwei Seiten ins Kreuzfeuer der Angreifer genommen. Peter griff nach seiner Pistole und erschrak, als er das Halfter leer fand. Er hatte seine Waffe bei seiner Flucht über die Mauer verloren. Fassungslos starrte er auf seine leere Hand.

›Gott, steh mir bei‹, dachte er und seine Schultern begannen zu beben. Er schluckte ein paar Mal krampfhaft und robbte sich dann auf dem Bauch zum Ende des Steinwalls. Das deutsche MG war nicht mehr zu hören, dafür aber Salven aus den Gewehren und frenetisches

Geheul der dunklen Männer. Peter lehnte sich dicht an die Steinmauer und schob sein Gesicht vorsichtig zum Rand. Er sah den Malik auf dem Boden liegen. Ein großer Blutfleck breitete sich über seinen Bauch aus. Weiter rechts lag Peters gefallener Kamerad hinter dem kleinen Felsen, der ihm viel zu wenig Deckung gegeben hatte. Trauer und Verzweiflung drangen in Peters Bewusstsein. Er atmete tief ein und aus. Er zwang sich zur Ruhe und Überlegung. Die Fahrzeugkolonne wartete vor dem Dorf und hatte den Angriff mit Sicherheit gehört. Hilfe war unterwegs, sagte er sich und meinte, schon die Motorengeräusche zu hören. Tatsächlich vernahm er aber zuerst die Schritte der Angreifer, die nun auf ihn zukamen. Fünf dunkel gekleidete und vermummte Afghanen mit alten und modernen Schnellfeuerwaffen bauten sich vor ihm auf. Sie hielten die weitverbreitete AK-47 Kalaschnikow in den Händen, aber zu Peters Erstaunen auch ein Sturmgewehr deutschen Typs, die Heckler&Koch G3. Der Afghane mit dem G3 machte einen Schritt auf ihn zu und bedeutete ihm mit der Gewehrspitze, aufzustehen.

»Stand up«, sagte der Mann mit rauer Stimme. Mit dem Finger gab er Peter ein Zeichen, sich umzudrehen und die Hände auf den Rücken zu halten. Ein zweiter Mann kam mit einem Hanfstrick auf ihn zu und fesselte Peters Hände fest zusammen. Dann wurde er an den Armen gepackt und in die Mitte der Gruppe genommen. Mit schnellen Schritten zog ihn die Gruppe auf einen Eselspfad ins Gebirge hin.

»Go, go!«, wurde ihm leise befohlen, und eine Hand schubste ihn vorwärts.

Peter war verblüfft, dass die Männer unterwegs so schweigsam waren. Er hatte mit dem üblichen Triumphgeheul, gegenseitigem Schulterklopfen und Schussparaden gerechnet und darauf gehofft, dass seine Truppe dadurch Zeit hätte, um das Dorf herumzufahren und ihn zu befreien. Diese Ruhe bewies eine kalte Professionalität, die ihn gleichzeitig ängstigte und hoffen ließ. Hoffen, am Leben zu bleiben.

Vor dem Dorf heulten die Motoren der Fahrzeuge auf. Die wartende Fahrzeuggruppe hatte von Weitem das Knattern der Gewehre gehört und reagierte sofort. Schon bei den ersten Schüssen war Unteroffizier Rahmersfeld in den Kommando-Eagle gesprungen und hatte sich das Funkgerät gegriffen. Kurzentschlossen gruppierte er die Fahrzeuge um und befahl, in einer Zangenbewegung um das Dorf herumzufahren und seinem Kommandeur zu Hilfe zu eilen. Rahmersfeld war bereits einige Male in Quala-i Gul gewesen. Er kannte das Gelände gut genug und wusste, dass er auf der engen Dorfstraße hoffnungslos steckenbleiben würde. Er fluchte vor sich hin und trat das Gaspedal des Eagles durch.

Der wuchtige Geländewagen machte einen Satz nach vorn und bog nach wenigen Metern in das tiefere Gelände der Flusssenke ab. Hinter ihm versuchte der behäbigere Duro, das Tempo zu halten und den Anschluss zum Kommandofahrzeug nicht zu verlieren. Den gepanzerten Dingo hatte Rahmersfeld mit dem zweiten Transporter rechts um das Dorf geschickt. An jedem fest installierten MG schaute ein wütendes Augenpaar durch ein Fernglas und suchte das Gelände nach weiteren Hinterhalten ab.

Inzwischen meldete der Unteroffizier seinem Einsatzführungskommando in Masar-e Scharif, dass der Zug angegriffen wurde.

Das buckelige Gelände um Quala-i Gul machte ein schnelles Vorwärtskommen zu einer zeitzehrenden Geduldsprobe. Der trockene Boden wirbelte so viel Staub auf, dass die Fahrzeuge in einer graugelben Wolke durch das Gelände fuhren. Rahmersfeld hielt mit eiskalten Händen das Lenkrad umklammert. Gleichzeitig perlte ihm der Schweiß über die Stirn bei dem Gedanken, dass er in der Staubwolke ein weithin sichtbares Ziel bot, während er selber kaum etwas sehen konnte. Sein MG-Schütze brüllte plötzlich: »Da vorn«, und wies mit der Hand auf einen schemenhaften Punkt in ein paar hundert Metern Entfernung. Das Kommandofahrzeug verringerte das Tempo und fuhr langsam auf den Schrottplatz zu. Der Unteroffizier sah durch das Beifahrerfenster, dass nun auch die zweite Gruppe um das Dorf herumkam und die Senke ansteuerte. Über Funk gab er die Anweisung, die Fahrzeuge um den Platz herum wie eine Wagenburg aufzustellen.

Auf seinen Befehl hin sprangen die Soldaten des Zuges einzeln aus den Fahrzeugen, hockten sich sofort hin und hielten die Gewehre im Anschlag. Sie bildeten einen dichten Verteidigungsring um den Schrottplatz. Zornige Augenpaare suchten das Gelände nach Bewegungen ab, aber außer ein paar aufgeregt meckernden Bergziegen war nichts zu sehen. In Richtung Dorf lag der Übersetzer tot in einer großen Blutlache.

Der Zugführer und ein Rettungssanitäter rannten geduckt auf den Schrottplatz zu. Ein paar Meter vor ihnen lag der tote Nahsicherer auf dem Boden, von vielen Kugeln getroffen.

Rahmersfeld blickte sich um und entdeckte seinen Feldwebel nicht weit von dem Granatenhaufen auf dem Rücken liegend. Ein Bein hatte Nentwig leicht angewinkelt. Der Unteroffizier lief zu ihm hin. Seine Finger tasteten am Hals nach dem Puls und er stöhnte vor Erleichterung auf, als er ihn fühlte.

»Er lebt«, rief er seinen Kameraden zu.

Dennis Nentwig hatte eine stark blutende Kopfverletzung, die von einem Streifschuss herrührte und die sein Bewusstsein getrübt hatte. Rahmersfeld sprach ihn mehrmals an und rüttelte ihn leicht an der Schulter. Der Sanitäter beugte sich über den bewusstlosen Mann und besah sich die Kopfwunde. Dann schob er den Jackenärmel zurück, bis die Armbeuge frei lag, holte aus seiner Tasche eine Flügelkanüle und stach sie behutsam in die Armvene. Dann schloss er einen Plasmaexpander an den Schlauch der Kanüle an und spritzte Adrenalin in den Flüssigkeitsbeutel. Anschließend versorgte er die Kopfwunde. Er merkte, dass sich die Atemfrequenz des Verwundeten geändert hatte, und blickte auf das blutverschmierte Gesicht. Ein leises Stöhnen kam von Dennis Nentwig.

Der Unteroffizier suchte derweil den Schrottplatz nach Peter ab und rief mehrmals seinen Namen. Ihm gegenüber winkten zwei Soldaten ab, auch sie konnten von ihrer Position aus Henning nirgends entdecken. In dem Haufen der Raketenhülsen und Altmunition entdeckte Rahmersfeld plötzlich die Pistole, die Peter bei seiner Flucht verloren hatte. Sehr vorsichtig tastete er sich vor und holte sie aus dem Durcheinander heraus. Auf dem Sandboden sah er etliche Löcher von Kugeltreffern, aber kein Blut.

Rahmersfeld kletterte hinter den Steinwall und blickte auf die verschiedenen Abdrücke im Sandboden. Er glaubte zu sehen, dass Peter hier gelegen hatte, und unterschied Fußabdrücke von wenigstens vier weiteren Personen. Der charakteristische Abdruck der Bundeswehrstiefel führte von der Mauer weg. Die Spur wies geradewegs in das zerklüftete Gelände oberhalb des Dorfes. Für die Fahrzeuge gab es da keinen Weg. Er wies die Soldaten auf dieser Seite an, das bergige Gelände mit Ferngläsern abzusuchen.

Aus einer Mauervertiefung blitzte ihn ein Lichtreflex an, und er bückte sich danach. Die Sonne spiegelte sich in einem Stück Objektivglas, das aus dem Sand hervorlugte.

Eilig legte er die Kamera frei und nahm sie hoch. So gut es ging, entfernte er Staub und Sand von der Digitalkamera und betätigte den Power-Knopf. Schnell fuhr das System der Kamera hoch, und er drückte mit dem Daumen den Menüknopf für die Anzeige der geschossenen Fotos.

Unteroffizier Rahmersfeld wurde blass unter der graugelben Staubschicht, die ihm das Gesicht verklebte. Die Bilder zeigten den heftigen Kampf um den Schrottplatz. Entsetzt sah er in der verwackelten Bildabfolge den

Tod der beiden Einheimischen und den hoffnungslosen Widerstand seines Kameraden.

Rahmersfeld eilte zu dem Leitfahrzeug, holte das Funkgerät und rief das Einsatzführungskommando in Masar-e Scharif um Unterstützung und einen Rettungshubschrauber an.

In zwei Kilometer Entfernung hockte ein Mann an einem Höhleneingang und beobachtete durch ein Fernglas die Bewegungen auf dem Schrottplatz. Als er sicher war, dass keiner der deutschen Soldaten in die Berge vorstoßen wollte, drehte er sich um und ging gebückt in die Höhle hinein. Nach etlichen Metern weitete sich der Gang zu einem großen Felsendom. Weitere Öffnungen zeigten Gänge, die in verschiedene Richtungen liefen. Die Höhle gehörte zu einem der weitverbreiteten unterirdischen Systeme alter Kriegs- und Schmugglerwege in den Bergen Afghanistans. Seine Kameraden hatten eine Knickleuchte dagelassen, die mit ihrem sanften Licht den Weg in einen Gang wies. Er nahm sie auf und folgte seiner Gruppe in die Verschwiegenheit der afghanischen Berge.

Beim Führungsstab des Heeres in Potsdam ging die Meldung von der Entführung eines deutschen Soldaten noch in derselben Stunde ein. Der Inspekteur des Heeres informierte sofort den Verteidigungsminister, und der wiederum sandte eine SMS an die Kanzlerin. Die sagte alle Termine für den Nachmittag ab, zuerst musste sie sich mit ihrem Minister beraten und der Krisenstab zusammentreffen.

In der Eifelkaserne in Gerolstein schrillte das Telefon beim Bataillonskommandeur. Oberstleutnant Betzweiler blieb ein: »Ach du Sch…« im Hals stecken, als er informiert wurde, dass sein Hauptfeldwebel Peter Henning in Afghanistan als vermisst galt. Er hatte Peter vor drei Monaten noch persönlich zur Hochzeit gratuliert und dafür gesorgt, dass er für seine Braut wenigstens ein paar Tage Urlaub vor dem Einsatz bekam. Der Bataillonskommandeur war vom Führungsstab in Potsdam gebeten worden, die Familie des Soldaten Henning zu beruhigen.

Der dreiundvierzigjährige Mann fuhr mit den Händen über seine Augen. Er rief sich das Gesicht von Peter ins Gedächtnis. Das war der schwerste Teil an seinem Job: einer Familie zu sagen, dass ihr Sohn oder ihre Tochter im Einsatz gestorben waren oder – wie in diesem Fall – vorläufig als vermisst galten.

Er griff zum Telefon und rief den katholischen Seelsorger der Kaserne an, allein wollte er die Fahrt nach Bolsdorf nicht antreten.

Daniela öffnete die Tür und blickte in die verweinten Augen ihrer Schwiegermutter. Hinter Gisela standen zwei Soldaten. Daniela erkannte den Bataillonskommandeur der Eifelkaserne, Oberstleutnant Betzweiler, Peter hatte ihn zu ihrer Hochzeit vor drei Monaten eingeladen. Der zweite Mann, dem Kreuz am Blousonkragen nach ein Militärgeistlicher, war ihr unbekannt. Sie erfasste sofort, dass es um Peter ging, und fühlte ihr Gesicht kalt werden.

»D-daniela«, stammelte Gisela, »Es ist etwas passiert …«

Sie stockte und wies mit einer Handbewegung auf die beiden Männer hinter ihr.

Betzweiler trat vor und fragte: »Dürfen wir reinkommen?« Er deutete mit der Hand in den Flur. Daniela drehte sich steif wie ein Roboter um und stakste zum Wohnzimmer. Betzweiler folgte ihr, und hinter ihm schob der katholische Militärseelsorger sanft Gisela an den Schultern in die Wohnung.

Im Wohnzimmer drehte Daniela sich zu der Gruppe um.

»Was …«, krächzte sie und räusperte sich dann erst einmal. »Was ist passiert?«

Sie sah Peters Bataillonskommandeur direkt an.

»Wir sind sicher, dass Ihr Mann noch lebt«, sagte Betzweiler eilig und holte dann tief Luft, »er war mit einem Trupp unterwegs, um Hilfsgüter in ein Dorf zu bringen. Die Gegend hatte bis jetzt immer als sicher gegolten. Aber es kam zu einem Überfall, bei dem es leider auch Tote und Verletzte gab. Peter war aber nicht darunter. Den Spuren vor Ort nach zu urteilen, ist er entführt worden. Wir gehen im Moment davon aus, dass er lebt.«

Daniela zuckte wie unter einem Schlag zusammen. Der zweite Soldat, Militärseelsorger Gernold, trat auf sie zu und schob sie mit einem leisen »Kommen Sie« zum Sofa hin, wo sie sich hinsetzte.

Der Oberstleutnant fuhr weiter fort: »Mit wem wir es hier zu tun haben, wissen wir noch nicht. Peter hatte Fotoaufnahmen gemacht, die gerade ausgewertet werden. Vielleicht finden wir ja ein paar Hinweise darauf.«

Er verschwieg, dass vor allem die Kampfbilder in diesem Moment von Technikern des NATO Headquarter in Kabul nachbearbeitet wurden, um möglichst viele Details zu erkennbar zu machen.

Daniela war zumute, als ob in ihrem Inneren ein Band zerriss. Panik schoss in ihr hoch, und sie achtete kaum noch auf das, was Betzweiler weiter zu ihr sagte:

»Oberhalb des Dorfes gibt es ein paar Höhlen, dort haben wir die Spuren leider verloren. Wir vermuten, dass sie ihn in die Berge verschleppt haben. Aber solange nichts von den Entführern kommt und wir ihre Forderungen nicht kennen, müssen wir abwarten.«

Peters Mutter hatte sich neben Daniela gesetzt und den Arm um ihre Schultern gelegt.

Pfarrer Gernold meldete sich jetzt zu Wort: »Kidnapping ist in Afghanistan leider ein sehr weit verbreitetes Geschäft. Für einige Dorfclans ist es eine reguläre Einnahmequelle. Es besteht große Hoffnung, dass Ihr Mann Gefangener einer solchen Räuberbande ist. Das ist gut, ich meine, weil sie für ihn sorgen werden. Ihm wird nichts passieren.«

»Und wenn nicht?«, hörte sie ihre Schwiegermutter laut weinen, »wenn es die anderen sind? Die Taliban?«

In Danielas Ohren brauste es plötzlich, und ihr Herz raste. Sie vernahm kaum noch, was der Bataillonskommandeur Gisela antwortete: »Bitte beruhigen Sie sich.

Wir müssen abwarten, wann eine Nachricht an uns geleitet wird. Das geschieht entweder mit großer PR im Internet, bei der Nachrichtenagentur Al Jazeera – was ganz schlecht wäre – oder ein Vermittler tritt diskret an uns heran. Und das wäre ein gutes Zeichen. Es würde bedeuten, dass es hier nur um Geld, Waren oder die Freilassung von Komplizen geht. Damit kann man verhandeln.«

Betzweiler lenkte das Gespräch immer wieder auf die Möglichkeit hin, dass es sich bei der Entführung von Peter nur um ein Geschäft handelte und dass er in Kürze wieder freigelassen würde. Wie ein Mantra wiederholte er diese Hoffnung.

Aber Daniela erinnerte sich jetzt auch an die vielen grobpixeligen Bilder, auf denen Menschen vor laufenden Kameras geköpft wurden. Das Brausen in ihrem Kopf verstärkte sich und sie zitterte am ganzen Körper. In ihrer Fantasie kniete Peter vor vermummten Kämpfern, und ein Schwert berührte seinen Nacken.

Aufstöhnend krümmte sie sich und schlang die dünnen Arme um ihren Bauch. Sie spürte eine warme Feuchtigkeit in ihrem Schoß und sah einen hellroten Flecken, der sich auf ihrer weißen Jeans ausbreitete.

»Mama –«

Daniela gab einen kurzen, hilflosen Laut von sich und starrte entsetzt auf das Blut, das ihrem Baby das Leben entzog.

Gisela sah sie bestürzt an. Als erfahrene Frau und Mutter erfasste sie die Situation sofort. Zum Pfarrer gewandt rief sie: »Einen Notarzt, schnell. Sie erwartet ein

Kind.«, und zu Oberstleutnant Betzweiler: »Helfen Sie mir. Wir bringen sie ins Schlafzimmer.«

Der Bataillonskommandeur reagierte umsichtig. Er nahm die federleichte Daniela kurzerhand in seine Arme und trug sie durch den Flur ins Schlafzimmer hinein. Gisela lief beiden hinterher. Vorsichtig wurde Daniela auf das Bett gelegt.

Betzweiler ließ die beiden Frauen allein und ging wieder ins Wohnzimmer zurück. Er sah zu dem Geistlichen hin, der den Notruf durchgegeben hatte und soeben den Telefonhörer wieder auflegte. Erbittert dachte er daran, dass der Überfall, der Tausende Kilometer von hier entfernt stattgefunden hatte, nun ein weiteres Leben kosten würde.

Pfarrer Gernold sah die hilflose Wut in den Augen des Oberstleutnants. Auch ihm erging es nicht anders, er breitete die Arme kurz aus und ließ sie ohnmächtig wieder fallen. Dann besann er sich, faltete seine Hände und fing an, leise zu beten.

Daniela lag auf ihrem Bett, wimmerte und hielt den gekrümmten Unterleib umschlungen, als wenn sie damit das sich auflösende Leben in ihm zurückhalten konnte. Gisela streichelte sacht das Gesicht der verzweifelten jungen Frau und redete sanft auf sie ein, um sie zu beruhigen. Aber Danielas Schmerz wurde immer stärker, ihr Weinen lauter, bis sie vor Angst und Kummer schrie. Die Sirene des Rettungswagens, der wenige Minuten später vor dem Haus der Hennings eintraf, war kaum durch ihre gellenden Schreie zu hören.

August

Ich kam mir so schwerfällig vor wie ein Riesenbagger aus der Sandgrube An der Grauley. Ich war kaum noch fähig, mich zu krümmen, um mir den dicken Bauch zu lecken. Die Zitzen spannten und jetzt konnte man sogar schon mit bloßen Menschenaugen die vielen Bewegungen unter meinem Fell sehen.

Marieke-Möchtegern-Katzenmutter bekam jedes Mal einen gerührten Blick, wenn sie mich sah, und verwöhnte mich nach Strich und Faden mit den schönsten Leckerlis. Meine Gewichtszunahme rührte also durchaus nicht nur von meiner Trächtigkeit her. Ich ächzte leise und hoffte darauf, in den nächsten acht bis zehn Wochen genug Stress und Arbeit mit dem Nachwuchs zu haben, dass meine Figur von allein wieder schlanker würde.

Ich war es einfach leid, wie ein Wasserball auf vier Pfoten auszusehen und sehnte mich nur noch danach, die Geburt endlich hinter mich zu bringen. Heute war ein brütend heißer Tag, und ich lief schon den ganzen Morgen unruhig und mit einer Art Schluckauf herum.

Ich schleifte meinen dicken Hängebauch von einem Zimmer ins nächste, die Holztreppe rauf und wieder runter. Die Ruhelosigkeit steigerte sich immer mehr, und endlich begriff ich, dass es soweit war.

Ich wollte zu meinem Versteck, das ich in den Feldern am Dorfrand in einem alten Heuschober vorbereitet hatte. So weit hatte allerdings Marieke-Du-kommst-hier-nicht-raus auch schon gedacht und mir die Katzenklappe zu gesperrt. Eigentlich völlig überflüssig, ich passte da sowieso nicht mehr durch. Leider hielt sie aber auch die Türen und Fenster zu, der sommerlichen Hitze zum Trotz.

Aber es gab ja noch das kleine Fenster im Vorratskeller. Ich legte mich auf die Lauer, und als Alt-und-fleißig-Oma nach unten ging, um einen Eimer mit Kartoffeln zu holen, schlich ich hinterher und versteckte mich erst einmal.

Dann kletterte ich etwas umständlich über gestapelte Bier- und Limokästen zum Kellerfenster hin, das leicht offenstand. Ein einfacher Haken hielt es fest. Es war ein Leichtes, den Haken wegzudrücken und das Fenster zu öffnen. Das Fliegennetz riss ich kurzerhand runter. Dann hangelte ich mich mit Krallen am Rahmen hoch und zog meinen Bauch hinterher.

Mittlerweile rumorte es in mir immer mehr und ich spürte an meiner hinteren Muskulatur in regelmäßigen Abständen Kontraktionen. Viel Zeit bleibt mir nicht mehr, dachte ich voller Panik und machte, dass ich in Richtung Felder kam.

Ich erreichte den alten Unterstand und schlängelte mich durch das Gewirr von Landmaschinen, Strohballen, Holzpfählen und Drahtrollen bis zu einer abgeschirmten Ecke mit Heu, die ich mir ausgesucht hatte. Mit den Pfoten scharrte ich mir eine tiefe Kuhle in das alte Heu hinein. Hektisch drehte ich mich ein paar Mal um die eigene Achse, bis ich mich in einer Stellung hinlegte, in der ich mich mit den Pfoten gegen die Bretterwand abstützen konnte.

Es war keine Minute zu früh, denn jetzt spürte ich den Druck auf das Becken immer stärker und die Presswehen setzten ein.

Daniela wurde von ihren Schwiegereltern aus dem St. Elisabeth-Krankenhaus in Gerolstein abgeholt. Sie war blass und in sich gekehrt. Auch für Gisela und Alwis Henning war es ein zweifacher Schock gewesen. Sie standen immer noch Todesängste um ihren verschwundenen Sohn aus und beteten jeden Tag für seine Rückkehr.

Dann der Zusammenbruch ihrer Schwiegertochter und die Fehlgeburt, die daraufhin folgte. Daniela hatte in den ersten Tagen kaum drei Sätze gesprochen und jeden abgewehrt, der sich ihr nähern wollte. Der Stationsarzt, den die Hennings angesprochen hatten, sprach von Depressionen und gab ihnen die Telefonnummer eines Psychologen.

Mit großer Sorge beobachteten sie nun das starre Gesicht der jungen Frau

»Daniela«, versuchte es die Schwiegermutter vorsichtig, »hast du vielleicht Lust auf einen Spaziergang? Das Wetter ist doch so schön.«

Sie verstummte, als sie in die glasigen Augen blickte. Daniela blickte durch sie hindurch, als wenn sie nicht vorhanden wäre. Nach ein paar Sekunden nickte die junge Frau mechanisch.

Alwis und Gisela Henning sahen sich ratlos an. Dann startete Alwis den Wagen, fuhr vom Parkplatz herunter und aus Gerolstein heraus. In Bolsdorf angekommen, stieg Daniela aus dem Wagen aus und ging wortlos in ihre Wohnung. Gisela rief ihr noch zu, ob sie mit Kaffeetrinken wolle, erhielt aber keine Antwort.

Daniela betrat die kleine Wohnung und schloss die Haustür hinter sich. Dann ging sie langsam durch die Räume und sah sich um. Nichts hatte sich verändert. Sie wunderte sich darüber. War doch ihre Welt völlig aus den Fugen geraten.

Ihr Mann galt als vermisst, es gab noch keine Nachrichten, was mit ihm geschehen war. Und sie hatte ihr Baby verloren, die einzige Verbindung, die sie zu ihrem Mann noch hatte. Wieso also war ihre Wohnung so ordentlich? Wieso waren die Betten gemacht? Und sogar neues Bettzeug war aufgezogen. Es hätte doch alles voller Blut sein müssen.

Ihr dämmerte, dass ihre Schwiegermutter hier saubergemacht und aufgeräumt hatte, während sie im Krankenhaus gelegen war. Ein heißer Ball explodierte in ihrem Magen und ihr Kopf zerplatzte schier unter einem enormen Druck. Mit einem Wutschrei stürzte sie sich auf das Bett und fegte die Kopfkissen herunter. Den Wecker und Tischlampe schubste sie gleich mit vom Nachtschränkchen. Sie packte die Decken und warf sie gegen den Schrank.

Sie krallte sich in das Bettlaken und fetzte mit einem Ruck einen großen Riss hinein. Dann trat sie mit dem Fuß heftig gegen den Bettrahmen, und mit einem Knall splitterte das Holzgestell und sackte zusammen.

Daniela hielt keuchend inne und betrachtete das Chaos. Jetzt fühlte sie sich freier und konnte durchatmen. Endlich hörte sie auch, dass es schon eine Weile an der Haustür klopfte. Sie ging in den Flur und öffnete. Draußen stand Alwis Henning und sah sie besorgt an.

»Alles in Ordnung? Wir haben hier einen Krach gehört!« Er sah an ihr vorbei, konnte aber nichts entdecken.

»Alles ok, Alwis.«, sagte Daniela ruhig, hielt aber die Tür in der Hand und versperrte ihm den Zugang.

»Möchtest du zum Abendessen rüberkommen? Wir haben noch was Zucchinisuppe und Fizzchen[4] übrig«, fragte er weiter. Daniela setzte ein Lächeln auf: »Ja gerne, ich komme dann später rüber, ok?«

Alwis brummte ein »Bis dann« und drehte sich um. Daniela schloss die Tür und lehnte sich aufatmend dagegen.

Sie ging ins Wohnzimmer, vorbei an dem Chaos, das sie angerichtet hatte, und setzte sich auf die Couch. Sie würde später nachsehen, ob sich der Bettrahmen noch reparieren ließ. Oder sie fragte unten im Dorf, bei einem Freund ihres Mannes, einem Schreiner namens Jonas, nach. Fürs Erste konnte sie ja auch auf der Couch schlafen, vor dem einsamen Schlafzimmer graute ihr ohnehin, seit Peter weg war.

---

4 Mehlpüfferchen, Rezept am Ende des Buches

Vor ihr auf dem Tisch stand noch die Kerze, die sie an ihrem letzten gemeinsamen Abend angezündet hatten. Peter hatte ihr lächelnd gesagt, dass sie jeden Abend ein Licht ins Fenster stellen solle, damit er wieder zu ihr zurückkäme.

Daniela sah nach draußen, die Sonne wanderte langsam auf den Horizont zu. Sie nahm die Kerze und stellte sie auf das Fensterbrett, dann holte sie die Streichhölzer und zündete den Docht an. Eine Weile sah sie in die kleine Flamme, die sich ruhig im Fensterglas spiegelte.

Sie glaubte, Peters Gesicht in der Flamme zu erkennen, seine graublauen Augen lachten ihr zu. Dann verwackelte das Bild von den Tränen, die ihr in die Augen traten und die Wangen hinunter strömten. Sie sank auf ihre Knie und schluchzte laut auf.

Am späten Nachmittag war die Sommerhitze in dem alten Unterstand fast unerträglich geworden. Staub, Pollen und Strohfasern tanzen in der flirrenden Luft. Die Sonne sandte ihre Strahlen schräg durch die Ritzen der Bretterverkleidung hinein. Erschöpft lag ich auf der Seite und blinzelte träge in das fantastische Ballett, das vor den Sonnenstrahlen flimmerte.

Ich konzentrierte mich ganz auf das wohlige Gefühl von vier kleinen saugenden Mäulern und tretelnden Pfötchen an meinem Bauch. Ich hatte vier gesunden Welpen das Leben geschenkt, drei von ihnen waren schwarz mit winzigen weißen Abzeichen auf der Stirn oder den Pfoten. Nur ein Kätzchen kam nach mir: mit weißen Beinchen und einer getigerten Felldecke.

Hunger würde ich die nächsten Stunden noch keinen bekommen, da reichte die Plazenta, die ich gefressen hatte, noch lange vor. Aber langsam begann mich der Durst zu quälen. Ich beschloss, noch bis zum Abend zu warten und eine Pause der hungrigen Kleinen auszunützen. Dann wollte ich die paar Schritte hinunter an die Kyll laufen und am Ufer direkt aus dem frischen Bach trinken.

Ich war so stolz und glücklich, dass alles so gut geklappt hatte. Unendlich erleichtert und zufrieden lehnte ich mich zurück und schnurrte vor mich hin. Ein paar piepsig-helle Maunzer antworteten mir.

Ich war Mama!

Bonn, Verteidigungsministerium

Die stickige Luft in dem fensterlosen Zimmer machte die Sitzung nicht gerade erträglicher. Trotz Klimaanlage war die Raumtemperatur innerhalb kurzer Zeit sprunghaft angestiegen. Die vier Männer und eine Frau hatten bereits die paar Gastro-Trinkflaschen, die auf dem Tisch gestanden hatten, geleert.

Jeder von ihnen wünschte sich heimlich, er wäre drei Stockwerke weiter oben auf die Rasenfläche vor dem Gebäude am Fontainengraben auf dem Bonner Hardtberg.

Staatssekretär Fuchs, der für den Bereich Afghanistan zuständig war und ebenso für Ermittlungen in

Sonderfällen – darunter die Entführung eines Soldaten – hatte die Leitung über die Sonderkommission übernommen und suchte nach Lösungen, um Peter Henning wieder freizubekommen.

Obwohl eine strenge Nachrichtensperre verhängt wurde, hatte sich die Entführung eines deutschen Soldaten in Afghanistan wie ein Lauffeuer herumgesprochen. Sofort hatten Dutzende Gruppen lautstark im Internet damit angegeben und ihre Forderungen gestellt.

Sie übertrumpften sich gegenseitig mit blutigen Folterfantasien, was sie alles mit ihrem angeblichen Opfer anstellten, wenn ihre Forderungen nicht erfüllt würden. In diesem Chaos war es für den Kommandanten vor Ort schwer, den Vermittler zu finden, der tatsächlich Kontakt zu den Entführern hatte und als Verbindung zwischen den Gruppen lavieren konnte.

»Es handelt sich um Mitglieder eines Clans aus den Bergen«, sagte gerade Robert Malejew, ein Mitarbeiter des Stabes, bei dem alle Informationen zusammenliefen und analysiert wurden. »Sie heißen Zahreddin und wir konnten ihr Dorf ausmachen. Wir haben an drei Tagen eine Drohne über die Berge geschickt, aber es war unmöglich, etwas von Hauptfeldwebel Henning zu entdecken«.

Malejew zog mit einer Hand seine Krawatte ein wenig auf, um den zu engen Kragen seines Hemdes zu lockern. Er atmete tiefer ein und fuhr fort: »Unser Kontakt ist ein Händler mit Namen Massud Beheshti-kashi, er ist angeblich über dreizehn Ecken mit dem Clan verwandt, aber das will da unten nichts heißen. Wenn es um Geld geht, gehören plötzlich alle zu einer großen Familie. Jedenfalls, dieser Beheshti-kashi sagt uns, dass sie nicht nur die zehn Millionen Euro haben wollen, sondern ...«

»Vor ein paar Tagen waren es doch nur sieben Millionen?«, platzte seine Kollegin Margarethe „Meggy" Schüller vom Presse- und Informationsstab überrascht dazwischen.

Unwillig schüttelte Malejew den Kopf.

»Mach zehn draus, das geht über mehrere Zwischenstationen und jeder hält die Hand auf. Was aber viel interessanter ist, kommt jetzt«, er sah in die Runde der angespannten Gesichter, von einem zum anderen, »der Patriarch des Clans hat eine Enkelin, die eine lebensnotwendige Operation braucht. Das Kind leidet an einem großen Loch in der Herzkammerscheidewand und ist in der Folge der Herzerkrankung untergewichtig und schwach. Aber er hängt sehr an der Kleinen und will, dass sie hier in Deutschland operiert wird; deutsche Qualität hat sich auch bis in die hinterletzten Winkel im Hindukusch herumgesprochen.«

Er zögerte kurz und sagte dann eindringlich: »Darum geht es hier in Wirklichkeit. Stirbt das Kind - egal ob auf dem Transport oder hier im Krankenhaus - sehen wir unseren Soldaten nur tot und im schlimmsten Fall in Einzelteilen wieder.«

Malejew setzte sich erschöpft wieder hin.

Sein Gegenüber, Major Wolfgang Krug vom SE1, dem Nachrichtendienst des Militärs, fuhr fort: »Das ist natürlich ein ziemliches Risiko, aber eines, mit denen wir fertig werden können. Ich denke, auf unseren Medizinstandard ist Verlass. Ich sehe akut eine viel größere Gefahr in den Taliban, die zurzeit in kleinen Gruppen die nördlichen Berge auf links drehen, um den verschleppten Soldaten zu finden. Sie wollen ihn dem Clan abjagen und für ihre eigenen Ziele einsetzen. Unseren Informationen zufolge findet zwischen den Felsen gerade ein Katz- und Mausspiel statt. Der Zahreddin-Clan verlegt Henning alle paar Tage in ein anderes Versteck. Auf Dauer werden die Strapazen ihren Tribut fordern, unser Mann soll jetzt schon in keiner guten Verfassung sein. Uns läuft die Zeit davon, Herr Staatssekretär.«

Er sah den Leiter der Sonderkommission direkt an.

Der vierte Mann der Runde hatte die ganze Zeit ruhig am Tisch gesessen und zugehört. Leutnant Holzhauser hatte eine etwas eigenwillige Art, die Kleiderordnung seines Arbeitgebers auszulegen. Das Tarnzeug, in das er sich kleidete, versah er gern mit eigenen Accessoires wie handgearbeiteten Strickmützen und Schals. Heute lockte er mit dem Chocolate Chip-Hemd, das bis zur Brust offen war und ein paar Haare sehen ließ, immer wieder die Blicke der jungen Pressereferentin an.

Sein lakonischer Gesichtsausdruck und die betont entspannte Haltung waren so sehr Teil seiner Attitüde wie der Fleckentarn oder die schwarze Bekleidung, mit der er und seine Männer vom Sonderkommando sonst unterwegs waren.

Sein Spezialauftrag, wenn es denn dazu kam, würde eine Befreiungsaktion in den afghanischen Bergen sein. Staatssekretär Fuchs richtete fragend seinen Blick auf ihn, aber Holzhauser schüttelte langsam den Kopf.

»Wir brauchen wenigstens zwei bis drei Tage vor Ort, um ihn zu finden, das Überraschungsmoment auszunutzen und seine Bewacher zu überwältigen. Das Risiko kennen Sie, ich meine nicht nur für uns, vor allen für Henning. Wir müssten die Wachen, die ihn töten könnten, ausschalten. Wenn die Gruppe aber alle paar Tage weiterzieht, kommen wir einfach nicht leise genug hinterher.«

Es wurmte ihn, dass er keinen besseren Vorschlag machen konnte. Seine Männer probten seit zwei Wochen alle möglichen Szenarien einer Befreiungsaktion.

Aber die größte Schwierigkeit lag in dem Anschleichen an die Entführer in einem unbekannten Gelände. Sie mussten unsichtbar bleiben und würden daher fast nur nachts weiterziehen können. Und ausgerechnet jetzt ging es in den afghanischen Bergen zu wie auf dem Kölner Hauptbahnhof zur Pendlerzeit. Es war frustrierend und Holzhauser schnaufte kurz durch die Nase. Mehr Emotion gestattete er sich nicht, seine hellen Augen gaben auch weiterhin nichts preis.

»Zahlen Sie und holen Sie so schnell wie möglich das Kind nach Deutschland«, empfahl er leise, »es bleibt immer noch die beste Option.«

Das zuzugeben verletzte seinen Stolz als Elitekämpfer nicht wenig, aber er war Profi und wusste die Chancen und Risiken abzuwägen.

»Es ist offizielle Politik der Bundesregie …«, setzte die junge Frau an, als ihr der Staatssekretär ins Wort fiel.

»Wir können solchen Forderungen natürlich nicht nachgeben«, sagte Fuchs, »die Bundesregierung lässt sich nicht erpressen. Würde man auf die Forderung eingehen, gäbe es natürlich sofort weitere Nachahmungstaten. Es ist unser klarer Grundsatz, dass die Bundesregierung Lösegeldzahlungen ablehnt.«

Er hob kurz eine Flasche Mineralwasser an, sah, dass sie schon leer war, und stellte sie seufzend auf den Tisch zurück.

»Dennoch«, meinte er, »gegen eine humanitäre Hilfe kann nichts eingewendet werden.«

Er wandte sich an Major Krug: »Setzen Sie sich mit dem Vermittler in Verbindung, wie hieß er doch gleich?«

Der Nachrichtendienstler schaute in seine Notizen: »Beheshti-kashi, Herr Staatssekretär«, antwortete er.

»Ja, genau. Also setzen Sie sich mit dem Beheshti-kashi in Verbindung und verhandeln Sie weiter. Machen Sie unsere Position klar, eigentlich sollte sie inzwischen weltweit bekannt sein – egal – und bieten Sie ihm an, dass wir das Mädchen hier von deutschen Ärzten behandeln lassen würden. Die Kleine bekommt die beste Pflege. Das können wir zusagen.«

Fuchs drehte sich zu der Pressereferentin um. »Frau Schüller, weiterhin absolute Nachrichtensperre über die Entführung. Wir dementieren, sollte eine Zeitung anfragen wie der Trierische Volksfreund dieser Tage. Aber die Behandlung des Kindes sollten wir nutzen. Ich möchte unser eigenes Filmteam dabeihaben, wenn die Kleine hier ankommt, und Bilder aus dem Krankenhaus, Berichte der Ärzte, Pipapo und das bitte auch Al Jazeera zukommen lassen. Die sollen da drüben genau mitbekommen, was wir an Hilfe leisten.«

Er beugte sich etwas vor und suchte den Blickkontakt mit dem Leutnant des Sonderkommandos.

»Leutnant Holzhauser, Sie und Ihre Männer bleiben weiterhin in Alarmbereitschaft. Sollte unser ND das Gebiet einkreisen können, in dem sich Henning aufhält, fliegen Sie sofort los«.

»Wäre es nicht besser, die Gruppe schon nach Masar zu bringen? Das würde immerhin ein paar Stunden Zeitvorteil bringen«, fragte Malejew, der sich Notizen für ein FYEO-Protokoll[5] gemacht hatte.

»Nein«, antwortete Krug anstelle des Leutnants, »es würde sich sehr schnell unter den Afghanen herumsprechen, wenn ein Sonderkommando einträfe. Und das Warum können die sich selbst ausrechnen. Es würde unseren Mann nur in größere Gefahr bringen. Das funktioniert nur, wenn wir die Kampfgruppe schnell und leise direkt am Ort absetzen können.«

Holzhauser nickte dazu nur.

»Gut, ich werde heute Nachmittag dem Verteidigungsminister berichten«, Fuchs schaute kurz auf seine Armbanduhr, »Major, Sie geben mir schnellstens Bescheid, was der Vermittler erreicht hat. Vielen Dank Ihnen allen für Ihr Kommen, wie immer leider sehr kurzfristig. Aber ich hoffe, wir haben die Situation bald im Griff.«

Der Staatssekretär war schon auf dem Weg zur Tür, als Malejew noch seine Unterlagen und Notizen packte und ihm hinterher eilte.

---

5 *For Your Eyes Only*

September

Ich schreckte aus dem Schlaf hoch. Ein Gefühl der Gefahr hatte sich in meinen Traum gedrängt und mich alarmiert. Angestrengt sah ich durch den nachtschwarzen Raum des Heuschobers, wo ich das Nest mit meinen Welpen hatte, und lauschte. In der Dunkelheit, die für meine Augen keine war, konnte ich in ein paar Metern Entfernung kleine huschende Bewegungen ausmachen.

Ich fuhr mir mit der Zunge über das Maul. Ein, zwei Feldmäuse kämen mir jetzt gerade recht, meldete mein Magen Bedarf an. Meine Ohren bewegten sich hin und her, ich war immer noch aufs Höchste gespannt, meine Schwanzspitze zitterte erregt. Ich unterschied die nächtlichen Geräusche nach dem Plätschern der Kyll, die draußen in 50 Metern an den Feldern vorbeifloss, dem Wusch von ein paar Autos, die auf der K47 an Niederbettingen vorüberfuhren, den Rufen von einem Käuzchen aus dem Wald und einem weit entfernten Knistern, das ich zuerst nicht zuordnen konnte.

Ich dehnte und streckte meinen Oberkörper und reckte dabei den Kopf über das Heunest, als ich in der milden Nachtluft Partikel von Rauch in die Nase bekam. Ein Schreck durchfuhr mich und meine Haare sträubten sich.

Irgendwo brannte es! Ich konzentrierte mich jetzt ganz auf den Geruch und orientierte mich am Luftstrom.

Vorsichtig, um die schlafenden Kätzchen nicht zu wecken, kletterte ich auf Pfotenspitzen aus dem Heulager heraus und folgte der Geruchsspur nach draußen. Vor dem Heuschober war der Rauchgeruch noch deutlicher zu merken. Ein leichter Sommernachtwind wehte von der Pees[6] herunter in das Kylltal und führte den Brandgeruch mit sich. Ich umrundete den Heuschober und lief den Feldweg zu dem Hügel im Eiltempo hinauf.

Oben angekommen, sprang ich mit einem Satz auf einen großen Stapel mit Brennholz. Von hier aus konnte ich einen weiten Rundumblick nehmen. Das Tal lag ruhig in der Sommernacht vor mir. Der Himmel war sternenklar. Im Norden konnte ich in einiger Entfernung ein flackerndes Feuer ausmachen. Auf den Feldern vor dem einsam gelegenen Weberhof brannten ein paar Rundballen. Fauchend schossen die Flammen in die Höhe.

Nicht einen Tropfen Wasser hatte es in der Eifel in den vergangenen vier Wochen geregnet; die Felder und Waldgebiete waren trocken wie Zunder und genauso schnell entzündlich. Die Kreisverwaltung in Daun hatte bereits die Gefährdungsstufe vier für Waldbrandgefahr ausgerufen. Wenigstens waren die Felder um den Weberhof in den vergangenen Tagen abgeerntet worden, nur die kurzen Stoppeln ragten aus dem staubtrockenen Boden. So war die Gefahr für einen Flächenbrand nicht so groß, allerdings konnte auch ein Funkenflug noch weiteres Feuer entfachen, ging es mir durch den Kopf.

Ein lauter, dunkler Ton hallte plötzlich hinter mir durch das Tal und schwoll immer mehr an. Ich drehte

6 Piesberg in Bolsdorf

mich um. Die Sirene auf dem Dach der Freiwilligen Feuerwehr in Bolsdorf schlug Alarm und rief die Feuerwehrmänner aus ihrem tiefen Schlaf. In einem Dutzend Häusern gingen die Lichter an, und sehr schnell sah ich schon den ersten Mann im Laufschritt zum Feuerwehrhaus rennen.

›*Verdammt, die wecken mir die Kleinen auf*‹, dachte ich verärgert und sprang von dem Holzstapel herunter. Mit riesigen Sätzen rannte ich den Feldweg entlang zu meinem Wurflager. Im Heuschober empfing mich bereits ein vierstimmiges Klagekonzert und wies mir den Weg durch die Dunkelheit. Ich antwortete gurrend und sprang vorsichtig ins Nest. Aus schwarzen und gestreiften Plüschbällchen blickten mich runde Knopfaugen ängstlich an. Seit gestern hatten sie erst ihre Augen offen und blickten voller Erstaunen in die Welt. Ich beschnüffelte meine vier Welpen und leckte dem Nächststehenden mit der Zunge übers Fell. Immer wieder gab ich Gurrlaute von mir, um die Kleinen zu beruhigen. Draußen heulte noch immer die Sirene, und ich hörte die Motoren der beiden Fahrzeuge starten.

›*Können die nicht endlich ruhig sein?*‹, dachte ich stocksauer.

Ich seufzte, legte mich bequem hin und überließ mich dem Gerangel an den Zitzen. Es dauerte ein paar Sekunden, bis jeder der vier unter Gemaunze und Geschubse seine Lieblingszitze gefunden hatte und zufrieden nuckelte.

Hier im Heuschober kehrte wieder Ruhe ein. Draußen auf den Feldern löschte die Freiwillige Feuerwehr eilig die brennenden Rundballen. Ich lag mit offenen Augen da und starrte nachdenklich in die Dunkelheit. Rundballen konnten sich auch selbst entzünden. Dazu musste das Heu feucht sein und ein Gärprozess im Kern des Ballens stattfinden, bei dem sich Hitze entwickeln konnte. Aber das war nach der Schönwetterperiode der letzten vierzehn Tage nicht möglich, dazu waren alle Pflanzen und Gräser viel zu trocken.

Morgen Mittag sollte ich mich mal wieder zu Hause blicken lassen und mich satt fressen. Bestimmt konnte ich am Mittagstisch etwas über das Feuer heute Nacht erfahren, wozu war Jonas-der-Löschknecht schließlich Mitglied bei der Freiwilligen Feuerwehr in Bolsdorf?

Mit Heißhunger stürzte ich mich zu Hause auf meinen Fressnapf und schlang das Dosenfutter gierig in mich hinein. Meine Ohren hatte ich dabei in Richtung Küchentisch gedreht, um keine Silbe des Mittagsgesprächs meiner Versorger zu verpassen. Wie immer saßen Jonas und Marieke, Oma und Ludwig um den Tisch und unterhielten sich beim Essen. Nach dem nächtlichen Brandeinsatz war das Feuer natürlich das Hauptthema am Mittagstisch.

»Dau kannst mer vill verzälle«, sagte Jonas gerade zu seinem Bruder, »aber ich glaub net, dass dat Feuer von alleine entstanden ist. Ich war doch dabei. Als wir hinkamen, brannten schon sämtliche Ballen. Alle, wie sie in Reih und Glied gestanden hatten. Dat hat net an einer Ecke alleine angefangen. Wir hatten unsere liebe Not, die Funken von den Bäumen abzuhalten, sonst wär dat Feuer auch noch do rüber jesprunge. Und dat, wo et hee de janzen Sommer über so furztrocken is.«

Über das Besteckklappern hinweg antwortete Ludwig: »Das muss erst mal untersucht werden. Schließlich betrifft das ja auch die Versicherung. Sieht sich einer die Brandstelle an?«

»Heute Nachmittag«, sagte Jonas und schluckte erst einmal sein Essen hinunter, »kommt unser Brandmeister mit einem Kriminaltechniker von der Polizei zu der Stelle hin. Ich schau' mir das auch mal an.«

»Dann ruf mich heute Abend an und sag mir Bescheid, was dabei rumgekommen ist. Ich muss der Schadensregulierung einen Bericht durchgeben«, antwortete Ludwig, der bei einer großen Versicherung arbeitete und jetzt eine Menge Arbeit auf sich zukommen sah.

Fürs Erste reichten mir die Infos, die ich gerade erlauscht hatte. Mein Fressnapf war inzwischen auch blank geputzt und so sprang ich auf die Ofenbank und leckte mir in aller Ruhe die Schnauze und Pfoten sauber. Dann gab ich mich der Fellpflege hin und verplante dabei meinen Nachmittag. Zuerst musste ich noch einmal dringend zu meinem Nest in dem Heuschober zurück. Meine vier Welpen hatten mit Sicherheit den ganzen Morgen gespielt, dabei das schiere Chaos angerichtet und schoben nun Kohldampf.

Wenn die Kleinen versorgt wären, wollte ich zu der Brandstelle gehen und mir das genauer anschauen. Ich hoffte zudem auf eine Gelegenheit, Weiteres von den Brandermittlern zu erfahren.

›*Genug geputzt*‹, dachte ich, stand auf und dehnte meinen Rücken zu einem hohen Katzenbuckel. Dann sprang ich von der Bank herunter und war – schwupp-klapp – wieder durch die Katzenklappe verschwunden.

Die Sonne war schon ein ganzes Stück weitergewandert, als ich auf die schwarze Brandfläche zuging. Schon von Weitem roch es penetrant nach kaltem Rauch, verbranntem Plastik und Asche. Um den dunkelverbackenen Haufen herum war der Boden vom Feuer geschwärzt und mit kalter Asche bedeckt. Vorsichtig setzte ich eine Pfote nach der anderen auf. Der Boden war stellenweise noch feucht vom Löschwasser und Ascheklumpen blieben an den Pfoten hängen, die ich alle paar Meter abschütteln musste.

Der Gestank verursachte mir Übelkeit, und ich schluckte ein paar Mal. Vor mir türmte sich ein lang gestreckter Haufen von schwarzgebackenem und verklebtem Heu und Plastik auf, gleichmäßig bis an die zusammengesunkene Spitze verbrannt. Ich schlich mich um den großen Haufen herum.

›*Nicht eine Stelle, die vom Feuer verschont geblieben ist*‹, konstatierte ich. Obwohl es mich anekelte, schnüffelte ich dicht an dem verbrannten Haufen entlang und fing dabei immer wieder Partikel von Benzolgeruch auf.

›*Das kann kein Zufall sein*‹, dachte ich.

Von Weitem hörte ich das Motorengeräusch von zwei PKWs, die auf den Feldweg einbogen. Ich sprang schnell von der Brandstelle weg und lief ein kurzes Stück zu einer Baumreihe am Feldrand, wo ich mich unter Brombeerhecken verkroch.

Direkt vor mir hielten zwei Autos an und stellten ihre stinkenden Motoren aus. Aus dem ersten stiegen mein Versorger Jonas und sein Nachbar, der Brandmeister Willi Henckels, heraus.

Aus einem blausilbernen Polizeiauto dahinter stieg ein junger Mann, ging um das Fahrzeug herum und öffnete den Kofferraum. Dort holte er ein weißes Plastikpaket heraus, das sich auseinanderfaltete und eine menschliche Form annahm. Zu meinem Erstaunen streifte er sich den Plastikmenschen über, bis nur noch Gesicht, Hände und Füße herauslugten, und zog einen Reißverschluss zu. Dann stülpte er sich noch Hüllen um seine Schuhe und dünne Plastikhandschuhe über. Mit einer Schaufel und einem großen Koffer in der Hand ging der junge Mann auf den verbrannten Haufen zu. Jonas und Nachbar Willi blieben am Rand stehen und beobachteten das Ganze. Sie unterhielten sich leise, und zwischendurch ging Willi Henckels zum Auto zurück, um eine Digitalkamera zu holen und Aufnahmen zu machen.

Vorsichtig schlich ich mich näher heran und nahm Deckung unter dem Polizeiwagen. Hier konnte ich die Unterhaltung besser verfolgen.

»Wann sind Sie denn gerufen worden?«, fragte der Brandexperte die beiden Bolsdorfer.

»Kurz nach Mitternacht ging der Alarmruf ein«, antwortete Willi Henckels. »Wir waren innerhalb von zehn Minuten hier gewesen. Das Feuer war relativ schnell gelöscht, aber es flackerten immer wieder kleine Glutnester aus der Tiefe auf. Bis drei Uhr sind noch ein paar von uns als Brandwache geblieben, bis sicher war, dass nichts mehr schwelte.«

Der weiße Plastikmensch packte die Schaufel und drückte ein paar der schwarzen Ballen auseinander.

Unter einer armdicken verbrannten Schicht kam leicht verkohltes, aber auch unversehrtes Heu zum Vorschein. Aufgedeckt und mit Frischluft versorgt, stiegen sofort an ein paar Stellen kleine Rauchwölkchen empor, die auf versteckte Glutnester deuteten.

»Das ist aber hartnäckig«, stellte Jonas erstaunt fest.

»Hmm, würde mich wundern, wenn da nicht nachgeholfen wurde«, meinte der junge Brandexperte. »Ich hol mal den Photoionisationsdetektor, damit kann ich flüchtige Kohlenstoffverbindungen in der Luft feststellen.« Aus dem Koffer entnahm er ein handliches Gerät. Er ging langsam um den verbrannten Haufen herum und hielt das Gerät dicht über die geschwärzten Reste. An beiden Enden und in der Mitte des Haufens gab das kleine Gerät ein leises Summen ab. Von den angezeigten Stellen entnahm er Proben und verteilte sie in mehrere kleine Glasbehälter. Dann holte er aus seinem Koffer eine Kamera und schoss dutzendfach Fotos. Langsam ging er um den verbrannten Haufen herum und fotografierte aus verschiedenen Perspektiven. Plötzlich bückte er sich, hob etwas von der Erde auf und steckte es in einen kleinen Folienbeutel.

Der Plastikanzug war jetzt nicht mehr so weiß, als der junge Mann auf die beiden Bolsdorfer Feuerwehrleute zukam. Asche und Schmutz hafteten an ihm. Der

Brandexperte hielt demonstrativ eine kleine Transparentfolie mit zwei kurzen, angebrannten Hölzchen hoch und schwenkte sie hin und her.

»Ich werd die gesammelten Proben ins Chemie-Labor des LKA schicken und nach Brandbeschleunigern untersuchen lassen, aber mit dem Streichholz hier kann ich schon sagen, dass das Feuer absichtlich gelegt wurde.«

Natürlich hatte es sich blitzschnell in Bolsdorf herumgesprochen, dass das nächtliche Feuer nicht zufällig entstanden war. Es herrschte allgemein Zorn und Verunsicherung bei dem Gedanken, dass einer so wahnsinnig sein konnte, in dieser Trockenheit mit dem Feuer zu spielen.

Die nächsten Tage und vor allem Nächte aber waren ruhig, und so legte sich die Nervosität bei den Dorfbewohnern wieder. Tagsüber verbrachte ich Stunden in dem Heuunterstand damit, meinem verspielten Quartett zuzusehen. Ich freute mich über die Energie und Neugierde der kleinen Kätzchen. Sie kletterten, sprangen auf den Strohballen herum und jagten sich um die Deichsel der Landmaschinen. Ich fing Feldmäuse und brachte sie noch lebendig zu ihnen, um die Kleinen das Jagen zu lehren. Auf eine Vorwitznase der Viererbande war ich vor allem stolz. Der kleine schwarze Kater mit den weißen Pfoten und der weißen Krawatte auf der Brust zeigte sich besonders neugierig und unerschrocken.

Ich hatte ihm den Namen Albranco gegeben, obwohl ich sicher war, dass sich die Zweibeiner etwas anderes einfallen lassen würden, bestimmt so was Langweiliges wie Felix oder Lucky. Armer Kleiner.

An einem Abend gab es ein kurzes und heftiges Gewitter. Leider reichte der Regen nicht aus, um die durstige Erde mit genug Feuchtigkeit zu tränken oder für eine spürbare Abkühlung zu sorgen. Ich lag mit meinen verängstigten Welpen im Nest und schnurrte ihnen beruhigend zu. Durch die Ritzen der Bretterwand sah ich die hellen Blitze und lauschte dem Regen, der auf den hart getrockneten Boden prasselte. Für einen kurzen Moment konnte man frische Luft einatmen, und ich genoss die feuchte Kühle an meiner Nase.

Am nächsten Morgen schien die Sonne erneut von einem wolkenlosen Himmel. Was in der Früh noch an Wasser in den Feldern und Wiesen geblieben war, verdampfte innerhalb eines Vormittags. Es war so heiß wie zuvor.

Polizeiinspektion Daun

»Och nööö«, maulte Polizeikommissar Kevin Leimann, als er auf seinem Schreibtisch die Laborexpertise des Bolsdorfer Brandanschlags sah, »ich hab doch schon so viel mit der Einbruchserie zu tun. Ich wette, der Brand war ein Dummer-Jungen-Streich und verläuft bestimmt im Sande.«

»Wette angenommen«, riefen gleichzeitig Polizeioberkommissar Sigmund Wolf und seine Kollegin

Polizeihauptkommissarin Sybille Diesel an ihren Schreibtischen, dann lachten sie.

»Was willst du diesmal verlieren?«, fragte Diesel spöttisch. Kevin hatte es in zwei Jahren noch immer nicht gelernt, sich voreilige Festlegungen zu verkneifen und deshalb so manche Pizzarunde spendieren müssen. Der Youngster des Büros verzog das Gesicht.

Dann nahm er den Schnellhefter und setzte sich brummend in den Stuhl. Die Lehne kippte weit nach hinten in seine bevorzugte Arbeitshaltung. Der junge Mann öffnete das Gutachten und begann zu lesen.

Nach kaum drei Minuten hatte er die Expertise quergelesen und sah seine Kollegen an: »Ja, wie ich schon vermutet habe, ein bisschen Benzin und ein paar Streichhölzer. Außer ein paar Strohballen ist nichts weiter zu Schaden gekommen. Das kann ja wohl nicht Priorität haben, oder?«

Sigi Wolf runzelte die Stirn und sah seinen Kollegen über den Brillenrand an: »Ich weiß ja, dass das Feuerchen nicht so sexy ist wie die Einbrüche im Moment.«

Seit einem halben Jahr war die Zahl von Einbrüchen im Gebiet der Vulkaneifel schlagartig angestiegen. Es waren meist kleine Firmen und Handwerksbetriebe, die ausgewählt wurden, gern Unternehmen in abseits gelegenen Gewerbegebieten, wo nachts kaum einer hinkam.

In Darscheid hatten die Einbrecher bei einer Elektrofirma Kupferkabel im Wert von sechstausend Euro mitgenommen, und in Hillesheim war teures Werkzeug aus einer Industriehalle verschwunden. In Wittlich kam es zu einem Einbruch in einen Autozubehörladen. Dort entwendeten die Täter Bargeld und diverse CD-Autoradios.

Alle Einbrüche trugen dieselbe Handschrift, die Täter hatten gute Ortskenntnisse und handelten so schnell, dass ein Zugriff am Tatort nicht möglich war. Bevor die Polizei alarmiert und von den meist weiter entfernten Dienststellen vor Ort war, waren die Täter bereits über alle Vulkanberge verschwunden.

Die Zahl schätzte die Polizei inzwischen auf über dreißig Einbrüche. Aber seit dem Diebstahl in den Autozubehörladen hatten sie wenigstens ein genaueres Bild von der Gruppe, denn dort hatte eine Videoanlage den Bruch aufgezeichnet.

Im Technik-Labor waren die Aufnahmen ausgewertet und aufbereitet worden, und nun hatten die Kommissare eine viel bessere Beschreibung der Gruppe, die aus vier Einbrechern bestand. Die Analysesoftware hatte ihnen die Körpergröße, ein annäherndes Gewicht und das wahrscheinliche Alter der Täter liefern können.

Jungkommissar Leimanns Hauptaufgabe bestand in der Internet-Recherche nach möglichen Hinweisen auf das Diebesgut, wie Kaufangeboten auf ebay oder Buzzwörtern[7] bei facebook. Keiner war so schnell am PC wie er. Neidlos hatten ihm seine beiden älteren Kollegen das Web überlassen, sie waren froh, sich nicht auch noch mit Communities herumschlagen zu müssen.

Sigi Wolf sprach weiter: »Aber auch das muss erledigt werden. Ein Feuer zu legen in dieser Hitzeperiode ist blanker Wahnsinn. An einem anderen Platz kann so was

7 Schlagwörter, Suchbegriffe

ganz schnell zu einem gigantischen Flächenbrand werden und dann haben wir Bilder wie aus Kalifornien oder Griechenland, wo jedes Jahr ganze Wälder verbrennen, nur weil irgendwelche Idioten grillen wollen.«

Hinter seinem Bildschirm senkte Leimann den Kopf zwischen die Hände und verdrehte die Augen.

»Keviiiin«, mahnte Sybille Diesel leise an, »fahr nach Bolsdorf und sprich mit den Nachbarn. Das ist noch ein Dorf, wo jeder jeden kennt. Den ein oder anderen Hinweis wirst du schon dabei finden.«

Um die Mittagsstunde trabte ich mit knurrendem Magen nach Hause. Die Versorgung von vier munteren Kätzchen zehrte doch mehr an meinen Kräften, als ich gedacht hatte. So war ich froh über jede Futterration, die nicht auch noch gejagt werden musste. Außerdem war ich neugierig, ob es schon erste Ergebnisse der Branduntersuchung gab, und wollte daher der Unterhaltung am Mittagstisch lauschen.

Als ich durch den Gemüsegarten schlich, sah ich Jonas-oben-ohne-Fell am Holzzaun stehen und mit einem Mann sprechen, der im offenen Cabrio am Straßenrand parkte. Der junge Mann hatte dunkle, kurze Haare und trug eine schwarze Sonnenbrille. Er hatte ein weißes, kurzärmliges Hemd mit weit offenem Kragen an.

Ich blieb misstrauisch stehen, sah ihn scharf an und nahm seine Witterung auf. Sein Eigengeruch wurde überdeckt von einer Parfumnote, die meine Nase beleidigte, aber trotzdem konnte ich ihn identifizieren:

Ich erkannte Christian Böhnke, Sohn des Ehepaars Böhnke, auf deren Hof meine alte Freundin Kimba lebte. Da er für mich kein Fremder war, beruhigte ich mich schnell.

›*Schon wieder ein neues Auto; Kimba wird schön was zu meckern haben*‹, registrierte ich im Vorbeigehen, ließ die beiden Männer am Zaun weiter schwatzen und setzte meinen Weg in Richtung Küche fort.

Christian war vor Jahren von der Eifel weg nach Frankfurt gezogen. Ihn hatte schon früh der Reiz der großen Stadt mit ihrem Lifestyle und dem pulsierenden Nachtleben gelockt. Seinen Traum vom großen Geld und Erfolg glaubte er nur in der Bankenmetropole erfüllen zu können.

Bei einer Investmentfirma hatte er schnell Karriere gemacht und verdiente so viel wie hier in der Provinz drei Familien zusammen. Eine exklusive Eigentumswohnung im Frankfurter Westend und viele Partys mit hübschen Frauen prägten von nun an seinen Lebensstil.

Seine Eltern sahen dem Höhenflug mit gemischten Gefühlen zu, einerseits freuten sie sich über seinen großen Erfolg. Andererseits sorgte sich vor allem sein Vater, dass Christian dabei die Bodenhaftung verlieren könnte

So kam er nur noch alle paar Monate, um seine Eltern zu besuchen. Kimba erzählte mir, dass es bei den letzten beiden Visiten sogar zum Streit zwischen Vater und Sohn gekommen war. Das Gehör der alten Schildpattkatze war schlecht und sie hatte leider nicht mehr alles mitbekommen, trotz der Brüllerei der beiden Männer, aber es konnte nur ums Geld gegangen sein.

In der Küche stürzte ich sofort auf den Futternapf zu und schlang gierig alles hinunter. Marieke-Dosenöffnerin sah mich kopfschüttelnd an, wie ich das Schüsselchen blitzblank leckte, und holte aus dem Kühlschrank noch etwas Nachschub.

»Meinst du nicht, dass es Zeit wird, deine Kätzchen heim zu bringen?«, fragte sie mich schmollend.

Als die Mittagsrunde vollständig um den Küchentisch versammelt war und es sich schmecken ließ, lag ich schon auf der Ofenbank, putzte mein Fell und spitzte die Ohren.

Jonas-der-Informierte erzählte seinem Bruder von den Ergebnissen der Laboruntersuchung, die er vormittags erfahren hatte. Wie der Brandexperte schon auf dem Acker vermutet hatte, bestätigten die Tests den Verdacht, dass die Heuballen mit Benzin übergossen und angesteckt worden waren. Damit ging es jetzt auch offiziell um Brandstiftung, und alles Weitere würde die Kripo in die Hand nehmen.

›*Dann wird sich das ja bald aufklären*‹, dachte ich beruhigt. Langsam erhob ich mich und streckte meine Glieder lang aus. Ich sprang auf den Boden und verschwand durch die offene Terrassentür. Unterwegs zu meinem Wurflager überlegte ich mir, ob Marieke nicht Recht hatte und es an der Zeit wäre, mit meinen Welpen nach Hause zu ziehen. Zweimal am Tag zwischen Heuschober und Futternapf zu pendeln wurde auf Dauer doch lästig.

Ein anschwellender Ton drang in mein Ohr und wurde lauter und lauter. Ich öffnete erschrocken meine Augen und blickte suchend in die Dunkelheit. Dann erkannte ich den Alarm der Bolsdorfer Feuerwehrsirene und wusste sofort, dass wieder ein Feuer ausgebrochen war. Ich hob meine Nase in die Höhe und schnüffelte intensiv. Aber diesmal konnte ich keinen Rauch entdecken. Meine Kätzchen und ich waren nicht unmittelbar in Gefahr.

Nur mäßig beruhigt kümmerte ich mich erst einmal um die verängstigten Kleinen, die sich an mich drängten und zitterten. Ich gurrte laut und leckte alle Felle, die meine Zunge erreichten. Es dauerte eine ganze Weile, bis der Alarmton abgestellt wurde und sich das aufgeregte Maunzen im Nest legte. Meine feinen Ohren nahmen viele Geräusche wahr, Motorenlärm, lautes Rufen, Türenknallen. Das ganze Dorf summte wie ein aufgescheuchter Bienenstock. Vor Neugierde hielt ich es nicht mehr aus.

Ich befahl den Welpen, im Nest zu bleiben, sich nicht zu rühren, und lief nach draußen. Vor der Scheune suchten meine Augen und Ohren die nächtliche Umgebung nach dem neuen Brandherd ab. Der meiste Lärm kam von der gegenüberliegenden Dorfseite. Ein rötlicher Schimmer im Osten weit hinter Beiwenacker gab mir die Richtung vor.

Meine Freundin Kimba hatte wahrscheinlich die beste Aussicht auf das Geschehen, überlegte ich. Ich lief los, quer über die vertrockneten Wiesen und durch ein paar Bauerngärten mit welken Gemüseblättern. An den Häusern angelangt, verlangsamte ich kurz meinen Sprint. In fast jeder Wohnung brannte Licht, das ganze Dorf war hellwach.

Im Zentrum vor der Margarethenkirche standen etliche Nachbarn und plapperten aufgeregt durcheinander. Ein paar von ihnen waren noch im Schlafanzug und hatten nur eine Jacke übergeworfen. Ich trabte an ihnen vorbei in Richtung Wald und bog in den Weg ab zu einem kleinen Bauernhof. Von Weitem schon sah ich die alte Schildpattkatze auf dem niedrigen Scheunendach sitzen. Kimba bewegte ihre Ohren in meine Richtung, als sie meine Schritte erkannte, drehte sich aber nicht um.

»Das ist schon das zweite Feuer in so kurzer Zeit. Also, Zufall sieht anders aus«, krächzte sie mir zu. Hier oben war die Luft schon deutlicher vom Rauch vergiftet. Ich setzte mich neben sie und folgte ihrem Blick. Vor uns erstreckte sich das Dorf in einer niedrigen Senke. Auf der weitläufigen Ackerfläche vor Beiwenacker brannte eine Scheune lichterloh. Die Flammen züngelten aus dem Dach in den Nachthimmel. Vor dem Brand bewegten sich einige schwarze Punkte, die Männer der Freiwilligen Feuerwehr. Ich hörte das Rauschen des Wasserstrahls aus dem C-Rohr. Von zwei Seiten versuchte die Löschgruppe, das Feuer anzugehen. Wie ein Drache fauchte es gegen den Angriff an. Kimba stupste mich an der Schulter an und lenkte meinen Blick auf die Landstraße. Von dort kamen zusätzliche Löschwagen mit Blaulicht und lautstarkem Heulton gefahren. Unterstützung aus den Nachbargemeinden. Es war dringend nötig, denn die Scheune war nun vollständig von Flammen umhüllt.

Mit einem Mal gab es einen lauten, trockenen Knall, eine meterhohe Stichflamme sprengte ein Loch in das Blechdach und schoss in den Himmel. Erschrocken pressten wir uns auf das Wellblech der Scheune, die Ohren seitlich verdreht. Neben mir fauchte Kimba ängstlich und auch ich hatte unwillkürlich meine Krallen ausgefahren.

»*Verschwinden wir von hier*«, sagte ich zu ihr. In geduckter Haltung schlichen wir von dem Scheunendach herunter.

»*Verdammte Mäusekacke!*«, knurrte Kimba, als wir wieder Gras unter den Pfoten hatten, *»wenn das so weitergeht, dann haben wir bald auch Tote und Verletzte.«*

Das wollte ich mir gar nicht erst ausmalen.

»*Wer ist so bescheuert, bei dieser Trockenheit Feuer zu legen?*«, fragte ich ebenfalls wütend.

Da kam mir plötzlich eine Idee: *»Das sollten wir selbst in die Pfote nehmen«*, meinte ich, Kimba sah mich fragend an. Einen Augenblick grübelte ich über meinen Plan nach: *»Es sind doch so viele von uns über das ganze Dorf verstreut. Fast alle sind Freigänger, die auch nachts herumstreunen. Und wir haben die besten Augen und Ohren.«*

Die Bernsteinaugen meiner Freundin leuchteten auf, sie verstand sofort, was ich meinte.

»*Wenn wir alle Dorfkatzen überreden mitzumachen, schaffen wir ein Überwachungsnetz, um das uns die Stasi beneiden könnte*«, sagte ich.

»Dat ös en jode Idee, Jule. Wir verabreden uns mit allen Katzen morgen nach Sonnenuntergang hinter dem alten Backes[8]*. Fangen wir gleich damit an.«*

Ich nickte ihr zu: *»Am besten teilen wir uns auf, und jeder Katze, die uns über den Weg läuft, sagen wir Bescheid.«*

Gemeinsam gingen wir vom Hof hinunter in Richtung Dorfmitte. An der Bushaltestelle trennten wir uns. Kimba war schon ein paar Meter weit weg, als sie sich noch einmal zu mir umdrehte.

»Jule, ich son et der nur: Schaff deine Kleinen so schnell wie möglich nach Hause. Die sind in der Scheuer nit mehr sicher«, warnte sie mich eindringlich.

Bis zum nächsten Tag hatte sich das Treffen unter den Dorfkatzen herumgesprochen. Als der Abend dämmerte, kamen sie alle auf der Eselskoppel hinter dem Alten Backhaus zusammen. Ich saß mit Kimba etwas erhöht auf einem umgestürzten Baumstamm.

Gespannt hockten sich die Katzen im Kreis um uns und sahen erwartungsvoll auf. Aufgeregtes Maunzen und Flüstern war von kleinen Gruppen zu hören. Grüne, gelbe und blaue Augen leuchteten in der Dunkelheit herauf. Mein Schwanz peitschte nervös hin und her.

Dann holte ich tief Luft und rief: *»Katzen von Bolsdorf. Es gibt einen Zweibeiner, der mit Absicht hier Feuer legt. Das habe ich nach dem ersten Brand erfahren, als ich die Untersuchung auf dem Acker vom Weberhof belauschte«*, – wütendes Knurren erhob sich unter den

8 Café am Alten Backhaus in Bolsdorf, liegt direkt am Eifelsteig

Katzen – »*wir müssen herauskriegen, wer es ist. Und das so schnell wie möglich, bevor noch ein Unglück passiert. Jeder von euch muss auf seinem Strenz Augen und Ohren offen halten und die Zweibeiner beobachten, vor allen nachts. Schleicht ihnen nach und findet heraus, wohin sie gehen und was sie machen.*«

Der schwarzweiße Lucky rief: »*Und was sollen wir tun, wenn wir den Feuermacher erwischen?*«

»*Laut schreien! Du bist doch auch sonst nicht auf das Maul gefallen*«, antwortete die alte Kimba. Einige Lacher ertönten aus der Versammlung.

»*Am besten einen Kampfschrei, den kann man weit hören*«, fuhr ich fort, »*es sind immer ein paar von uns draußen unterwegs und werden deinen Alarm schon mitkriegen.*«

Der große Kartäuserkater Cäsar kam mit hoch erhobenem Schwanz in die Mitte: »*Ich finde, wir sollten uns organisieren. Sonst latscht jede Katze durch die Gegend, wie sie lustig ist, und viele Wege werden gar nicht oder doppelt kontrolliert.*«

»*Du hast recht*«, stimmte ich zu, »*wenn wir ...*«

Ein paar Katzenköpfe drehten sich plötzlich herum und auch ich vernahm den vertrauten Signalton der Bolsdorfer Feuerwehrsirene. Sofort machte sich Unruhe in der Gruppe breit und einige Katzen fauchten erschrocken.

Menschliche Laufschritte waren zu hören und aus dem Café gegenüber rief die Wirtin aus dem Fenster: »An der Kyll brennt es.«

Ein eiskalter Schock durchfuhr mich.

»*Meine Kinder*«, jaulte ich auf und sprang mit einem Riesensatz von dem Baumstamm herunter. Die Katzen vor mir stoben auseinander. Ich sprintete sofort los, die Straße Im Auel runter, über die Wiese der Alten Schmiede in Richtung Bachgarten. Schon von Weitem sah ich schwarzen Rauch aufsteigen.

Mein Herz stockte, der Qualm kam aus der Scheune meiner Welpen. Ich fuhr die Krallen aus, um noch schneller rennen zu können. Vor mir auf dem Asphalt fuhr ein roter Löschzug. Ich setzte über einen Wassergraben und raste über die Wiese auf den Unterstand zu. Dichter Rauch schwelte aus allen Ritzen und Löchern, an der offenen Seite konnte ich schon die Flammen sehen.

Der Gestank reizte meine Nase und machte mir das Atmen schwer. Meine Augen brannten und ich hatte immer mehr Mühe, das hohe Tempo zu halten. Aber die Angst um meine Kätzchen ließ mich alles vergessen. Ich mobilisierte alle Energiereserven und rannte weiter auf das Feuer zu. Unterwegs überholte ich den Feuerwehrwagen gut hundert Meter vor der Scheune.

Die Hitze schlug mir wie eine Wand ins Gesicht. Abrupt bremste ich meinen Lauf, und tief geduckt suchte ich einen Weg in das Inferno. Dicht über der Erde konnte ich trotz der wahnsinnigen Hitze besser Luft holen. Ich schrie laut nach meinen Kätzchen und lauschte verzweifelt durch das Prasseln nach einer Antwort. Die orangenen und roten Feuerzungen fraßen sich durch die Holzritzen der Bretterwand, sie sprangen von einem Heuballen auf den nächsten und leckten an den Landmaschinen, die hier untergestellt waren. Die Angst um meine Kinder trieb mich gegen meinen Instinkt weiter auf die Flammenhölle zu.

Heiße Luft legte sich wie eine Decke auf mein Fell und verbrannte mir fast die Augen. Meine Ohren drehten sich nach allen Seiten.

Ein Hustenanfall rettete mein Leben. Ich blieb kurz stehen und versuchte mühsam, Luft zu bekommen, als ich ein leises Krächzen unter der alten Deichsel vernahm. In zwei Sätzen sprang ich zu der Stelle hin und entdeckte den kleinen Kater Albranco. Er kauerte hinter einem Reifen, die Augen geschlossen, und rang verzweifelt nach Atem.

Mit der Pfote holte ich ihn zu mir und packte mit den Zähnen sein Nackenfell. Blitzschnell drehte ich mich um und wollte aus dem Unterstand rauslaufen, als hinter mir etliche gestapelte Heuballen ins Rutschen kamen und wild durcheinander fielen. Genau auf die Stelle, in der ich Sekunden zuvor gehockt hatte. Wie ein Vorhang breitete sich vor mir eine Feuerwand aus. Entsetzt erkannte ich, dass mir sowohl der Weg nach draußen wie auch der Zugang zum Nest verschlossen war. Meine Angst schlug um in grenzenlose Wut und ich knurrte laut auf. Mit dem strampelnden Kätzchen in der Schnauze überlegte ich fieberhaft, wie ich aus der Falle entkommen konnte. Ich erinnerte mich an ein paar Bretter in der hinteren Holzwand, durch die Fäulnis ein Loch in Bodenhöhe gefressen hatte. Das Feuer war noch nicht bis zur Rückwand vorgedrungen, aber der Qualm war hier so dicht, dass ich nichts mehr sehen konnte.

Ich schloss die Augen. So nah wie es ging schlich ich mich an der Wand entlang und verließ mich ganz auf die Sensibilität meiner Schnurrhaare. Nach ein paar Schritten merkte ich einen kleinen Luftzug und folgte ihm einfach. An meinem Fell spürte ich die raue Holzkante. Eilig ging ich durch das Loch und blickte ins Freie.

Wir hatten es geschafft. Um die Scheune herum standen die roten Autos. Schwarze Männer liefen umher und legten dicke Schläuche aus. Instinktiv suchte ich einen Weg zum Wasser, weg von dem Inferno.

Mir war schwindelig. Die Hitze und der giftige Rauch hatten mich so betäubt, dass ich hin- und herschwankte. Erschöpft ließ ich meinen Kopf hängen und schleifte den kleinen Kater über den Boden. Schemenhaft sah ich zwei Katzen auf mich zulaufen und erkannte Kimba und Cäsar.

»Lass mich den Kleinen tragen«, rief meine Freundin mir zu. Ich ließ Albranco ins Gras fallen und Kimba leckte ihm fürsorglich das Gesicht ab. Der arme Kleine hustete und würgte. Sie nahm ihn vorsichtig am Nackenfell auf und ging in Richtung Kyll.

Ich mobilisierte meine letzten Reserven und drehte ich mich um zur Scheune. Ich wollte noch einmal hinein, um meine anderen Kinder zu retten.

Ich sprang los, aber nach zwei Sätzen warf mich ein heftiger Schlag um. Verdattert wollte ich sofort wieder aufspringen, aber ein schweres Gewicht hielt mich fest. Fassungslos erkannte ich, dass Cäsar mich gepackt hielt und zu Boden drückte.

»Bist du wahnsinnig?«, schrie ich ihn an, *»Lass mich sofort los. Die anderen sind noch da drin.«*

»Du kannst da nicht mehr rein!«, schrie er zurück.

Rasend vor Wut fuhr ich meine Krallen aus und schlug um mich. In wilder Raserei riss ich graue Fellbüschel und Erdbrocken aus. Verzweifelt versuchte ich, mich aus der Umklammerung zu befreien.

Meine Hinterbeine wetzten und scharrten den Boden auf. Aber so sehr ich mich auch wehrte, Cäsar war ein großer, kräftiger Kartäuser. Ich kam gegen ihn nicht an. Mit seinen Fangzähnen packte er mich im Nacken und drückte meinen Kopf ins Gras. Sein Körper lastete schwer auf mir.

»Cch mach diss fertg.«, fauchte ich mit der Schnauze gegen die Erde gepresst.

Der graue Kater lockerte seinen Biss, hielt mich aber mit Krallen an den Schultern fest.

»Hör auf, Jule. Es ist zu spät«, rief er außer Atem, *»sieh doch, die ganze Scheune brennt schon.«*

Ich drehte meinen Kopf um und sah, dass nun auch Flammen aus der hinteren Bretterwand schlugen. Das Prasseln war unerträglich laut. Ich neigte meine Ohren zur Seite und öffnete das Maul zu einem lauten Schrei.

Cäsar ließ mich los.

»Du wärst da drin gestorben, und dein Junges braucht dich doch«, sagte der große Kater leise.

Ich lag noch immer auf der Erde und starrte verzweifelt die brennende Scheune an.

Das Feuer hatte den Unterstand vollständig umhüllt und verzehrte sich an seinem leicht zugänglichen Futter aus Holz und Stroh. Die Flammen schlugen meterhoch in den Sternenhimmel hinein.

Ich war nicht fähig, mich zu rühren. Trauer und Verzweiflung pressten mein Herz zu einem schmerzenden Knoten zusammen. Als ich glaubte, es nicht mehr auszuhalten, heulte ich meine Qual in die Nacht hinaus.

Aus dem Rauch schlichen dunkle Schatten auf die geretteten Katzen zu. Alle Samtpfoten, die sich am Alten Backhaus versammelt hatten, waren Jules Aufschrei gefolgt. Sie stellten sich langsam im Kreis hinter ihr auf. Eine Katze nach der anderen stimmte in das Klagekonzert ein, das sie anführte.

Einer der Feuerwehrmänner hörte sie durch den Lärm des Wasserstrahls und drehte sich zu ihnen um. Er sah die Dorfkatzen versammelt auf der Wiese lauthals klagen. Brandmeister Jonas erkannte seine Katze Jule trotz ihres rußgeschwärzten Fells. Er verstand sofort den Grund für das Klagelied, und ein eiskalter Schauer lief ihm über den Rücken.

Die Löschgruppe der Freiwilligen Feuerwehr hatte den Kampf um den Unterstand in den Nachtstunden verloren und ihren weiteren Einsatz darauf verwendet, zu verhindern, dass sich der Brand weiter ausbreitete. Es dauerte die ganze Nacht, bis das Feuer sich auch den letzten Krümel an entzündlichem Material geholt hatte und endlich vor dem Wasser kapitulierte. Als der Morgen dämmerte, war nur noch eine schwarze, buckelige Fläche aus Holzkohle und Asche zu sehen. Die verbogenen Metallgerippe der Maschinen und Geräte standen schwarz vor dem graurosa Himmel.

Eine getigerte Katze schlich um die Reste der ehemaligen Scheune herum. Ihre grünen Augen suchten den rußigen Grundriss ab und alle paar Sekunden stieß sie einen gurrenden Lockruf aus.

Ein paar Meter weiter saß Jonas erschöpft im Gras und beobachtete seine Katze. Er war sehr traurig, weil er ahnte, was in der Scheune passiert war. Auch wenn Jule ihre Kätzchen vor ihm versteckt hatte, so fühlte er doch einen persönlichen Verlust. Tränen liefen über sein Gesicht und zogen eine Aquarellspur durch den Ruß.

Die Brandanschläge der letzten beiden Tage hatten ihn so sehr in Atem gehalten, dass er noch nicht nachdenken konnte, wie das alles zusammenhing. Jonas hatte darum gebeten, noch am Brandort zu bleiben, als seine Kollegen aufräumten und der Löschzug zurückfuhr. Er wollte in Ruhe seinen Gedanken nachhängen und auf seine Katze warten.

Es war klar, dass nun alles Weitere von der Staatsanwaltschaft bestimmt wurde. Das Prozedere war vorgegeben. Eine SOKO würde sofort zusammengestellt und jeder Haushalt in Bolsdorf eingehend befragt.

Ein dünner Schrei durchdrang die Watte meiner Verzweiflung. Der Ruf war mir so vertraut, dass ich instinktiv den Kopf hob. Irritiert sah ich mich um, woher der Laut kam. Auf der Wiese neben dem Bach hockte noch immer Kimba vor einem kleinen, schwarzen

Fellknäuel, das zwischen zwei Hustenanfällen hungrig nach mir krächzte.

»*Eines lebt*«, sagte ich mir und seufzte erleichtert auf. Noch einmal schaute ich auf die verbrannte Erde, die sich mit meinen anderen drei Kindern vereinigt hatte. Dann drehte ich mich müde um und ging auf die Wiese.

Mein kleiner Kater stolperte durch das Gras auf mich zu und suchte sofort Deckung unter meinem Bauch. Hungrig pflügte Albranco seine winzige Nase durch das schmutzige Fell, bis er eine Zitze gefunden hatte und gierig saugte. Ich legte mich auf der Stelle hin, völlig erschöpft.

Die alte Schildpattkatze kam zu uns und hockte sich daneben. Schweigend fing sie an, mein Fell zu lecken.

Polizeiinspektion Daun

»Jetzt sexy genug für uns?«

Polizeioberkommissar Sigmund Wolf sah den jungen Kommissar Leimann herausfordernd an. Kevin war nach dem ersten Brandanschlag wie angeordnet nach Bolsdorf gefahren, hatte alle Nachbarn befragt und dann seinen Bericht geschrieben. Da vermutete er immer noch einen Jugendstreich.

Jetzt sah die Sachlage anders aus. Insgesamt drei Brandanschläge so kurz hintereinander hatten die Telefone bis ins Polizeipräsidium Trier läuten lassen. Von dort war der Befehl gekommen, eine SOKO einzurichten. Man hatte ihr den dramatischen Namen „Eifelflammen“ gegeben. Auch mehr Personal war ihnen zugesagt worden.

Leimann schob ein Whiteboard in ihr gemeinsames Büro und pinnte mit kleinen Magneten Fotos der Brandanschläge an die Tafel, dazu einen Kartenausschnitt von Bolsdorf mit den Markierungen der Brandstellen. Geflissentlich überhörte er die Stichelei seines älteren Kollegen. Sybille Diesel saß am Schreibtisch und grinste vor sich hin. Sie blätterte in den Laborberichten der beiden ersten Brände. Dazu schrieb sie ein paar Notizen auf einen Block.

»Sobald wir die Untersuchungsergebnisse von dem Brand letzte Nacht vorliegen haben, müssen wir sie abgleichen«, sagte sie zu ihren beiden Kollegen, »es gibt ein paar Gemeinsamkeiten. Wir können zumindest schon mal eingrenzen, von welcher Marke das Benzin stammt und dann bei den Tankstellen in der Gegend rumfragen.«

Die Hauptkommissarin stand auf und notierte mit einem Filzstift „ED“ an die Tafel.

»Kevin«, sie drehte sich zu dem jungen Kommissar um, »such schon mal im Internet, wo es hier in der Gegend alles ED-Tankstellen gibt, eine ist sogar hier in der Nähe, in der Mehrener Straße.«

Sigi Wolf hatte die ganze Zeit auf das Whiteboard gestarrt und nickte ihr zu. »Auf der Karte liegen die Brandherde alle weit auseinander und außerhalb des Dorfes. Es sollte wohl kein Mensch dabei zu Schaden kommen«, vermutete er.

»Hmm, kann man noch nicht sagen.«, sagte Diesel zweifelnd. »Der Abstand zwischen den Brandanschlägen hat sich verkürzt.«

»Vielleicht Rache an einem bösen Nachbarn?«, fragte Leimann hinter seinem Bildschirm.

»Nein«, sagte Wolf, »alle drei Felder haben andere Besitzer.«

Sybille Diesel blickte nachdenklich auf die Fotos: »Kein persönliches Motiv«, murmelte sie vor sich hin, »etwas Allgemeines, ein Symbol, ein Statement vielleicht.«

»Ein Symbol für was?«, Leimann sah über den Rand des Monitors seine Kollegin fragend an.

»Ich weiß es nicht.«, sie zuckte mit den Schultern. »Vielleicht aus Protest gegen die Erderwärmung«, meinte Diesel ironisch, was mit einem Grunzen von Sigi Wolf quittiert wurde.

»Keine Idee ist so Scheiße, dass man sie links liegen lassen muss, so unrecht hast du vielleicht nicht«, sagte er. »Kevin, such doch mal bei wkw[9] und den anderen im Social Web, wer derzeit in den Protestbewegungen hier aktiv ist.«

Sybille Diesel schüttelte kurz den Kopf.

»Ich glaube nicht, dass das eine Gruppe war«, meinte sie und schaute wieder auf die Bilder, »da ist einer mit 'nem Spritkanister ganz alleine unterwegs«.

Mit dem Welpen in der Schnauze ging ich langsam nach Hause. Die Terrassentür stand wie immer mittags

9 *Wer-kennt-wen*

offen und ich marschierte geradewegs durch die Küche. Unter den Augen von Marieke-mit-traurigem-Blick schritt ich in die Stube zu dem Katzenbaum. Sonst benutzte ich das Gestell nur selten, ich hatte andere Lieblingsplätze.

Aber heute wollte ich in der Kastenhöhle mit meinem Kätzchen Schutz und Ruhe suchen. So kletterte ich durch die runde Öffnung in das Plüschparadies, das nach den Vorstellungen der Zweibeiner das Optimum für ein erfülltes Katzenleben war. Albranco tapste sofort neugierig umher und schnüffelte an dem Kunstfellgewebe, mit dem der Kasten ausgekleidet war. Er nieste einmal kurz. Ich drehte mich ein paar Mal um mich selbst und legte mich dann eingerollt hin.

Der kleine Kater kam dazu, kuschelte sich eng an mich und schnurrte laut. Vor Müdigkeit fielen mir die Augen zu. Dennoch merkte ich, wie Marieke-kanns-nicht-lassen ihre Hand in die Höhle streckte. Ich stieß ein warnendes Knurren aus und ihre Hand zog sich schnell zurück.

»Is jo juut«, hörte ich sie murmeln, dann entfernten sich die Schritte und ich fiel in einen tiefen Schlaf.

Lautstarkes Schimpfen weckte mich am späten Nachmittag. Jonas-oben-ohne-Fell ärgerte sich durch zwei Zimmerwände über die lästigen Medien: »Man kann keinen Fuß mehr vor die Türe setzen und schon hat man ein Mikrofon unter der Nase kleben«, hörte ich ihn von der Küche her.

Ich gähnte herzhaft und streckte meine steifen Glieder aus. Auch Albranco wurde wach und maunzte verwirrt los. Die fremde Umgebung, die anderen Geräusche und Gerüche, all das ängstigte ihn.

Ich leckte ihm gründlich das Fell und drehte ihm meinen Bauch mit den Zitzen zu. Satt und sauber würde er sich vielleicht leichter an das neue Zuhause gewöhnen. Behagliche fünf Minuten konzentrierte ich mich in meiner Höhle nur auf das Schnurren und Treteln meines Welpen. Zwischendurch fingen meine Ohren Bruchstücke zweier Stimmen der Außenwelt ein: »Fernsehen – Blind-Zeitung – wir wollen unsere Ruhe haben – Ü-Wagen – Heuschrecken«.

Es war hauptsächlich Jonas-der-Wütende, der sprach. Aber auch die zweite, dunkle Stimme kam mir bekannt vor. Als meine Neugierde das Fell entlang kribbelte, hielt mich nichts mehr in der Höhle. Ungeachtet der Protestmaunzer meines kleinen Katers trabte ich schnurstracks zur Küche in Richtung Wassernapf. An der Tür blieb ich verblüfft stehen. Am Küchentisch saßen Jonas-obenohne-Fell und ein Fremder mit dunklen Haaren und blauen Augen.

Ich kannte den jungen Mann.

Ich hockte mich hin, fixierte ihn mit schmalen Pupillen und schnüffelte in seine Richtung. Dann fiel es mir wieder ein. Im vergangenen Jahr hatte ich ihn im Zuhause meines Bruders Jacky in Walsdorf gesehen. Dort war er als Journalist Oliver Trust erschienen und hatte einen korrupten Landrat interviewt[10]. Jacky und ich hatten unbemerkt einen gestohlenen Scheck in seine Fototasche geschmuggelt. Der Bestechungsskandal, den

10 Siehe „Todes-Wind, Samtpfote auf Mörderjagd“

die Zeitung Trierischer Volksfreund daraufhin aufdeckte, kostete den Landrat seinen angesehenen Posten.

Auch den Geruch des Reporters erkannte ich nun wieder. Beruhigt schlich ich zu meinem Napf und schleckte das frische Wasser auf. Meine Kehle fühlte sich immer noch ganz rau und kratzig nach dem Brand letzte Nacht an. Meine Ohren drehten sich wie ein Radar zum Küchentisch.

»Ich hab die Schlagzeile nicht erfunden. ‚Feuerteufel in der Eifel' finde ich auch nicht sehr originell, aber eine Zeitung will nun mal Nachrichten verkaufen. Da muss halt auch ein unintelligenter Titel her, wenn's die Auflage steigert«, schlichtete der junge Reporter Jonas' aufgewühltes Gemüt. Der schnaubte nur verächtlich.

»Ich habe Sie angerufen, weil Sie mich kennen und wissen, dass ich diesen Hype, der gerade im Dorf abläuft, nicht mitmache. Ich recherchiere gründlich«, führte Oliver weiter aus. »Ich weiß von der Brandermittlung, dass bei allen drei Fällen Benzin benutzt wurde. Aber außer dieser Übereinstimmung gibt es keinen weiteren gemeinsamen Nenner.«

»Den haben wir leider auch nicht«, sagte Jonas-der-Frustrierte, »keinen Hinweis von den Versicherungen, nicht einmal den Klassiker eines pyromanen Feuerwehrmannes kann ich Ihnen bieten. Als der letzte Brand losging, waren wir alle im Feuerwehrhaus und haben gemeinsam aufgeräumt und sauber gemacht. So schnell hintereinander hatte einfach keiner mit einem weiteren Anschlag gerechnet.«

Er sah den Reporter direkt an und lächelte leicht: »So flott, wie wir auch einsatzbereit waren – es gibt jemanden, der war sogar schneller.«

Er wies auf seine grau getigerte Katze. Trust blickte sich um und sah Jule, die auf dem Boden saß und ihn mit hellgrünen Augen neugierig anstarrte.

»Die Katze hat unterwegs sogar den Löschwagen überholt«, fuhr Jonas-Besitzerstolz fort, »sie ist in den brennenden Stall gerannt und hat ihr Junges rausgeholt. Da, der kleine schwarze Kater, der gerade reingetapst kommt.«

Das Lächeln erlosch.

»Aber ich befürchte, dass andere Junge in dem Feuer umgekommen sind. Das war vielleicht gespenstisch. Alle Katzen haben um uns herumgestanden und laut geschrien. So was habe ich noch nicht erlebt.« Jonas erschauerte und fuhr er sich mit den Händen durch das Gesicht, als wollte er die Erinnerung daran wegwischen.

Die Miene des Journalisten hellte sich dagegen auf: »Na, wenn das mal keine Schlagzeile ist: Eine Heldin auf vier Pfoten. Das wird der Aufmacher für die morgige Ausgabe. Darf ich ein Foto von der Katze machen?«, fragte er eifrig und griff bereits nach seiner Digitalkamera.

Zwei Tage brauchte ich Ruhe und Erholung. Die Rauchvergiftung brannte mir immer noch im Hals und machte das Atmen zu einer sandpapierrauen Tortur. Marieke-Haus-und-Hofapothekerin versorgte uns mit Bachblüten und Kamillendampf zur Beruhigung. Ich blieb am Haus und verbrachte die Zeit damit, meinen kleinen Kater mit der neuen Umgebung vertraut zu machen. Anfangs war ich noch sehr verstört von dem Horror, der hinter mir lag, und fauchte jeden Zweibeiner an, der Albranco zu nahe kam.

Mit den Krallen schlug ich zu, wenn sie versuchten, den Kleinen zu streicheln, der jedes Mal unter meinen Bauch flüchtete. Ich kannte meine Versorger natürlich und vertraute ihnen, aber der Schock ließ mich ihre Nähe meiden.

Nur sehr langsam legte sich das wieder, als mir bewusst wurde, dass ich kein gutes Vorbild für das Junge abgab. Ich rief mich selbst zur Vernunft, denn ich wollte keine ängstliche, misstrauische Katze heranziehen.

So konzentrierte ich mich darauf, dem kleinen schwarzen Wirbelwind beizubringen, dass im Haus Gardinen nicht zum Klettern und die Ledercouch nicht zum Krallenschärfen geeignet waren.

Draußen im Garten traf ich ein paar der Nachbarkatzen. Die Dorfkatzen hatten den Plan einer lückenlosen Überwachung unter der Organisation von Cäsar und Kimba umgesetzt und jeden Zweibeiner beobachtet, der nachts durch die Gassen ging. Von Dächern, Bäumen und Mauern aus überblickten sie ein Gebiet von zwei Quadratkilometern. Den nachtsichtgeeigneten Augen und sensiblen Ohren meiner Artgenossen entging dabei keine noch so vorsichtige Bewegung. Der Nachbarkater Tomtom erzählte mir von seinen Streifzügen durch das Dorf, und auch Lucky und Silva hatten einiges zu berichten.

Der schwarzweiß gefleckte Kater gab ein paar anzügliche Anekdoten zum Besten, welche die Tugend einzelner Dorfbewohner in einem anderen Licht erscheinen ließen. Unter uns Katzen war sexuelle Umtriebigkeit ja kein Vergehen, sondern Normalzustand. Aber ich wusste, dass die Zweibeiner da anders dachten. Nur einen Menschen, der mit richtigem Feuer spielte, hatten sie leider nicht gesehen.

Heute Nacht, nahm ich mir vor, würde ich auch auf Patrouille gehen.

Köln-Bonn

Robert Malejew und Meggy Schüller warteten am späten Abend in einem Aufenthaltsraum im militärischen Teil auf des Köln-Bonner Flughafens auf die Ankunft einer Sondermaschine aus Afghanistan. In Begleitung der beiden Stabsmitarbeiter aus dem Verteidigungsministerium waren noch ein Notarzt mit zwei Sanitätsassistenten, ein Dolmetscher für Farsi sowie ein Kameramann, der Aufnahmen von der Ankunft des Flugzeuges machen sollte.

»Gott sei Dank kommen sie endlich«, sagte Meggy Schüller leise zu Malejew. »Ich dachte schon, die würden nie aufhören zu palavern.«

»Gott oder Allah?«, schnaubte Malejew. Er hatte dunkle Ringe unter den Augen. Seit Wochen klingelte sein Telefon zu allen möglichen und unmöglichen Zeiten. Schlaf war nur noch stückchenweise zu bekommen.

Nach komplizierten Verhandlungen über mehrere Mobiltelefone, deren Pre-Paid-Simkarten schneller vernichtet als gekauft wurden, war es SE1-Mann Krug und dem Vermittler Beheshti-kashi gelungen, mit dem Zahreddin-Clan einen Ablauf zu vereinbaren, der zunächst die Rettung der kranken Enkelin des Patriarchen vorsah. Von ihrer Heilung hing das Schicksal des entführten Soldaten ab. Unabhängig davon stritten sie sich munter weiter um das Lösegeld.

»Und auf wie viel ist Allah uns entgegengekommen?«, fragte die Pressereferentin gedämpft. Malejew kratzte sich am Kopf und machte ihr mit ein paar Fingern heimlich ein Zeichen. »Fünf?«, Sie hob die Augenbrauen an »nun, Allah ist groß und gnädig.«

»Das wird er noch sein müssen. Alles hängt von der Operation und dem Heilungsverlauf der Kleinen ab. Und natürlich davon, dass ihn die Taliban nicht vorher finden.«

Vor dem Gebäude wartete startbereit der Rettungstransportwagen. Es war geplant, das Mädchen und seine Familie direkt nach Koblenz ins Bundeswehrkrankenhaus zu bringen. Dort sollte das Kind erst einmal eingehend untersucht werden und sich von dem anstrengenden Flug erholen. Die eigentliche Operation würde in der Charité in Berlin stattfinden, wo die besten Kinderärzte und Herzchirurgen Europas schon auf die Kleine warteten.

Ein Telefon klingelte und der Wachhabende nahm den Hörer ab, dann rief er zu der Gruppe hinüber: »Der Tower meldet gerade, die Maschine ist bereits im Sinkflug. Sie wird in circa zwanzig Minuten landen.«

»Danke«, sagte Meggy laut; zu ihrem Kollegen gewandt, flüsterte sie: »Und wie soll das vonstatten gehen? Wir können kein Lösegeld zahlen, wenn das raus kommt …«

Malejew sah sich kurz um. Seine Begleiter saßen um den Tisch herum und unterhielten sich. Die junge Frau und er standen am Fenster und sahen in die Dunkelheit hinaus. Blinkende Lichter glitten in einem sanften Bogen zur Erde, das Aufheulen der Düsentriebwerke im Landeanflug war auch durch die Dreifachverglasung deutlich zu hören.

»Das läuft als weitere humanitäre Hilfsaktion über die GTZ[11]. Das Dorf wird aufgerüstet: neuer Brunnen, Solaranlagen auf jedes Dach, geländegängige Jeeps, DSL, sogar ganze Badezimmer. Mein Gott, du müsstest mal die Wunschliste sehen: einmal ‚Schöner Wohnen' rauf und runter. Es ist unglaublich.«

»Sie müssen sich bereit machen. In zehn Minuten ist die Maschine unten«, rief der Mann hinter dem Tresen zu ihnen herüber. Die Sanitäter und der Arzt standen sofort auf und gingen durch die Tür zu dem Rettungsfahrzeug. Fotograf und Dolmetscher kamen auf das Paar am Fenster zu und sahen sie fragend an.

11 Deutsche Gesellschaft für Technische Zusammenarbeit in Bonn

»Na schön, fahren wir zur Landebahn«, sagte Malejew und winkte mit den Armen, um die Gruppe einzusammeln.

Die Luft auf dem Vorplatz der Militär-Station war sehr warm und flimmerte ein wenig von den Dämpfen des Flugbenzins. Der Motor des Rettungswagens lief bereits und das flackernde Blaulicht blendete für einen Augenblick die Gruppe, die gerade vor die Tür trat. Robert Malejew hob die Hand vor seine Augen und ging dann auf eine große Limousine mit einem Diplomatenkennzeichen zu, in der sie alle Platz nahmen. Der Rettungswagen setzte sich bereits in Bewegung und steuerte das Ende einer Abzweigung an, die von der Landebahn weg führte, welche für die Landung vorgesehen war.

Die Dassault Falcon setzte so sanft auf der Piste auf, dass nicht einmal das übliche Quietschen der Reifen zu hören war. Die Düsen des zweimotorigen Flugzeuges heulten kurz auf, dann verlor die Maschine schnell an Geschwindigkeit und bog vom Runway auf die Abzweigung ein. Neben dem Krankenwagen kam sie zum Stehen. Die Triebwerke wurden heruntergefahren, bis sie sich nur noch langsam ausdrehten.

Dann öffnete sich die Kabinentür, und ein Bodensteward schob eine fahrbare kleine Gangway heran. Der Arzt und die beiden Sanitäter liefen bereits die Stufen herauf, als die Treppe noch zwei Meter von der Kabinentür entfernt war. Sie betraten als Erste das Flugzeug, weil der Zustand des kleinen Mädchens nach dem langen Flug jetzt vor allem anderen Vorrang hatte.

Robert Malejew und Meggy Schüller warteten noch etwas und gingen dann auch die Stufen hoch. Das Innere der Dassault war großzügig mit bequemen Sitzen ausgestattet. Es war nicht so eng wie in den Linienflugzeugen, in denen man sich die Knie an den Vordersitzen einklemmte. Hier konnte jeder Fluggast seine Beine lang ausstrecken. Die exquisite Ausstattung mit den ergonomischen Sitzen und den kleinen Tischen mit Wurzelholzmaserung war sehr deutlich für eine andere Klasse von Flugreisenden vorgesehen. Zwei Sitze waren ausgebaut und durch eine Krankenliege ersetzt worden. Der Arzt und die beiden Sanitäter waren bereits mit der Untersuchung und Überprüfung der Monitore beschäftigt.

Ein Mann um die fünfzig stand aus einem der Sitze auf und nickte ihnen zu. Er trug einen einfachen, etwas ausgebeulten schwarzen Anzug und eine weißen Takiyah auf dem Kopf, eine traditionelle islamischen Mütze. Sein Gesicht war dunkel getönt und das raue Bergklima seiner Heimat hatte tiefe Falten hineingefräst. Sein Haar hatte verschiedene Grautöne und war noch sehr dicht. Der übliche Fünftagebart zierte sein Kinn. Die schwarzen Augen blickten verhalten unter den struppigen Brauen hervor.

Robert ging direkt auf ihn zu und begrüßte ihn so, wie man es ihm beim Diplomatischen Korps gezeigt hatte. Sie schütteln sich kurz die Hände und jeder legte dann die rechte Hand an sein Herz. »As-salāmu alaikum«, sagte der Afghane und Robert antwortete: »Wa-alaikumu s-salām«.

Er winkte den Dolmetscher mit einer ungeduldigen Handbewegung zu sich. Mit seiner Hilfe stellte er sich und seine Begleitung vor. Der Mann, übersetzte der Dolmetscher, war ein Onkel mit Namen Mustafa bin Ali Zahreddin. Er begleitete die Mutter Haleh und ihre kranke Tochter Aminah.

Meggy Schüller blickte sich in der Kabine um und sah in der Sitzreihe hinter dem Mann eine tief verschleierte Frau. Ihr blieb der Mund für einen Augenblick offen stehen, denn die Frau trug eine Burka, das traditionelle Kleidungsstück muslimischer Frauen in Afghanistan. Zum ersten Mal sah sie das umstrittene Kleidungsstück mit eigenen Augen. Durch das Gesichtsnetz war es unmöglich, etwas von der Mimik der Frau zu erkennen.

Meggy klappte schnell den Mund wieder zu und suchte nervös den Augenkontakt mit ihrem Kollegen: »Hat ihr denn keiner gesagt, dass wir hier Aufsehen unbedingt vermeiden müssen?«, flüsterte sie ihm zu. Robert sah zuerst die Frau und dann seine Kollegin stumm an und hob seine Augenbrauen. Die Burka war sein geringstes Problem.

Mit Hilfe des Dolmetschers versuchte er, bei dem Onkel die Basis für eine gute Beziehung zu finden, auf der sie in den kommenden Wochen miteinander aufbauen konnten. Im Orient ist nicht üblich, sofort zum Kern eines Gesprächs zu kommen, sondern sich zunächst nach Gesundheit, Familie, Wohlergehen zu erkundigen, eben Small Talk.

Daher fragte Malejew ihn nach der Flugreise, die der ältere Mann zum ersten Mal in seinem Leben unternommen hatte. Der Diplomat machte ein freundliches Gesicht, als Zahreddin erfreut den Komfort der Maschine und die gute Bewirtung beschrieb. Geduldig hörte Robert zu, bis der Redeschwall versiegte und er nach der Einleitung den weiteren Transport des Mädchens ins Koblenzer Krankenhaus erklären konnte.

Inzwischen hatten die beiden Sanitäter die Krankentrage aus dem Rettungswagen geholt, und vorsichtig betteten sie das Kind darin um. Der Notarzt sicherte den Herzmonitor und die EKG-Kabel. Als sie mit der Trage in Richtung Tür wollten, entstand plötzlich Unruhe in der Kabine.

Die Mutter Haleh rief: »Aminah«, sie stand auf und ihre Bewegungen unter dem Stoffberg der Burka ließen die Panik erahnen, unter der sie stand. Ein Schwall hell aufgeregter Farsilaute prasselte auf die Diplomaten nieder. Haleh wollte unbedingt zu der Trage mit ihrer Tochter.

Meggy Schüller trat auf die Frau zu.

»Herr Wasari«, sagte sie zu dem Dolmetscher, »bitte übersetzen Sie ihr, dass wir Aminah jetzt ins Krankenhaus bringen und dass sie und ihr Onkel mit uns in der Limousine hinterher fahren. Wir haben nicht alle im Rettungsfahrzeug Platz. Aminah ist in den besten Händen, es wird ihr nichts passieren. Die Fahrt dauert nicht lange. Bitte sagen Sie das.«

Der Dolmetscher übersetzte simultan und sah dabei den Onkel an, weil er keinen Unmut provozieren wollte, indem er eine verheiratete, afghanische Frau direkt ansprach.

Mustafa Zahreddin gebot seiner Nichte mit einer knappen Handbewegung Ruhe. Die Frau senkte den Kopf, trippelte aber nervös von einem Bein auf das andere, die Burka bewegte sich leicht in Wellenbewegungen.

Robert erklärte der Familie den weiteren Ablauf sowie den Aufenthalt in Deutschland. In den nächsten Tagen würde noch genug Zeit bleiben, um ein paar technische Details zu klären, wie ihre Unterbringung im Hotel oder die Visabestimmungen.

Dann bedeutete Malejew den beiden, mit ihm das Flugzeug zu verlassen. Die Bodencrew, wusste er, hatte sich bereits um das wenige Gepäck der beiden gekümmert.

Von der obersten Stufe der Gangway sahen sie, wie Aminah in den Rettungswagen geschoben wurde und der Notarzt hinten einstieg. Einzeln gingen sie die Stufen hinunter und direkt auf die große Limousine zu. Der Fotograf hatte die ganze Zeit draußen gewartet und bereits etliche Bilder von dem kleinen Mädchen gemacht.

Jetzt hielt er eine Videokamera in der Hand und folgte mit dem Objektiv der Gruppe. Einer nach dem anderen stiegen sie in den Wagen ein. Der Rettungswagen startete sein Blaulicht und den Alarmton und setzte sich in Bewegung, der Diplomatenwagen hinterher. Der Fotograf würde vom S-Bahnterminal des Flughafens aus allein nach Bonn zurückfahren. Die Kameralinse folgte jetzt den beiden Wagen, bis sie in einiger Entfernung das Tor zu dem abgesperrten Gelände passierten.

Es war Neumond und der Himmel so dunkel, dass nur Katzen ihren Weg ohne weitere Lichtquelle finden konnten. Ich hatte mein Junges schlafend in der Plüschhöhle zurückgelassen und hoffte, es würde bis zum Morgengrauen ohne weitere Albträume durchschlafen.

Noch immer passierte es, dass Albranco im Schlaf plötzlich zitterte und sich sein Atemrhythmus veränderte, als wenn er keine Luft mehr bekäme. Erschrocken wachte er auf und drängte sich eng an meinen Bauch. Ich schnurrte dann beruhigend und putzte ihm das Fell, bis er wieder eingeschlafen war.

So leise, wie ich konnte, schlich ich mich durch die Katzenklappe nach draußen in die Nacht. Ich stiefelte durch die groben Furchen des abgeernteten Gartens zum Schopp[12] hin und kletterte über Nachbars' Apfelbaum nach oben. Vom Dach aus hatte ich einen guten Rund-um-Blick über den Südwesten des Dorfes. Ich drehte meine Ohren wie ein Radar hin und her und lauschte den nächtlichen Geräuschen. Eine leichte Brise raschelte in den Bäumen, die ersten welken Blätter schwebten in der Luft zu Boden. Der trockene Sommer hatte das Laub ausgedörrt, der Herbst würde dieses Jahr sehr früh einsetzen. An meinen Schnurrhaaren fühlte ich den sanften Luftstrom.

Aus der Ferne hörte ich ein Auto die L10 in Richtung Oberbettingen fahren. Ganz leise vernahm ich Tapsschritte und vereinzeltes Scharren. Ich hob den Kopf und rief ein einzelnes »*Mau*« in den Nachthimmel. Aus unterschiedlichen Richtungen und Entfernungen maunz-

12 Scheune

ten mir viele Rufer zurück. Ich sah ein paar geschmeidige Bewegungen in der Dunkelheit, und von etlichen Dächern funkelten grüne und gelbe Augenpaare. Die Überwachung des Dorfes war lückenlos! Durch dieses Netz aus samtpfotigen Bewegungsmeldern konnte kein Mensch unbemerkt schlüpfen. Zufrieden stand ich auf.

Vorsichtig schlich ich zur Giebelseite und sprang die Holzwand hinunter auf die Wiese. Die ganze Nacht durchstreifte ich mein Revier, meine Sinne auf das Äußerste geschärft. Als der Morgen dämmerte, trabte ich müde nach Hause. Den größten Teil des Tages verschlief ich in der Plüschhöhle, zur großen Enttäuschung meines munteren Welpen, der viel lieber spielen wollte.

Die nächsten drei Tage wiederholte sich diese Schichtarbeit: Nachts auf Inspektionsgang und am Tage schlafen. Albranco lernte sehr schnell, meine Ruhephasen auszunutzen und allerhand anzustellen, während ich schlief.

An den neuen Schnürschuhen von Marieke-Up-to-date probierte er „Kreative Verknotung“ der Schnürsenkel aus, und der Feuerwehrhelm von Jonas-oben-ohne-Fell war schneller zu erreichen als das Katzenklo. Ich hoffte inständig, dass der Feuerteufel bald entdeckt wurde, bevor mein kleiner Racker das ganze Haus auf Links gedreht hatte.

Afghanistan

»Wake up!«

Jemand rüttelte Peter Henning grob aus seinem erschöpften Schlaf. Mühsam öffnete er seine Lider und blickte einen Augenblick verwirrt um sich. Dann fiel es ihm wieder ein. Eine alte Ruine, ein kleines Haus, bei dem das halbe Dach fehlte und in das sie vor zwei Tagen eingezogen waren.

Peter richtete sich ein wenig auf und verzog das Gesicht, weil sich seine steifen Glieder schmerzhaft meldeten. Er hatte eindeutig schon besser geschlafen als auf nacktem Lehmboden mit nichts als einer dünnen Decke darüber.

Nur drei Stunden, dachte er sehnsüchtig. Schon wieder hatte er nur drei Stunden Schlaf bekommen. Taumelnd vor Müdigkeit und Erschöpfung stand er langsam auf.

Peter konnte die Höhlen, Stallungen und verlassenen Häuser, die sie in den letzten Wochen als Unterschlupf genutzt hatten, nicht mehr zählen. Zu Anfang hatte er noch versucht, seine Umgebung einzuprägen, hatte tagsüber nach Sonnenstand, besonderen Landschaftsmerkmalen und nachts nach Sternbildern Ausschau gehalten.

Aber irgendwann nach der vierundzwanzigsten Hütte oder Höhle hatte er einfach aufgegeben und die Orientierung verloren. Sie waren alle zwei bis drei Tage weiter in die Berge gezogen, kreuz und quer in alle Richtungen.

Seit sie ihn bei Quala-i Gul gefangen genommen hatten, waren seine Bewacher stets höflich und fürsorglich mit ihm umgegangen. Sie hatten ihn nicht brutal verhört oder gefoltert und auch keine Geständnisse aus ihm herausgepresst, um sie dann auf Video aufgezeichnet über das Internet in die Welt zu senden.

Aber sie schleppten ihn nun schon wochenlang durch die afghanische Bergwelt, und diese Strapazen hatten an seinen Kräften ebenso gezehrt wie der ständig unterbrochene Schlaf und die drohende Gefahr, die wie eine Gewitterwolke über ihnen hing.

Er hatte viel an Gewicht verloren, dafür waren seine Muskeln hart und sein Körper sehnig geworden. In seiner ganzen Ausbildung bei der Bundeswehr war er nicht so ausdauernd auf strapaziösen Märschen gewesen wie hier.

Peter hatte schnell verstanden, dass die größte Gefahr nicht seine Bewacher darstellten, sondern die Taliban auf der Suche nach ihm. Er brauchte seine Fantasie nicht zu bemühen, um zu erraten, was mit ihm passieren würde, wenn er in deren Hände geriet.

Die Gruppe bestand meistens aus vier Männern, alle zwei Wochen kam eine andere Mannschaft und löste die Aufpasser ab. Damit sollte wohl eine zu vertrauliche Gemeinschaft mit dem Gefangenen verhindert werden, dachte sich Peter. Stockholmsyndrom mal anders herum.

Einer der Männer hielt ihm eine Blechtasse mit kaltem Tee hin, die er mit einem gemurmelten »Motsahkerm« – Danke – entgegennahm.

Er hatte in den Wochen einiges von der Sprache aufgeschnappt. Er trank schnell, denn in der trockenen Bergluft war er ständig durstig. Und natürlich meldete sich nach der kurzen Nachtruhe auch seine Blase. Peter stellte den Becher auf einem Stein ab und wandte sich zur eingestürzten Giebelwand.

»Nah«, rief einer der Männer – Nein, drohend legte er eine Hand an sein geschultertes AK47 Maschinengewehr. Peter sah ihn eindringlich an: »Khwahesh my konam, daastshuyy« – Bitte, Toilette. Die zwei anderen jungen Männer lachten und winkten ihn durch. Er kletterte über die losen Steine nach draußen und blickte sich nach einem stillen Örtchen um. Der junge Afghane, der an der Ecke des zerstörten Hauses lehnte, wies mit dem Kinn auf eine halbhohe Mauer hin. Natürlich wollten sie ihn im Blickfeld behalten. Peter brummte unwillig vor sich hin und ging langsam hinter die Ruine. Er nestelte an seiner Hose und kurz darauf entspannte sich seine Mimik und er ließ ein leises Seufzen hören.

Der vierte Afghane saß auf einem Felsbrocken und hatte sein Sateliten-Handy am Ohr. Er war der Älteste und somit der Anführer der Gruppe. Sein Name war Omar. So viel hatte Peter herausgefunden, als sich einer der jüngeren Männer verplappert hatte, was dem Jungen einen bitterbösen Blick und ein halbstündiges Stakkato in Farsi als Strafpredigt einbrachte. Keiner der anderen hatte seinen Namen genannt.

Erregt und leise sprach Omar jetzt in sein Handy, und seine freie Hand gestikulierte dabei wild. Peter runzelte die Stirn, er kannte seinen Bewacher sonst als souveränen und gelassenen Mann. Ein nervöses Kribbeln im Nacken warnte ihn. Instinktiv begann er, die Umgebung der Ruine mit seinen Augen auszukundschaften.

Eine trostlose Mondlandschaft war das. Nur graue und schroffe Felsen und Sand, sonst Leere. Peter konnte nicht verstehen, wie Menschen hier überhaupt hatten leben können. Nicht mal für die genügsamen Bergziegen gab es hier ausreichend Pflanzenwuchs.

Omar erblickte Peter hinter der Mauer und winkte ihn zu sich. Der Gefangene zog seine Hose wieder hoch und wischte sich die Hände, so gut es ging, im trockenen Sand ab. Dann ging er auf den Afghanen zu.

Omar hatte das Gespräch eben beendet und steckte das Handy in die Tasche. Mit zusammengezogenen Augenbrauen sah er Peter entgegen und stand auf. Als Peter vor ihm stehenblieb, sagte er in gebrochenem Englisch: »We must go. Taliban coming. Not far away, you know? One hour or two, Taliban are here.«

Peter hatte das nach dem hektischen Telefonat schon befürchtet und ließ mit einem Schnaufen die angehaltene Luft aus seinen Lungen. Er senkte den Kopf.

›Gott, ich bin so müde‹, dachte er erschöpft. Er glaubte, nicht einen Schritt mehr laufen zu können, so zerschlagen fühlte er sich.

Omar rief seinen Männer zu, dass sie alles zusammenpacken und schnell aufbrechen sollten. In hektischen fünf Minuten waren alle Decken, Taschenlampen und Konserven in Rucksäcken verstaut. So gut es ging, versuchten sie, ihre Spuren mit ein paar dürren Zweigen zu verwischen. Peter bezweifelte, dass ihre Verfolger sich davon täuschen lassen würden.

Omar drängte zur Eile, und so wendete sich die Gruppe in Richtung Osten, noch tiefer in die Berge hinein. Am Horizont beleuchtete die aufgehende Sonne die schneebedeckten Spitzen von ein paar Fünftausendern, die wie eine Perlenkette in einer Reihe aufragten.

Leise summte Peter ein altes Kinderlied, von dem er nur den Refrain kannte: »Ich möchte so gern nach Hause gehen, ei ei ei. Möcht meine Heimat wiedersehn, ei ei ei« [13]. Im Rhythmus der Melodie setzte er seine Füße einen vor den anderen über Geröll und Felsen. Er wiederholte dieses Mantra so lange, bis er alles um sich herum ausgeblendet hatte und nur noch funktionierte.

Ich schlich durch die Gärten Im Wiesengrund auf meiner großen Runde durch das nachtstille Dorf. Der Tag war wieder einmal brüllend heiß gewesen. Wie eine Glocke lag auch jetzt noch die warme Luft im Tal über Bolsdorf und bewegte sich nicht von der Stelle. Eine dünne Sichel war gerade am Himmel über dem dunklen Wald aufgegangen. Ich brauchte aber kein Mondlicht, meine Augen sahen jede Form und Bewegung.

Die letzten beiden ereignislosen Tage hatten die Dorfbewohner keinesfalls beruhigt, im Gegenteil. Es lag eine nervöse Spannung über dem Dorf, die Einwohner warteten geradezu auf die nächste Katastrophe. Etliche Nachbarn hatten Schlafprobleme, und so leuchtete immer mal wieder ein Fenster in der Dunkelheit auf.

13 Das »Toxi«-Lied aus dem gleichnamigen Film von Leila Negra, 1952

Am Ende des Pfades bog ich rechts ab und schlich weiter an einer hohen Hecke entlang. Auf der Kreuzung Bachgarten blieb ich stehen und blickte in Richtung der Felder und der Kyll. Von Weitem erkannte ich die buckeligen Reste der verbrannten Scheune, in der meine drei Kätzchen umgekommen waren. Trauer drückte mich mit ihrem Bleigewicht nieder und ich hockte mich auf die Pfoten.

Obwohl das Feuer jetzt schon eine Woche her war, hatte ich den Rauchgestank immer noch in der Nase. Ich öffnete mein Maul und flehmte[14]. Bitterstoffe legten sich auf die empfindlichen Schleimhäute, sowie ein leichter Geschmack nach Metall und Harz. Übelkeit stieg mir in die Kehle und mein Schädel schien plötzlich zu klein für den Druck, den ich in ihm spürte. Ich schluckte und schüttelte dann kräftig den Kopf.

»*Schluss jetzt*«, rief ich mich zur Ordnung und stand auf. Ich leckte mir ein paar Mal über die Schnauze.

Plötzlich hörte ich ein deutliches „Klong“ aus Richtung Pees. Ich zuckte erschrocken zusammen und fauchte. Angestrengt lauschte ich und nahm ein leises Scharren auf dem Kiesweg wahr. Schnell lief ich geradeaus den Feldweg hinauf auf die Werkshalle von Schreiber Landtechnik zu. Aus dieser Richtung hatte ich die Schritte gehört. Hinter der Halle standen etliche Container und Schrott, und dort konnte ich auch die Bewegung

---

14 Flehmen ist eine Mischung aus Riechen und Schmecken, mithilfe des Jakobson-Organs.

eines Menschen im Schatten der hohen Metallwände ausmachen.

Am Fuß einer dichten Hecke schlich ich mich auf den Abstellplatz zu. Neben verrotteten Anhängern und verrosteten Deichseln lagerte ein hoher Berg an alten Treckerreifen und ein Anhänger, der übervoll war mit Holz und kaputten Europaletten. Von dort hörte ich ein leises Plätschern und hatte jäh scharfen Benzingeruch in der Nase. Ich zuckte erschrocken zusammen und augenblicklich breitete sich eine kochende Wut in meinen Eingeweiden aus.

Da war der Mörder meine Kinder. Ein tiefes Grollen sammelte sich in meiner Kehle, als ich immer schneller auf das Reifenlager zutrabte. Das Grollen wurde zu einem lang gezogenen Wutschrei, der immer schriller wurde, bevor er abbrach. Von überall her vernahm ich die Antwort der anderen Dorfkatzen. Wie wir es unter uns ausgemacht hatten, gaben sie schreiend Alarm.

Ich war noch ein paar Meter entfernt, als ich sah, wie der Mensch sich erschrocken aufrichtete und den Kanister fallen ließ. Der Schattenriss drehte sich nach allen Seiten zu den Lauten um, die im ganzen Dorf ertönten, und in der Bewegung erkannte ich, dass es eine Frau war.

Schnell bückte sie sich, packte den Kanister und lief über das offene Werksgelände der Landtechnik in Richtung Dorfmitte. Ich rannte hinter ihr her, so rasch ich konnte. Sie war unglaublich beweglich und schnell, sodass ich kaum mithalten konnte.

›*Sportlich*‹, dachte ich. Ich war atemlos vom Rennen. An der nächsten Ecke verlor ich sie aus den Augen, hörte aber deutlich das Taptap ihrer Laufschritte. Tomtom, der schwarzweiße Nachbarkater, rief mir von dem Carport, auf dem er hockte, von Weitem zu: *»Richtung Backes!«*[15].

Ich hetzte zwischen schmalen Gassen und typischen Eifelhäusern vorbei, auf die Bäume des Bolsdorfer Tälchens zu. Offensichtlich wollte die Frau den Schutz der Bäume als Deckung nutzen und fliehen.

Ich frohlockte: Der Wald war mein Revier, hier kannte ich mich aus und konnte mich wesentlich sicherer bewegen als die vermutliche Brandstifterin. Ich war im Vorteil, meine restlichtverstärkenden Augen sahen auch in einem nächtlichen Wald alles so deutlich wie unter Straßenlaternen.

Meine Ohren nach vorn gerichtet, vernahm ich tatsächlich etliche Knackgeräusche von brechenden Zweigen und Blätterrascheln. Ich fiel in einen energiesparenden Trabschritt und suchte mir den besten Weg durch das Unterholz. Die Laufgeräusche von vorn wurden lauter, ich holte auf. Und ich hatte jetzt auch ihren Geruch in der Nase, sie würde mir nicht mehr entkommen.

In einigen Metern Entfernung ertönte plötzlich ein helles »Umpf«, sie musste gestolpert sein. Ich beeilte mich, den Abstand noch mehr zu verringern. Die Schritte entfernten sich aber wieder rascher, was bedeutete, dass die Frau freies Feld vor sich hatte. Plötzlich wusste ich, wo sie aus dem Wald herausgekommen war: In einem Bogen war sie am Friedhof vorbei wieder in das Dorf gelaufen. Ich konzentrierte mich jetzt stark auf die Geruchsspur, die sie hinterlassen hatte, und folgte

15 Altes Backhaus

ihr weiter. Wieder ging es kreuz und quer durch die Dorfgassen.

Die Nase dicht über dem Boden, nahm ich jedes Duftmolekül in mich auf, das in der Luft schwebte, und trabte wie an einer Leine gezogen sicher der Fliehenden hinterher. Die Spur führte mich direkt auf ein Haus zu. Vor mir tauchte ein typischer Eifeler Bauernhof auf. Der raue Putz hatte einen hellen Anstrich und die breiten Fensterlaibungen wiesen den rötlichen Ton auf, der für diese Gegend so charakteristisch war. Anstelle des Stalls gab es einen modernen Anbau. Die Fußspuren führten mich direkt vor dessen Haustür. Ich hockte mich auf die Steinstufe und sah mich um.

Ich erkannte das Haus. Da ich auf meinen Streifzügen durch das Dorf hier schon oft vorbeigekommen war, kannte ich die Bewohner des Hofes genau. Jetzt wusste ich auch, wer die Brandstifterin sein musste!

Ich erhob mich und ging um die Hausecke zum Garten hin. Mit einem Sprung setzte ich über die Steinmauer und schlich über den Rasen auf das große Wohnzimmerfenster zu. Auf der Terrasse davor stand eine Gruppe mit Gartenmöbeln. Ich sprang auf den Tisch und sah durch das Fenster in die Wohnung hinein. Hinter dem Glas stand eine brennende Kerze auf der Fensterbank. Eine junge Frau mit kurzen, verschwitzten Haaren hockte davor auf dem Boden. Sie starrte in das Kerzenlicht hinein und ihre Schultern zitterten. Tränen liefen ihr über die Wangen.

Es war Daniela.

Das vielstimmige Maunzen hinter dem Alten Backhaus hörte sich so chaotisch an wie ein Orchester, das seine Instrumente stimmt. Ein gutes Dutzend Dorfkatzen hatte sich am Nachmittag hier verabredet, um die Sensation erregt zu beschwatzen. Die Entlarvung von Daniela Henning als Brandstifterin hatte sich noch in der Nacht wie ein Lauffeuer unter den Samtpfoten herumgesprochen.

Noch nie hatten Alwis und Gisela Henning so viele Katzen durch ihren Garten streifen sehen, die alle „zufällig" auf derselben „Pirsch" waren. Daniela konnte keinen Schritt mehr vor die Tür machen, ohne dass schmale Pupillen sie beobachteten.

Ich ging mit Kimba an den Gruppen vorbei auf den dicken Holzstamm zu, der längsseits am Boden lag, und sprang hinauf.

»Meine Freunde«, rief ich und augenblicklich verstummte das aufgeregte Gemaunze, *»wir wissen jetzt, dass die Neue im Dorf der Feuerteufel ist. Ich habe Hennings Weibchen dabei ertappt, wie sie das Altholz hinter Schreibers Werkshalle mit stinkendem Benzin übergossen hat.«*

Zorniges Knurren und Fauchen erhob sich aus der Katzengruppe. Meine Freundin Kimba sprang neben mir auf den Baumstamm und rief mit krächzender Stimme die Versammlung zur Ruhe: *»Seid still! Wir müssen jetzt erst einmal verhindern, dass sie weitere Brandanschläge unternimmt.«*

Ich rief: »*Ja, sie darf keine Sekunde mehr aus den Augen gelassen werden. Zwei von uns bewachen im Augenblick ihre Wohnhöhle. Wer übernimmt die Nachtschicht?*«

Tomtom und sein Freund Lucky nickten mit den Köpfen. Der Kartäuserkater Cäsar hob den Kopf: »*Sie läuft gerne und sehr lange, vor allem den Eifelsteig entlang. Das wird schwierig, wir können ihr bei dem Tempo nicht folgen.*«

Ich seufzte. »*Das ist ein Problem, ich weiß es*«, erwiderte ich. »*Gestern Nacht hatte ich große Mühe, ihr zu folgen. Ich bin ihrer Spur nachgegangen. Aber jeder von uns ist ihr draußen schon begegnet und kennt ihre Laufgebiete. Verteilen wir uns so, dass wir sie immer eine gute Wegstrecke im Blickfeld haben und Alarm geben können, wenn die Feuerhexe schon wieder zündeln will.*«

Dass das auf Dauer natürlich nicht ausreichte, war mir schon klar. Ich suchte unermüdlich nach einer Möglichkeit, die anderen Menschen auf die Feuerfrau aufmerksam zu machen, allen voran natürlich meinen eigenen Dosenöffner Jonas-oben-ohne-Fell. Schließlich war er ja bei der Feuerwehr und kannte sich mit Brandstiftung aus. Nur waren die letzten Tage so ereignisreich gewesen, dass ich zum Nachdenken noch keine freie Minute gefunden hatte. Ich sehnte mich nach einer ruhigen Zeit mit ausgiebiger Fellpflege. Dabei kamen mir immer die besten Ideen.

»*Ich werde mir was einfallen lassen*«, rief ich der Gruppe aufmunternd zu. Es klang zumindest optimistischer, als ich mich in Wirklichkeit fühlte. Ich sah meiner bunt gefleckten Freundin ins Gesicht, und Kimba senkte kurz die Augenlider. Sie verstand, was in mir vorging und signalisierte mir ihr Vertrauen. Dann sprang ich von dem Baumstamm und ging durch die Katzenversammlung nach Hause, Kimba mir hinterher.

Im Gehen drehte ich mich zu der alten Schildpattkatze um. *»Ich muss auch endlich mal eine Nacht durchschlafen und tagsüber meinen Kleinen beschäftigen«*, sagte ich. *»Im Moment dreht der völlig am Rad. Stell dir vor, gestern Mittag, als ich schlief, hat er es doch tatsächlich geschafft, auf den Küchentisch zu klettern und das Hackfleisch zu naschen, dass Marieke für die Spaghettisoße brauchte.«*

Lautes Gepolter auf der Holztreppe im Flur schreckte mich aus meinen Träumen. Erschrocken riss ich den Kopf hoch und blinzelte in das dunkle Wohnzimmer. Jonas Stimme schallte durch die Wand: »Hast du den Feuerwehrhelm sauber gemacht?«, rief er seiner Frau zu. Im Nu war ich hellwach.

Feuerwehrhelm? Brannte es schon wieder? Mein Sohn maunzte verschlafen und mürrisch, als ich aus unserer Schlafhöhle sprang. Ich wollte aber wissen, was schon wieder los war und trabte eilig zum Flur. Von der Wohnzimmertür aus beobachtete ich Jonas-in-Action, wie er vor dem Spiegel eilig seine Feuerwehrjacke zuknöpfte. Im Spiegelbild sah er mich direkt an, die Augenbrauen streng zusammengezogen.

»Du bleibst zu Hause, Jule«, befahl er mir. Empört hob ich den Kopf und funkelte ihn hellgrün an.

»Mrau« - Nein, erwiderte ich. Ich würde auf keinen Fall hier bleiben, während draußen schon wieder der

Feuerteufel zuschlug. Marieke-im-Nachthemd kam mit dem (gereinigten) Helm in der Hand die Treppe heruntergelaufen und gab ihn Jonas. Er packte den Helm, seine Schlüssel und das Handy und war im Nu durch die Haustür verschwunden. Von draußen hörte ich jetzt auch die Sirene losheulen.

Wie ich diesen Ton hasste!

Ich lief zur Fensterbank und sprang darauf, aber leider konnte ich nichts sehen. Ich hatte vergessen, dass Marieke abends immer die Rollläden herunterließ.

›*Oben, das alte Kinderzimmer*‹, dachte ich, ›*da machen sie die Rollläden nie runter.*‹

Eilig sprang ich die Holztreppe hinauf in den ersten Stock und schlüpfte durch die Tür zu Jonas' früherem Kinderzimmer. Von hier aus hatte ich einen besseren Überblick.

Draußen liefen viele Menschen die Straße entlang zur Dorfmitte. Ab und zu sah ich einen flackernden Widerschein auf ein paar Hauswänden und Dächern. Mit dem Gesicht ging ich ganz nah an die Scheibe heran, um zu sehen, wo es diesmal brannte. Ich blickte in die Richtung, aus der ich das Feuer vermutete und erstarrte. Mein Herz klopfte wild.

Im äußersten Winkel sah ich in dem Gewirr der Dorfhäuser einen orangeroten Schein und flackerndes Blaulicht der Feuerwehr. Das Feuer war in einem der Häuser kurz vor dem Bolsdorfer Wald am Rand des Eifelsteiges ausgebrochen.

Kimba lebte in einem der Häuser. Sofort sprang ich von der Fensterbank runter und raste nach unten ins

Erdgeschoss. Durch die Katzenklappe wollte ich schnell nach draußen.

»Mamaaaa!«

Albranco kam mir laut schreiend im Flur entgegengelaufen. Er war durch den plötzlichen Trubel im Haus ganz verängstigt und suchte instinktiv bei mir Schutz. Ich war hin- und hergerissen.

Ich wollte unbedingt wissen, was im Dorf los war und welche Gefahr für meine Freundin bestand. Aber mein Junges konnte ich auch nicht allein lassen. Ich klemmte den kleinen schwarzen Kater zwischen meine Pfoten und leckte ihm heftig über den Kopf. Beruhigend schnurrte ich ihm zu.

Aus der Küche hörte ich Wasser rauschen und Schranktüren klappern. Marieke-schlaflos-in-Bolsdorf machte sich einen Kaffee. Das brachte mich auf eine Idee.

Kurzerhand packte ich das Kätzchen am Nackenfell und trug es in die Küche.

»Will niiich!«

Albranco protestierte quiekend, und Marieke drehte sich erstaunt um, als ich direkt auf sie zuging. Sie beugte sich zu uns herunter und sah mich fragend an. Ich streckte ihr auffordernd den kleinen Kater entgegen, und verblüfft hielt sie mir die Hand hin, damit ich den Welpen darin ablegen konnte. Aus einem dunklen Fellball sahen mir zwei erschrockene Augen entgegen. Sofort fauchte er los, als er merkte, wo er gelandet war. Aber Marieke-die-Katzenflüsterin kraulte das Kätzchen schnell hinter den Ohren und unter dem Kinn. Albranco entspannte sich zusehends.

Ich gurrte ihn laut an (was soviel bedeutete wie: *»Benimm dich!«*), drehte mich um und war im Augenblick durch die Katzenklappe verschwunden.

Draußen vor der Tür roch es schon deutlich nach Rauch. Ich flitzte um die Ecke, und so schnell es ging, lief ich auf die Straße der Brandstelle zu. An der Margarethenkirche vorbei rannte ich die schmale Gasse hinauf in Richtung Kirchhof. Der Rauch war hier schon sehr dicht und biss in Nase und Augen. Von Weitem erkannte ich die Scheune neben dem Bauernhaus und den alten Apfelbaum wieder, unter dem ich mit Kimba so oft gelegen hatte. Flammen schlugen bereits aus den Fenstern im Erdgeschoss. Aus den Ritzen der Rollläden im ersten Stock kräuselte sich dunkler Rauch. Auch zwischen den Dachpfannen qualmte es grau. Es knisterte und knackte sehr laut. Ein Löschwagen und ein weiteres rotes Fahrzeug standen in der Einfahrt. Die blauen Lichter blinkten hektisch durch den Qualm. Laute Rufe schallten durcheinander. Willi Henckels, der Brandmeister, übertönte alle mit seinem Bass: »Haltet mir die Fahrt frei«, rief er, »die anderen Wehren sind schon unterwegs.«

Ich schlüpfte durch die Hecke und suchte den Garten nach der alten Schildpattkatze ab. Ihr Lieblingsplatz war immer der Sitz auf dem alten Mac Cormick[16] gewesen. Ich hoffte, ich würde meine Freundin vielleicht unter dem Trecker in Sicherheit finden. Zwischen den dicken Wasserschläuchen und schwarzen Stiefeln der Feuerwehrmänner huschte ich hin und her.

16 Eine Treckermarke

Plötzlich wurde ich am Nacken gepackt und in die Höhe gerissen.

»Hab ich dir nicht gesagt, du sollst zu Hause bleiben?«, schrie mich Jonas-der-Schwarze an. In dem rußverschmierten Gesicht funkelten seine Augen so wütend unter dem Helmrand hervor, wie ich es noch nie erlebt hatte. Er hielt mich mit beiden Händen in die Höhe, dass ich mit den Pfoten in der Luft strampelte. Ich erschrak richtig vor ihm und versuchte, mich zu befreien. Seine dicken Handschuhe schützten ihn aber vor meinen Krallen.

»Schluss jetzt!«, befahl er mir, ging auf den Feuerwehrwagen zu, öffnete die Tür und warf mich mit Schwung ins Fahrerhaus, »hier bleibst du jetzt.«

Hinter mir knallte die Fahrertür zu – ich war gefangen. Fassungslos sah ich ihm nach. Ich sprang in dem Fahrerhaus hin und her, fand aber keinen Ausweg und spuckte vor Wut und Angst. Ein lang gezogenes Grollen vibrierte in meiner Kehle. Wütend war ich auf Jonas, dass er mich zum ohnmächtigen Zuschauer der Katastrophe verdonnert hatte.

Die Angst um meine Freundin in dem brennenden Haus ließ mich würgen. Kimba war schon steinalt und sah nicht mehr gut. Abends blieb sie deshalb lieber im Haus, anstatt herumzustreunen, wie sie es als junge Kätzin getan hatte. Und wie bei vielen Häusern in der Eifel, wurden auch hier nachts immer alle Türen und Fenster zugeschlossen.

Durch die Windschutzscheibe konnte ich das Chaos draußen sehen. Schwarze Schatten mit Helmen auf den

Köpfen liefen vor der flackernden Feuerwand, schemenhaft tauchten andere im dichten Rauch unter, wurden von ihm verschluckt. Ein paar schlugen mit langen Hacken die Fenster ein und rissen die Rollläden heraus. Mit einer hellgrauen Gischtwand schoss das Wasser aus dem C-Rohr. Zwei Männer hielten den Schlauch durch das eingeschlagene Fenster. Ein zweiter Wasserstrahl zischte in die Höhe und klatschte auf dem Dach auf. An seinen Bewegungen erkannte ich Jonas, er zertrümmerte mit einer Axt die Haustür. Dichter Qualm quoll aus der Öffnung hervor und umhüllte die Gestalt völlig.

Viele Lichter erhellten die Szene draußen; von den Nachbargemeinden waren weitere Löschzüge angekommen. Die engen Gassen der Dorfmitte waren zugestellt mit roten Wagen. Noch mehr Feuerwehrmänner drängten in den ohnehin schon überfüllten Garten. Hinter dem brennenden Haus sah ich etliche Wasserstrahlen: die Nachbarhäuser in dem eng bebauten Viertel wurden nass gehalten, um sie vor einem Übergreifen des Feuers zu schützen. Ich erkannte, wie eine lange Leiter ausgefahren wurde und eine schwarze Gestalt nach oben zum Dach hinaufkletterte, ein zweiter Mann hinterher. Eilig schlugen sie ein paar Dachpfannen auf und richteten ein Wasserrohr in den Dachstuhl hinein.

Unruhig lief ich im Feuerwehrwagen hin und her und suchte in allen Ecken nach einem Ausweg, den Jonas-der-Catnapper vielleicht übersehen hatte. Aber alle Fenster und Türen waren geschlossen. Ich knurrte laut und tobte meine ohnmächtige Wut mit meinen scharfen

Krallen am Bezug des Fahrersitzes aus. Es half nicht viel, außer, dass ich mich durch mein Rasen erschöpfte.

Die grauen Wolken aus Wassergischt und Rauch waren zeitweise so dicht, dass sie die Windschutzscheibe trübten. Wassertropfen mischten sich mit den Rußpartikeln auf dem Glas und zogen dunkle Fäden über die Scheibe. Im Auto roch es stark nach Qualm, und von dem Geruch wurde mir ganz elend. Endlich gestand ich mir ein, dass ich jetzt nicht da draußen sein wollte, und hockte mich auf die breite Ablage. Meine Ohren bewegten sich wie ein Radar hin und her. Ich lauschte dem Zischen des Wasserstrahls, dem Summen der Pumpen, den lauten Axtschlägen, den Rufen der Männer.

Allmählich lichtete sich die Wand vor mir, ich konnte vereinzelt umherhuschende Figuren erkennen. Der Umriss des Hauses tauchte wieder auf. Im Dach sah ich riesige Löcher klaffen. Die Fenster waren schwarz umrahmt. Von dem Feuer war nichts mehr zu sehen, einzelne Rauchfahnen kringelten sich noch in der Nachtluft. Die ersten Feuerwehrmänner begannen mit Aufräumarbeiten.

Einen der schwarzen Männer sah ich auf den Wagen zukommen. Ich erhob mich und setzte zum Sprung an. Willi Henckels riss die Fahrertür des Feuerwehrwagens auf. Mit einem Satz war ich auf seinen Schultern und sofort runter auf dem Boden. Von dem Angriff überrascht, stolperte er zwei Schritte rückwärts. Verdutzt sah er mir nach, wie ich zwischen dem Gewirr von Schläuchen und Pfützen durch den verwüsteten Garten huschte. Die Grundstückshecke war zur Hälfte plattgewalzt von den breiten Reifen der LKWs. In dem Gewirr der Äste und Blätter suchte ich Deckung, um mich erst einmal umzusehen. Der dröhnende Bass Henckels schallte über den Platz: »Wie zum Deuvel sejt denn de Waagen üs?«, donnerte er los, »Jon, dau häss hoffentlisch enne joode Versicherung!«

Unter der Hecke versteckt, beobachtete ich über die nächsten Stunden, wie die Feuerwehr alle Schläuche und Gerätschaften zusammenpackte und in den Fahrzeugen verstaute. Es lichtete sich allmählich auf dem Hof. Nun tauchten statt roten auch blausilberne Autos auf, die Kripo rückte mit der KTU an. Jetzt waren es weiße Gestalten, in Vollplastik gehüllt, die das ausgebrannte Haus betraten. Durch die schwarzen Fensterlöcher sah ich ab und zu ein Licht aufblitzen.

Als der Morgen dämmerte, wurden nacheinander zwei Metallsärge aus dem Haus getragen. Die Feuerwehrmänner von Bolsdorf hatten versteinerte Gesichter, als sie ihre toten Nachbarn trugen. Für einen Augenblick war es gespenstisch still in dem kleinen Dorf. Dann schlug die Glocke der nahen Margarethenkirche zum Totengeläut an. Traurig sank ich zusammen.

Wenn die alten Böhnkes das Feuer schon nicht überlebt hatten, bestand für meine Freundin Kimba auch keine Hoffnung mehr. Ich hielt es unter der Hecke nicht mehr aus. Vorsichtig schlich ich die zertrampelte Hecke entlang auf das verrußte Bauernhaus zu und sprang in einem unbeobachteten Moment zu einem der eingeschlagenen Fenster hoch.

Behutsam stieg ich über die gezackten Glasscherben hinweg und sprang auf den Boden. Ich blickte mich um. Das hier musste das Wohnzimmer gewesen sein. Ich war sehr überrascht, dass die Möbel hier nicht völlig verbrannt waren. Der ganze Raum war geschwärzt, und auf den Oberflächen klebte ein schmieriger rußiger Film, aber die Sessel und Schränke hatten alle ihre Form behalten. Die Tür zum Flur hing schief in ihren Angeln. Langsam ging ich darauf zu.

Hier sah es bereits ganz anders aus. Die Holzvertäfelung des alten Flurs war völlig verkohlt, ebenso wie die Treppe und das Treppengeländer zum ersten Stockwerk hinauf. Angekohlte Balken in der aufgerissenen Decke hielten noch mühsam die Statik des Hauses aufrecht. Ich wartete einen Moment, bis der Flur leer war, und huschte schnell Richtung Küche. Ich wusste, dass Kimba nachts immer ihren Schlafplatz dort hatte.

Das Feuer hatte hier schon deutlichere Spuren hinterlassen. Ich vermutete, dass die Flammen hier leichter Zugang hatten, da die Küchentür nachts immer einen Spalt offenblieb, damit die Katzen an ihr Futter kamen. Ein Großteil der Küchenzeile war verbrannt, ein paar Oberschränke waren von der Wand gerissen und samt Geschirr heruntergefallen. Ich balancierte durch die Scherben auf die Fensterseite mit der Essecke zu. Das Feuer hatte diesen Teil der Küche nicht mehr erreicht.

Vorsichtig steuerte ich die Essbank an, auf der meine Freundin gewöhnlich schlief, aber ihr Platz war leer. Mein Herz machte einen kleinen Freudensprung, und hoffnungsvoll sah ich in jede dunkle Ecke. Aber Kimba konnte ich nicht entdecken. Laut rief ich ihren Namen. Ein Feuerwehrhelm erschien in der Türöffnung und aus einem schmutzigen Gesicht sahen mich zwei Augen überrascht an. Er hatte im Flur anscheinend mein Miauen gehört.

»Wo küss dou dann her?«, rief der Mann, »komm ens do rüss!«

Er kam mit ausgestreckten Händen direkt auf mich zu, aber schnell schlüpfte ich zwischen seinen Beinen hindurch und machte mich durch die offene Haustür davon.

Draußen bog ich rasch ab zur Scheune, denn ich sah Jonas-oben-mit-Helm in der Nähe stehen und wollte nicht schon wieder von ihm eingefangen werden. Ein paar Meter weiter stand die Stalltür weit offen und ich flitzte um die Ecke. Der Stallbetrieb war vor Jahren aufgegeben worden, als die Rinderhaltung für die Böhnkes zu anstrengend wurde und der magere Ertrag die viele Arbeit nicht mehr aufwog. Jetzt standen die Boxen leer und das Gebäude diente als Abstellfläche für allerlei Geräte und Maschinen. Ordentlich nebeneinander aufgereiht standen dort die verbeulte Schubkarre, ein Vertikutierer und ein Häcksler neben etlichen Gartenwerkzeug, Hacken und Reisigbesen.

Da Kimba nicht im Haus war, klopfte mein Herz vor Hoffnung, dass sie noch lebte und sich auf dem Hofgelände nur versteckt hielt. In jungen Jahren war meine Freundin fast nie ins Haus gekommen; erst in den letzten zwei Jahren suchte sie ihrem Rheumatismus zuliebe die Wärme und Bequemlichkeit der Wohnung auf. Erneut maunzte ich ein paar Mal ihren Namen, aber es kam keine Antwort. Beunruhigt schlich ich durch den verlassenen Stall und spähte in jede Ecke, als ich ihren vertrauten Geruch in einer Luftströmung wahrnahm. Schnell folgte ich der Duftspur. Sie führte mich nach nebenan in den ehemaligen Kühlraum, in dem früher der große Milchtank gestanden hatte.

Dort fand ich Kimba auf dem Fliesenboden.

Sie lag auf der Seite, als ob sie schliefe, aber etwas irritierte mich. In geduckter Haltung und mit dickem Schwanz schlich ich auf sie zu. Leise murrte ich sie an, aber sie bewegte sich nicht.

Ihr Körper war lang gestreckt, die Hinterbeine lagen auf der Seite und der Oberkörper auf dem Rücken. Die Vorderpfoten hingen schlaff zu beiden Seiten herunter. Der Kopf lag mit dem Gesicht auf der anderen Seite. Ihr ganzer Körper war so verdreht, wie sie ihn mit ihren schmerzhaften alten Gelenken schon seit Jahren nicht mehr biegen konnte. Ihr Brustkorb bewegte sich nicht mehr.

Trauer überflutete mich, und ich ließ meinen Schwanz und die Ohren hängen. Ein Klagelaut vibrierte in meiner Kehle, ich musste schlucken.

Langsam schlich ich mich zu Kimba hin und schnüffelte an ihr herum. Ihre Körpertemperatur war stark gefallen, sie war schon seit Stunden tot. Ich ging um sie herum und sah in ihr Gesicht. Die Augen waren aufgerissen und die Pupillen weit geöffnet. Das Maul mit den lückenhaften Zähnen stand einen Spalt offen und die Zunge hing auf der Erde. Ein Faden getrockneten Bluts lief von der Nase auf den Boden. Vorsichtig leckte ich Kimba über das Gesicht und die Augen, bis sie beide geschlossen waren.

Dabei richtete sich der Kopf auf und ich hörte ein leises Knirschen am Hinterkopf. Ich unterbrach sofort das Putzen und ging um die tote Katze herum. Sachte drückte ich ihr meine Nase ins Nackenfell und spürte an dem empfindlichen Sinnesorgan Splitter und Bruchstücke unter der Haut ihres Schädels. Ich stupste Kimbas Körper mit den Pfoten vollends auf die Seite, um Kopf und Wirbelsäule zu untersuchen. Ein trockenes Knacken war zu hören. Deutlich konnte ich Verschiebungen erkennen, wo zwei Rückenwirbel das gescheckte Fell nach außen drückten. Jemand hatte ihr die Wirbelsäule gebrochen und den Schädel zertrümmert.

Geschockt hockte ich mich hin und betrachtete das stumpfe, gescheckte Fell der alten Schildpatt. Meine beste Freundin war ermordet worden. Meine Gedanken wirbelten durcheinander. Ich senkte den Kopf und drückte meine Stirn auf ihre Schulter.

Ein leichter metallischer Geruch drang von ihren Pfoten an meine Nase. Ich streckte meinen Kopf und schnüffelte intensiv an den Krallen. Blut und Hautpartikel konnte ich identifizieren – menschliches Blut und Haut.

Vorsichtig streckte ich die Zunge aus und schmeckte das Gewebe an Kimbas Krallen. Ich flehmte, um mir den Geruch einzuprägen.

Ich war mir sicher, dass ich ihn schon einmal gewittert hatte, aber ich konnte ihn im Moment keinem mir bekannten Zweibeiner zuordnen.

›*Sie muss den Feuermacher entdeckt und angegriffen haben*‹, dachte ich und blickte mich um.

Der Raum war bis zur Deckenhöhe gefliest, wie es den Hygienevorschriften für die Milchwirtschaft entsprach. Der große Tank war entfernt worden, nachdem die Böhnkes alles Rindvieh verkauft hatten.

An seiner Stelle war ein schweres Industrieregal an der Wand aufgebaut, auf dem verschiedene Kanister und Eimer gelagert waren, einige hatten eine stilisierte Flamme oder ein Totenkopfbild aufgedruckt. Was das zu bedeutet hatte, wusste ich von meinem Versorger Jonas.

Unter dem Regal reihten sich mehrere große Benzinkanister auf. Einer von ihnen stand ein wenig schräg und seine Kappe hing neben dem Ausguss. Ein leichter Benzolgeruch war in der Luft. Ich stand auf und ging zu dem Regal hinüber. Auf dem Boden vor dem Regal sah ich ein paar kleine Blutstropfen. Das Blut war schon eingetrocknet. Ich schnüffelte daran, aber der Spritgestank überdeckte alles, ich musste heftig niesen.

»Ach, hee böss dau«, rief Jonas-oben-mit-Helm plötzlich hinter mir. Er stand im Türrahmen zum Kühlraum und sah mich an. Dann entdeckte er die tote Katze auf dem Fliesenboden.»Oohje«, kam es überrascht unter dem Helm hervor, »dat och noch.«

Er ging zu Kimba und hockte sich neben sie.

Meine Gedanken rasten durch den Kopf; ich musste ihm unbedingt klarmachen, was hier in der Kammer passiert war. ›*Jetzt oder nie*‹, dachte ich und sprang auf ihn zu.

Ich stellte mich vor Jonas auf die Hinterpfoten und knurrte ihn lautstark an, mit den Pfoten schlug ich nach seinen Händen, die in dicken Handschuhen steckten.

»Jule, wat soll dat?« Erstaunt sah er mir in die Augen und zog die Hände zurück; so ein Verhalten kannte er nicht von seiner Katze.

Ich hockte mich hin und stupste die tote Kimba mit der Nase an, dann blickte ich Jonas direkt in die Augen und krallte erneut nach seinen Händen. Mit offenem Mund hockte Jonas-der-Löschknecht da und starrte mich verständnislos an. Ich maunzte laut mit offenem Maul und steckte meine Nase immer wieder in den gebrochenen Nacken meiner Freundin. Mehrmals zog ich meine Krallen über den festen Stoff der Handschuhe.

Da weiteten sich seine Augen, und langsam hob er seine Hände und zog die dicken Handschuhe aus. Er legte sie neben sich auf den Boden, kniete sich bequemer hin und beugte sich über die Schildpattkatze. Sachte tasteten seinen Finger durch das gescheckte Fell meiner Freundin. Ich hörte ganz leise die Knochenstücke knirschen.

»Verdammt …«, flüsterte Jonas. Er griff unter den Katzenkörper und hob Kimba ein Stück vom Boden hoch. Sofort fiel ihr Kopf nach hinten. Der Rücken lag mit einem unnatürlichen Knick in den großen Händen.

Der Feuerwehrmann legte die Katze wieder vorsichtig auf die Fliesen zurück und griff dann nach dem Mikro, das an dem Kragen seiner Einsatzjacke klemmte.

»Bolsdorf-49 an Einsatzleitung, kommen«, rief er in das Mikrofon hinein.

Ein kurzes Knacken kam aus dem kleinen Gerät: »Einsatzleitung hört.«

»Ich bin im alten Stall. Hier gibt es etwas sehr Merkwürdiges. Schick mir einen von der KTU hierher.«

»Verstanden, ich geb´s weiter. Kripo auch?«, quäkte die Stimme.

»Besser isses. Bolsdorf-49 Ende.«

Jonas sah sich eine Weile im Raum um und blickte mir dann fragend in die Augen. Jetzt hatte ich seine volle Aufmerksamkeit. Langsam erhob ich mich und ging zu dem Regal mit den Benzinkanistern. Immer wieder drehte ich meinen Kopf und maunzte meinen Versorger auffordernd an.

Diesen Blick kannte er schon von zu Hause, wenn ich vor der Kühlschranktür stand und mehr Futter wollte.

Er erhob sich.

»Okayokay, ich hab schon verstanden«, sagte er und kam mir nach. Vor den Kanistern blieb ich stehen und starrte die Blutstropfen auf dem Boden an. Ich senkte meine Nase zu ihnen herunter.

›*Also, deutlicher wird's nicht*‹, dachte ich ungeduldig und schaute zu Jonas auf.

Er hatte die kleinen Flecken entdeckt und beugte sich hinunter, seine Hand vorgestreckt. Als die Finger den Boden fast schon berührten, schlug ich meine Pfote auf seine Hand und hielt sie mit ausgefahrenen Krallen fest. Jonas stockte und rührte sich nicht, er starrte mich atemlos an.

Ganz sachte zog ich meine Krallen über den Handrücken, verletzen wollte ich ihn ja nicht, nur zeigen, was meiner Vermutung nach hier passiert war. Ich schnüffelte wieder am Boden und wendete meinen Kopf zu Kimba hin.

Der Feuerwehrmann atmete heftig aus.

»Scheiße, Jule«, mit großen Schritten war er bei der toten Katze und kniete sich schnell hin. Er nahm ihre Vorderpfoten in seine Finger und sah sich die Krallen genau an.

Er schnaufte laut durch die Nase, als er die Blut- und Hautreste an den Krallen entdeckte.

»Ist es das?«, fragte Jonas und sah mich an. »Willst du mir das zeigen?«

Ich gurrte laut auf. Er schüttelte den Kopf.

»Net zo fassen, dat glaubt mer doch kinne Sau«, murmelte er vor sich hin.

»Hallooho«, rief es draußen.

Ich hörte Schritte im Nebenraum und duckte mich sprungbereit hin. Schräg von mir unterhalb des Fensters lehnten ein paar alte Paletten an der Wand.

Mit drei Sprüngen war ich da und hatte ich mich hinter dem Stapel versteckt. Ich hockte mich hin und blinzelte durch die Bretter auf die Person in einer weißen Plastikhülle, die den Raum betrat.

»Wilbert vom Dezernat 33, euer Gruppenleiter sagt, Sie hätten etwas für mich?«

Die Stimme klang jung und hell. Ein Weibchen, stellte ich fest und sah mir das Gesicht, das der Ausschnitt der Plastikhülle freigab, genau an. Hellgrüne Augen blickten neugierig und bedauernd auf den Feuerwehrmann und die tote Katze hinab. Dann runzelte sie plötzlich die Stirn.

»Was ist denn mit der Katze passiert?«

»Jaa, das ist merkwürdig«, antwortete Jonas-der-Schwarze, »ich habe sie hier in der ehemaligen Milchkammer so vorgefunden.«

Er warf mir heimlich einen kurzen Seitenblick zu.

»Sie hat das Genick und die Wirbelsäule gebrochen. Und noch was: Unter den Krallen der Katze habe ich Blutreste und Hautfetzen gefunden, und da hinten bei den Kanistern sind Bluttropfen auf dem Boden.«

Die junge Frau stellte ihren Arbeitskoffer ab und holte zwei dünne Plastikhandschuhe aus einer Anzugtasche und streifte sie über die Hände.

»Was haben Sie hier angefasst?«, fragte sie in sachlichem Ton.

»Ähm, nur die Katze«, sagte Jonas schnell.

»Okay, bitte stehen Sie jetzt auf und gehen zwei Schritte beiseite«, sagte sie zu ihm, »ja, so. Danke«.

Sie kramte in ihrem Koffer und holte einen Fotoapparat heraus. In schneller Folge fotografierte die KTU die Kammer und die tote Kimba.

Ich verschloss meine Augen vor den Dutzenden Blitzen, die auf den weißen Fliesen noch reflektiert und verstärkt wurden. Als das Klacken der Kamera verstummt war, öffnete ich meine Augen und sah, wie die

Kriminaltechnikerin eine von Kimbas Pfoten hochhielt und mit einer Lupe die Krallen anstarrte. Sie legte die Lupe wieder zurück und holte zwei kleine Beutel aus ihrer Tasche, die sie der Katze über die Vorderpfoten streifte und mit Pflaster fixierte.

Als Nächstes faltete sie ein großes Stück Folie auf dem Boden aus und legte Kimba vorsichtig darauf. Mit wenigen Handgriffen hatte sie die alte Schildpattkatze in der Folie verpackt.

Mein Herz klopfte heftig gegen die Rippen und ich zitterte in meinem Versteck. Mir wurde plötzlich klar, dass ich hier zum letzten Mal meine beste Freundin sehen würde. Ein leises Winseln stieg mir die Kehle hoch. Jonas musste es gehört haben, denn er machte einen Schritt seitwärts, sodass er der KTU den Blick auf den Palettenstapel versperrte, und fragte: »Was passiert mit der Katze nach Ihrer Untersuchung?«

»Normalerweise übergeben wir sie der Tierverbrennung«, antwortete sie.

»Die Böhnkes hatten aber sehr an ihr gehangen«, sagte er leise, und als sie den Feuerwehrmann ansah, kam es zögerlich: »Ich könnte Ihnen vielleicht Bescheid geben, wenn Sie sie abholen möchten.«

Jonas entspannte sich ein wenig: »Ja, das wäre sehr freundlich.«

»Wo, sagen Sie, ist das Blut auf dem Boden?«

Schnell stand sie auf und griff nach ihrem Koffer.

»Da vorne«, Jonas wies mit dem Arm auf die Stelle vor dem Regal hin, und als sich die junge Frau dahin abwendete, wedelte er hinter seinem Rücken mit der anderen Hand hin- und her. Ein Zeichen.

Ich sollte verschwinden, und zwar schnellstens.

Auf leisen Pfoten huschte ich aus dem Versteck hervor, einen kurzen Moment verharrte ich bei dem unförmigen Plastikpaket, das meine Freundin verbarg. Dann war ich mit zwei Sätzen um die Ecke verschwunden.

Als Jonas später aus dem alten Stall trat, sah er Christian Böhnke im Hof stehen. Der Sohn der Böhnkes war im Eiltempo von Frankfurt hergefahren. Willi Henckels legte ihm gerade die Hand auf die Schulter. Christian hatte den Kopf gesenkt und eine Hand bedeckte seine Augen. Langsam ging Jonas auf die beiden zu.

»Tut mir sehr leid, Chris«, sagte er zu ihm, »wir konnten ihnen nicht mehr helfen, glaub mir.«

Christian Böhnke und Jonas waren gemeinsam zur Schule gegangen. Sie hatten als Kinder miteinander gespielt und natürlich so manchen Streich ausgeheckt. Wurden sie er-wischt, bekamen die Buben auch gemeinsam den Hosenboden strammgezogen – von beiden Vätern.

Als Christian vor ein paar Jahren nach Frankfurt zog und sich mehr für schnelle Autos und laute Partys zu interessieren begann, lockerte sich das Verhältnis schlagartig. Der junge Mann schien sich plötzlich für seine provinziellen Wurzeln zu schämen. Jonas wunderte sich etwas über das überhebliche Auftreten seines alten Klassenkameraden.

Die wenigen Male, die Christian noch in die Eifel kam, um seine Eltern zu besuchen, reichten nicht mehr aus, um die Entfremdung zu überbrücken und an die alte Freundschaft anzuknüpfen. Trotzdem stand Jonas jetzt an Christians Seite, als dieser Trost brauchte. Willi Henckels nickte Jonas zu und ließ die beiden Männer allein. Er kannte die zwei von klein auf.

»Wie ist es passiert?«, fragte Christian mit zitternder Stimme.

»Genau wird das der Brandexperte herausfinden, verlass dich drauf.« Jonas legte den Arm um seinen alten Freund und schob ihn sachte ein paar Schritte zur Seite. Sie standen bei den Aufräumarbeiten im Weg. Die übrigen Feuerwehrleute rollten die Schläuche zusammen und waren dabei, alles wieder in die Einsatzfahrzeuge zu verstauen. Sie wollten so schnell wie möglich abrücken. Unter dem alten Apfelbaum blieben die Freunde stehen.

Jonas fuhr fort: »Das Feuer ist auf jeden Fall im Inneren des Hauses ausgebrochen, so viel konnten wir schon erkennen, wahrscheinlich im Flur«, er holte tief Luft, jetzt kam das Schwerste, »der Fluchtweg im Treppenhaus war ihnen damit versperrt, aber ich glaube, sie haben das schon nicht mehr mitgekriegt. Ich kann es nicht genau sagen, weil das erst durch die Obduktion herauskommen wird, aber ich vermute, dass sie schon an dem Rauch erstickt sind, bevor das Feuer den oberen Stock erreichte.«

Es war nur ein schwacher Trost, das wusste Jonas.

Christian stand mit bebenden Schultern daneben, Tränen liefen ihm über die Wangen. Er verschränkte seine Hände und zupfte immer wieder an einer Manschette seines Hemdes.

»Der wievielte Brandanschlag ist das jetzt schon?«, fragte er, und Jonas musste kurz schlucken: »Der vierte, möglicherweise der fünfte. Bei der Landtechnik haben sie die Tage Benzinspuren hinter der Halle entdeckt. Kann sein, dass der Brandstifter da gestört wurde. Gott, das hätte was gegeben, bei den vielen Altreifen da.«

»Und warum ist er denn noch nicht gefasst?« Böhnkes Stimme klang etwas gereizt und er blickte sich misstrauisch um, als wenn er den Täter unter den Nachbarn vermutete, die um das zerstörte Bauernhaus standen. Früher oder später stellte jeder Angehörige diese Frage, wusste Jonas und hatte Verständnis für den Zorn, der ein Ziel suchte, aber keines fand. Er wies mit dem Zeigefinger auf die beiden Kriminalbeamten Wolf und Diesel, die auf dem Hof die Feuerwehrmänner befragten.

»Sie kennen das Motiv nicht und daher wissen sie auch nicht, nach wem sie suchen sollen«, erklärte er.

»Kann man das Haus betreten?«, fragte Christian plötzlich. Jonas schüttelte den Kopf: »Erst muss die Spurensicherung mit dem Brandexperten durch und danach der Statiker. Es muss sichergestellt werden, dass der alte Kasten nicht einstürzt.«

Böhnke nickte kurz.

»Vorerst kommt da keiner rein. Das ist ein Tatort, und die Polizei wird das Haus versiegeln«, führte Jonas weiter aus. Christian starrte sichtlich verstimmt zu Boden.

»Und wie lange wird das dauern?«, fragte er aggressiv.

Jonas hob die Augenbrauen: »Das kann ich dir nicht sagen. Ich nehme an, solange die Ermittlungen laufen, frag die Kripo.«

Jonas wusste nicht, woher seine plötzliche Anspannung kam, aber ihm wurde bewusst, dass ihn etwas schon die ganze Zeit irritierte. Er beobachtete still seinen Freund, der nervös die Hände bewegte und immer wieder einen Hemdärmel herunterzog. Christian sah immer noch missmutig an ihm vorbei zu der Ruine hin. Jetzt fiel Jonas auf, dass ihn sein Freund kein einziges Mal direkt angeblickt hatte. Er hatte ihm nicht einmal in die Augen schauen können, erinnerte er sich. Jonas spürte in dem Moment ein Kribbeln im Nacken.

›Unsinn‹, dachte er und schalt sich selber einen Dummkopf. ›Wie hätte er das schaffen sollen, die weite Strecke zweimal in einer Nacht hin und zurück? Und warum hätte Christian jedes Mal von Frankfurt aus hierher fahren sollen, um Heuballen und Scheunen anzuzünden?‹ Jonas sah keinen Sinn darin und verdrängte den Gedanken.

»Herr Böhnke?«, fragte eine dunkle Stimme. Sie drehten sich um und sahen Oberkommissar Wolf vor sich stehen. Er blickte Christian direkt an, und als dieser nickte, fuhr er fort: »Mein Beileid, es ist wirklich schrecklich, was mit Ihren Eltern passiert ist.«

Christian senke den Kopf und neue Tränen traten in seine Augen.

»So leid es mir tut«, sprach Wolf weiter, »aber ich muss Ihnen ein paar Fragen stellen.«

»Muss dass denn jetzt sein«, schluchzte Christian, »ich bin doch gerade erst gekommen. Aus Frankfurt.«

Er hielt sich mit beiden Hände die Augen zu und weinte. Dabei verschoben sich die Hemdmanschetten ein wenig. Jonas bemerkte auf dem rechten Unterarm zwei hellrote, dünne Streifen. Ganz tief in seinem Kopf gab es ein Klack, als wenn etwas einrasten würde.

›War das wichtig?‹, fragte er sich. Gebannt starrte er auf die Kratzer. Dann fiel ihm die tote Kimba im alten Stall wieder ein, und was er mithilfe seiner eigenen Katze herausgefunden hatte. Sein Herz begann zu rasen und es wurde ihm heiß und kalt zugleich.

Doch nicht mein alter Freund, dachte Jonas und überlegte blitzschnell, wie das alles zusammenpasste. Gar nicht, widersprach er sich sofort in Gedanken, du irrst dich. Trotzdem blieb ein bohrendes Gefühl zurück. Jonas war verwirrt und wusste einen Moment nicht, wie er sich verhalten sollte, dann gab sich einen Ruck.

»Hast du dich da verletzt, Chris?«, fragte er seinen Freund und zeigte auf die Kratzspuren. Böhnke nahm erschrocken die beiden Hände vom Gesicht und schob die Manschette wieder über das Handgelenk. Endlich blickte er ihn direkt an und für einen kurzen Augenblick war das Gesicht nackt und frei von jeder Maskerade. Jonas sah in den Augen den ängstlichen und ertappten Ausdruck, den er schon aus Kindertagen kannte, wenn Christian etwas angestellt hatte. Dann war der Moment vorbei und Böhnke beschirmte mit der unverletzten Hand wieder seine Augen. Neue Tränen liefen über die Wangen.

»Das ist nichts«, heulte er, »meine Freundin hat eine verspielte Katze.«

»Ich würde mir das gerne ansehen«, sagte Jonas. »Die Wunde sollte gereinigt werden. Wir können das auch verbinden, wir haben alles dabei.«

Das Weinen geriet ins Stocken.

»Danke, das ist wirklich nicht nötig. So schlimm ist es nicht«, sagte Christian leise und deutlich. Christian Böhnke wurde immer sehr präzise in seiner Aussprache, wenn er wütend war, erinnerte sich Jonas. Ihm wurde ganz flau im Magen, als er die Wahrheit erahnte, und holte tief Luft. Dann wandte er sich an den Polizisten, der neben beiden gestanden hatte und dem Austausch sehr interessiert gefolgt war.

»Ich habe in der alten Milchkammer die tote Katze der Familie gefunden. Sie hat das Rückgrat gebrochen und unter ihren Krallen befinden sich Blutspuren und Hautreste. Ihre KTU hat sie zur Untersuchung mitgenommen.«

Bei dem letzten Satz blickte er Christian Böhnke direkt an und sah, wie dieser noch blasser wurde. Ein gehetzter Ausdruck trat in seine Augen. Sigi Wolf sah das auch. Der Polizist reagierte sofort und fasste Böhnke fest an seinem Arm.

»Ich denke, ich kann Sie genauso gut in unserem Büro befragen«, sagte der Kommissar.

Der Ausstatter des Verhörzimmers hatte wohl zu viel Tatort-Sendungen gesehen, denn das Zimmer in der Polizeiinspektion Daun glich bis auf den Papierkorb genau dem Fernseh-Klischee. Christian Böhnke saß am Tisch in der Mitte des Raumes. Ihm gegenüber hatten Polizeioberkommissar Sigmund Wolf und seine Kollegin Sybille Diesel Platz genommen. Einzig die Kassettenrekorder früherer Zeiten waren durch digitale Aufnahmegeräte ersetzt worden. Zwei Videokameras, unter der Decke angebracht, nahmen jede Bewegung des Verdächtigen auf. Das Videosignal wurde in einen Nebenraum geleitet, der durch einen transparenten Spiegel vom Verhörraum getrennt war und in dem die Aufzeichnungssysteme standen. Kevin Leimann bediente die Technik und schaute durch das Glas zu den drei Menschen hinüber.

Seit einer Stunde versuchten seine beiden Kollegen dem Verdächtigen ein paar Antworten zu entlocken. Bisher vergebens. Christian Böhnke lehnte sich betont entspannt im Stuhl zurück. Noch fühlte er sich sicher. Auf dem Börsenparkett in Frankfurt hatte er schon ganz andere Krisen überstanden, was sollten ihm die beiden Provinzpolizisten da schon groß wollen, dachte er.

»Waren die anderen Brände nur das Vorspiel? Haben Sie die Heuballen und Scheunen angesteckt, damit wir hier nach einem Serienbrandstifter suchen und andere Spuren vernachlässigen?«, fragte jetzt Sybille Diesel.

»Ich habe Ihnen vorhin schon einmal gesagt, dass ich mit der Brandserie nichts zu tun habe«, antwortete Böhnke.

»Aber mit dem Mord an Ihren Eltern«, warf Sigi Wolf schnell ein.

»Nein, auch das nicht«, sagte Christian Böhnke. »ich war in meiner Wohnung in Frankfurt und bekam dort einen Anruf, aus dem ich erfuhr, dass mein Elternhaus brennen würde. Ich bin sofort losgefahren.«

Es klopfte an der Tür. Sybille Diesel stand auf und öffnete. Ihr Kollege Leimann bat sie, kurz mitzukommen, und sie schloss die Tür hinter sich. Als sie wieder in das Verhörzimmer kam, gab sie Sigi Wolf ein Blatt Papier zu lesen und wendete sich dann direkt an Böhnke.

»Es ist richtig, dass Ihre Festnetznummer in Frankfurt angewählt wurde. Aber von dort haben Sie eine Weiterleitung auf Ihr Handy eingerichtet. Den Anruf hätten Sie überall erhalten können«, sagte sie triumphierend, »Es ist also gar nicht gesagt, dass Sie in Ihrer Wohnung waren.«

»War ich aber, und etwas anderes lasse ich mir von Ihnen auch nicht einreden!« Böhnke verlor allmählich die Geduld. Seit einer Stunde setzten sie ihm zu. Es wurde mühsam, den Ablauf, den er sich eingeprägt hatte, aufrechtzuerhalten. Verzetteln durfte er sich nicht in der Geschichte, die er den beiden Polizisten aufgetischt hatte.

Er musste weiterhin den coolen Macher geben. So wie an der Börse, wo man ihm den Spitznamen „Iceman" verliehen hatte. Er war selbst dann cool geblieben, als ihm an einem einzigen Tag sein Hedgefonds um die Ohren flog und ins Bodenlose abstürzte. 85 Millionen Euro, mal eben weg. Und sein eigenes Geld, das er heimlich über andere Kanäle da reingesteckt hatte, mit ihm. Danach war er öfter in die Eifel gefahren, um seine Eltern zu besuchen. Aber alles Reden hatte nichts genutzt, sein Vater war nicht bereit, ihm Geld zu leihen. Stattdessen solle er zurückkommen, sagte er, und die Landwirtschaft wieder aufbauen. Das wäre etwas Solides!

»Die Frankfurter Kollegen haben in Ihrer Wohnung übrigens ein paar interessante Unterlagen gefunden.« Diesel versuchte jetzt von einer anderen Seite, die steinerne Maske Böhnkes aufzubrechen. »Es scheint, als hätten Sie sich 2009 an der Börse ziemlich verzockt und nun enorm hohe Schulden.«

Sie beobachtete jede Regung in dem Gesicht des Mannes, das plötzlich sehr blass wurde.

»Ihre Wohnung in Frankfurt ist kurz vor der Zwangsversteigerung. Demnächst stehen Sie auf der Straße. Wussten Ihre Eltern davon?«, fragte sie weiter.

»Sie haben einfach so meine Wohnung durchwühlt?«, fragte Christian Böhnke heiser. »Mein Anwalt wird sich freuen, Sie zu filetieren!«

Sigi Wolf schaute kurz von dem Blatt auf und schnaubte durch die Nase. Dann sagte er: »Oh, keine Sorge, den Durchsuchungsbeschluss legen wir ihm gerne vor.«

Der Kommissar legte das Blatt mit der bedruckten Seite nach unten auf die Tischplatte und faltete seine Hände darüber.

»So, und jetzt noch mal von vorne«, sagte er bedächtig, »Wir wissen, dass Sie Ihre Eltern umgebracht haben. Aber warum haben Sie die drei anderen Brände gelegt?«

Christian Böhnke hatte sich wieder unter Kontrolle und verdrehte possenhaft die Augen.

»Ich habe weder Brandstiftung noch Mord begangen. Glauben Sie das oder nicht. Ich will meinen Anwalt hier haben, und zwar ASAP[17]«. Er verschränkte die Arme vor seiner Brust.

Die Hemdmanschette verrutschte und zeigte wieder die verdächtigen Kratzer auf seinem Unterarm. Ein verkrusteter Blutstropfen klebte auf der Haut.

›Der muss neu sein‹, dachte Sybille Diesel ›in Bolsdorf war das Hemd noch sauber gewesen.‹ Sie starrte sekundenlang auf den Fleck. Dann hob sie den Kopf.

»Herr Böhnke, Sie haben sich geweigert, freiwillig einen DNA-Test zu machen. Aber ich sage, dass wir Ihnen dennoch hundertprozentig nachweisen werden, dass Sie heute Nacht am Tatort waren, und zwar anhand Ihrer DNA.«

Die Kommissarin lächelte grimmig.

»Ich muss mich für meinen Kollegen hier entschuldigen.« Sybille legte ihren Arm um Sigi Wolf und fuhr fort: »Er ist wirklich manchmal etwas unsanft im Umgang mit seinen Handschellen. Es tut mir ja so leid, dass Ihre Verletzung am Arm beim Anlegen wieder angefangen hat zu bluten.«

Die Augen des Tatverdächtigen weiteten sich vor Schreck, sein Gesicht wurde kalkweiß. Sybille Diesel leckte sich kurz mit der Zunge über die Lippen.

»Was meinen Sie? Wie lange wird das Labor wohl brauchen, um Ihre Blutspuren an den Handschellen mit denen zu vergleichen, die wir unter den Krallen der toten Katze gefunden haben?«

---

17 As soon as possible

Jonas saß am Küchentisch und las den Trierischen Volksfreund. Gleich auf der Titelseite prangte in großen Lettern: „Feuerteufel der Eifel gefasst“, Reportage von Oliver Trust. Auf Seite drei berichtete die Zeitung ausführlich über die Verhaftung von Christian Böhnke und die Pressekonferenz. Die Beweise, so die Polizei, waren erdrückend. Nachdem die Kripo den Tatverdächtigen damit konfrontiert hatte, war er zusammengebrochen und hatte ein Geständnis abgelegt. Einzig die Brandanschläge, die dem Mord an dem alten Ehepaar aus Bolsdorf vorangegangen waren, wurden von dem mutmaßlichen Straftäter hartnäckig bestritten. Ein großes Foto zeigte Christian in Handschellen auf dem Weg zum Haftrichter.

Jonas war immer noch geschockt, dass sein Kumpel aus Kindertagen zum Mörder geworden war. Er konnte den Wandel von einem übermütigen, aber anständigen Kerlchen zu einem gierigen und gewissenlosen Verbrecher nicht verstehen.

Auch seine Freunde und Nachbarn in Bolsdorf waren entsetzt über die plötzliche Wende in dem Drama. Niemand hätte dem Sohn der Böhnkes eine solche Tat zugetraut.

»Gott sei Dank ist es jetzt wenigstens vorbei«, meinte seine Frau Marieke zu ihm. Sie stand an der Spüle und schnibbelte die Bohnen für das Mittagessen.

›Ist es das?‹, fragte sich Jonas. Er war gestern noch mal alle Brandstellen abgefahren und hatte sich dort umgesehen. Eine innere Stimme sagte ihm, dass irgendwas nicht zusammenpasste. Aber so sehr er sich umschaute, er entdeckte nichts Neues.

Am Nachmittag hatte er ein langes Gespräch mit dem Brandexperten gehabt, der die Untersuchung leitete, und von ihm erfahren, dass es doch ein paar Unterschiede im Ablauf der Brände wie auch bei den Brandbeschleunigern gab. Während die ersten drei Brandanschläge alle übereinstimmend waren, wich der letzte vom Muster ab.

»Naja, das KANN bedeuten, dass es um zwei verschiedene Täter geht. Muss es aber nicht«, sagte der Experte zu Jonas. »Die Kollegen von der Kripo bezeichnen Böhnke als sehr intelligent und listenreich. Es ist ja nicht auszuschließen, dass er die Brandserie gelegt hat, um den Verdacht auf einen anderen zu lenken. Und er hat für alle vier Brandanschläge kein Alibi. Angeblich war er zu Hause.«

Für ein paar Sekunden war es still am Telefon, dann sprach er weiter: »Aber genauso gut ist die Möglichkeit, dass wir es tatsächlich mit zwei verschiedenen Personen und Motiven zu tun haben. Es ist zum Mäusemelken«, seufzte der Experte auf, »ich trau mich kaum, das zu sagen. Aber ich denke, genau werden wir es erst wissen, wenn ein neuer Brandanschlag passiert. Tut mir leid.«

Jonas hatte betroffen den Telefonhörer aufgelegt.

Er schlug die Zeitung zu und stand vom Tisch auf. Durch die Terrassentür ging er nach draußen in den Garten und blickte sorgenvoll zu den Häusern und Gärten in seiner Nachbarschaft. ›Ist es wirklich vorbei?‹, fragte er sich.

Das Ende des Sommers

Daniela lief in die Nacht hinein. Dicke Wolken bedeckten den Himmel und schluckten das Licht der Sterne. Die Wolkenberge hingen so dicht und tief, dass man den Eindruck hatte, sie mit den Fingern berühren zu können. Die Luft fühlte sich feucht auf der Haut der jungen Frau an. Den ganzen Tag hatte diese Gewitterschwüle über dem Tal wie eine Glocke gelegen und die Menschen reizbar gemacht. Jeder Nachbar stöhnte unter dem drückenden Klima und sehnte sich nach einem kühlen Regenguss. Die Anspannung der letzten Wochen und die vielen Brände hatten an den Nerven der Menschen gezehrt, und so manche Auseinandersetzung aus nichtigem Anlass war zu einem richtigen Streit ausgewachsen.

Dann das große Entsetzen, dass „einer von uns" mit Feuer seine Eltern umbrachte, weil er in seiner Geldgier alles verloren hatte und keine Rücksicht mehr kannte. Lange Zeit waren die Dorfbewohner nicht über den Schock hinweggekommen. Die Beerdigung des alten Ehepaares auf dem kleinen Dorffriedhof war unheimlich still gewesen. Jeder fühlte das gleiche Grauen in sich.

Daniela erreichte die Felder und beschleunigte ihren Lauf. Sie sah eine Katze auf dem Acker rennen.

›Auf Mäusejagd‹, dachte sie und bog ab zu einem schmalen Feldweg, der nach ein paar Meter steil bergan ging.

Sie wollte auf die Pees[18] hinauf, mit 415 m der höchste Punkt von Bolsdorf. Schon vor langer Zeit hatte sie beim Joggen dort oben einen großen Holzstapel mit Kaminholz entdeckt, der zum Trocknen lagerte.

Es gehörte einem Freund ihres Mannes, der Jonas hieß. Er war gelernter Schreiner und hatte auch ihr Bett, das sie in einem Wutanfall zertrümmert hatte, wieder repariert. Seine Frau – Marieke hieß sie, erinnerte sich Daniela – hatte sie ein paar Mal angerufen und zum Kaffeetrinken eingeladen. Aber alle Versuche, die einsame junge Frau in das Dorfleben zu integrieren, prallten an ihr ab. Die Ausschließlichkeit ihrer Sehnsucht nach Peter ließ für andere Menschen keinen Raum. Dass man ihren Mann mit Gewalt von ihr fernhielt und sie über den Schock ihr Baby verloren hatte, hatte die letzten Wälle der Selbstkontrolle ihrer Psyche niedergerissen.

Das Borderlinesyndrom, unter dem sie seit Langem litt, war zur Psychose geworden.

Immer wieder war sie in den letzten Wochen den Hügel hinauf gelaufen, hatte sich eine Weile zu dem alten Steinkreuz gesetzt und die Landschaft betrachtet. Das Kreuz war von einem Soldaten errichtet worden für ein Gelübde, das er im Zweiten Weltkrieg abgelegt hatte, mit der Bitte, diesen Wahnsinn zu überleben. Die Aussicht von hier oben war fantastisch.

Danielas Gedanken waren jedes Mal über die wellige Formation der Vulkaneifel hinaus zu der kargen und steinigen Gebirgswelt Afghanistans gewandert, wo ihr Mann gefangen war.

18 Piesberg, im Volksmund »Pees«

»Mach eine Kerze an, damit ich den Weg nach Hause finde«, hatte er lächelnd zum Abschied gesagt. Jeden Abend seit vier Monaten stellte sie eine Kerze auf das Fensterbrett zu Hause und zündete sie an. Und seit ein paar Wochen zündete sie auch größere Feuer an, die vielleicht besser zu sehen waren, so hatte sie gehofft. Aber die Heuballen und Scheunen, die in Flammen aufgegangen waren, hatten nie gereicht. Ihr Mann war immer noch ein Gefangener. Sie brauchte endlich ein Licht, das hell genug war, damit Peter den Weg zu ihr nach Hause finden würde.

Sie sah eine weitere Katze, die parallel zum Feldweg den Hügel hinauf spurtete. Daniela achtete nicht weiter auf sie und lief, bis sie oben angekommen war. Außer Atem erreichte sie den Holzstapel. Sie hatte nicht nur ihr eigenes Gewicht, sondern auch einen schweren Rucksack den Hügel hinauf geschleppt. Nervös blickte sie sich um, ob sie allein war. Aber in der Dunkelheit konnte sie nichts anderes ausmachen als ein leises Rascheln in den Sträuchern hinter dem Lager. Ihr war, als hätten sie dort kleine glühende Punkte angesehen. Sie schüttelte den Kopf, als wollte sie die lästige Ablenkung damit loswerden, und blickte zum Tal hin.

Aus Richtung Dockweiler erhellten kurze Blitze die tief hängenden Wolken, ein fernes Grollen kündigte ein Gewitter an. Auch der Wind frischte hier auf dem Hügel ein wenig auf. Für einen Augenblick schloss Daniela die Augen und genoss die kühle Brise an ihrer schweißnassen Stirn.

›Besser geht's nicht‹, dachte sie. ›an diesem Feuer ist halt ein Blitzschlag schuld.‹

Das Holzlager war über fünfzehn Meter lang und der Stapel reichte ihr bis zum Hals. Die Meterstücke waren sauber übereinandergestapelt, sie sollten bis zum nächsten Winter trocknen und dann als Brennmaterial für die Heizung von Jonas' Familie dienen.

Daniela nahm den Rucksack von den Schultern und öffnete ihn. Sie holte den fünf Liter Kanister, den sie mit Sprit gefüllt hatte, und schraubte den Verschluss ab. Langsam fing sie an, das Benzin über die Holzstücke zu verteilen.

Sie hielt den Atem wegen der Benzoldämpfe an. Als sie auch den letzten Tropfen ausgeschüttet hatte, verschloss Daniela den Kanister und verstaute ihn wieder in ihrem Rucksack.

Lautes Fauchen hinter ihrem Rücken ließ sie erschrocken zusammenzucken. Sie fuhr herum und sah sich drei Katzen gegenüber, die sie mit gesträubtem Fell aus glühenden Augen anfunkelten. Die Mäuler waren weit aufgerissen und spuckten wütendes Fauchen und Schreien aus.

Aufgeregtes Geschrei und Gemaunze alarmierte mich auf meiner nächtlichen Streife durch das Dorf. Rasend schnell verbreitete sich unter den Dorfkatzen die Nachricht von den Garagen- und Scheunendächern über hohe Mauern zu den Bäumen.

Die Wächter auf ihren Aussichtspunkten riefen sich gegenseitig zu, dass der Feuerteufel wieder umging. Ich hörte die zornigen Rufe am Waldrand, wo ich patrouillierte, und rannte sofort los durch die Dorfgassen. Auf meinem Weg kamen immer mehr Katzen hinzu, die sich anschlossen, und als wir die Dorfmitte erreichten, hatte die Gruppe schon eine stattliche Größe erreicht.

Cäsar, der große Kartäuserkater, kam die Dorfstraße Am Berg heruntergelaufen und rief schon von Weitem: *»Sie ist zur Pees.«*

Wir bogen ab, an Schreibers Landtechnik vorbei und rasten, was die Pfoten hergaben, über die Felder auf den Aussichtspunkt zu. Ich ahnte, was die Brandstifterin vorhatte, und mir sträubten sich die Nackenhaare. Natürlich wusste ich von dem großen Holzlager, ich hatte meinem Versorger Jonas oft genug dabei zugesehen, wenn er das Meterholz spaltete und übereinander schichtete. Es würde schwer sein, dort ein Feuer zu löschen, es gab ringsum keinen Hydrantenanschluss, und das abfallende Gelände würde es den Einsatzfahrzeugen nicht einfach machen.

Am Fuß des Hügels sah ich weitere Katzen, die zur Anhöhe hinauf liefen. Schemenhaft konnte man die Umrisse des Holzstapels sowie eine schlanke Gestalt erkennen, die sich davor bewegte.

Jonas hatte in der Nacht keinen Schlaf gefunden, war gegen halb drei Uhr leise aufgestanden und in die Küche gegangen, um sich ein Glas Wasser zu holen. Durstig trank er ein paar Schluck, als er von draußen lautstarkes Katzengejammer hörte. Er seufzte auf, ging mit dem Glas zur Terrassentür, öffnete sie und trat auf die Veranda.

Aus dem ganzen Dorf hörte er Gemaunze und langgezogene Schreie von Katzen. Vereinzelt mischte sich auch das Bellen von ein paar Hunden darunter, die durch den Krach aufgewacht waren. Alarmiert stellte Jonas das Glas auf dem Gartentisch ab und ging ein paar Schritte weiter in den Garten. Er wollte herausfinden, was die Tiere so in Aufregung versetzt hatte.

Daniela Henning sah um sich herum weitere Bewegungen von allen Seiten auf den Hügel zukommen. Sie kniff die Augen zusammen und erkannte in den schemenhaften Gestalten noch mehr Katzen. Ein Schauer kroch ihr den Rücken entlang. Was sie zuerst verwirrt hatte, versetzte sie immer mehr in Angst. Es dämmerte ihr, dass die Katzen ihr Vorhaben möglicherweise vereiteln wollten. Sie sprang auf die vordersten Tiere zu und versuchte sie zu verscheuchen.

»Lasst mich in Ruhe«, schrie sie und fuchtelte wild mit den Armen. Die drei Katzen stoben auseinander, liefen aber in einem Bogen geduckt wieder auf sie zu. Inzwischen erreichten andere Katzen das Holzlager, und so schloss sich der Kreis um Daniela allmählich.

Panik erfasste sie, als sie sah, dass noch mehr Katzen die Anhöhe hinauf gelaufen kamen. Sie konnte nicht länger warten.

Hastig holte sie aus ihrer Hosentasche die Streichhölzer hervor und hielt sie wie eine Trophäe hoch.

»Verschwindet!«, rief sie den Katzen zu, »sonst erwischt es euch!«

Jonas hatte die Schreie und Rufe der Dorfkatzen verfolgt und ausgemacht, dass sie alle aus der gleichen Richtung stammten, der Pees, wo er sein Holzlager hatte. Sein Herz stockte, als er erkannte, woher die Gefahr kam. Sein Brennholz sollte als Nächstes ein Raub der Flammen werden.

»Verdammder Driss«, fluchte er laut und rannte zurück ins Haus. Im Flur hockte der kleine schwarze Kater seiner Jule vereinsamt auf der Fußmatte, mit piepsig hohen Tönen lautstark nach seiner Mutter schreiend. Jonas blickte sich suchend um, konnte seine Katze aber nirgends entdecken. »Sorry, Kleiner«, sagte er zu ihm, »ich fürchte, ich weiß, wo sie steckt.«

Dann holte er ein Fernglas aus dem Garderobenschrank und stürmte die Treppe hinauf bis zum Dachboden. Eine einzige Glühbirne erhellte den Speicher, der vollgestellt war mit alten Möbeln, Töpfen, Skiern, Jonas' altem Kinderwagen, Kartons und sonstigen Pröll[19]. In dem schummrigen Licht stieß er sich die nackten Zehen an und hatte noch mehr Grund zum Fluchen.

Er riss das Dachfenster auf und blickte durch das Fernglas über die Dächer von Bolsdorf hinweg zu dem Hügel. Jonas drehte an der Scharfstellung, und als sich seine Augen an die Dunkelheit gewöhnt hatten, konnte er auf der Pees Bewegungen erkennen. Er sah eine menschliche Gestalt vor seinem Holzstapel hin- und herlaufen, aber auch viele kleine Gestalten am Boden, die sie umkreisten.

19 Gerümpel

Plötzlich blitzte ein winziges Licht auf und unmittelbar darauf fauchte eine große Stichflamme in den Himmel. Es hörte sich an, als würde die Pees explodieren.

Ich hatte mit den anderen Dorfkatzen im Schlepptau den Hügel erreicht und lief auf das Holzlager zu. Schon von Weitem sah ich, dass die junge Frau von den Katzen Tomtom, Lucky und Sheba gestellt wurde. Danielas dünner Körper war zu ihnen gebeugt und sie schrie sie an, ihre Bewegungen waren abgehackt und hektisch. Ich verlangsamte meine Schritte ein wenig, und die anderen Katzen holten rechts und links neben mir auf. Wir marschierten in einer gebogenen Linie auf die Gruppe zu. Ohne dass wir es abgesprochen hatten, wusste jede von uns, wo ihr Platz war. Es war, als wären wir alle ein Geist und ein Wille.

Angekommen, verteilten sich alle Katzen in einem weiten Kreis um das Lager herum. Wir hatten Daniela Henning umringt. Fassungslos, mit großen Augen, schaute die Frau uns an. Sie versuchte mit ein paar schnellen Schritten den Kreis zu durchbrechen, aber ein wütendes Fauchen schlug ihr entgegen. Zwei Katzen sprangen sie an und schlugen ihre Krallen nach ihr. Erschrocken sah Daniela auf die tiefen Kratzer an ihrer Wade und zog sich wieder an den Holzstapel zurück. Ich roch das Benzol über den Scheiten, und der Ekel und die Wut ließen mich würgen. Ich schluckte schwer und stieß dann ein schrilles Grollen aus, die anderen stimmten mit ein. Es war ein schauerliches Konzert, das weit in das Tal hineinschallte.

Daniela sah sich nervös um, sie wurde hektisch, weil sie keine Zeit mehr zu verlieren hatte. Ich sah, wie sie in ihrer Hosentasche kramte und ein Paket Streichhölzer hervorholte. Sie hielt sie mit ausgestrecktem Arm hoch und drohte uns damit. Dann nahm sie ein Streichholz heraus und ratschte es an dem Päckchen entlang. Ein Flamme entzündete sich sofort, und Daniela warf das brennende Streichholz in den Holzstapel hinein.

Dort, wo die kleine Flamme auf die Benzoldämpfe traf, explodierte sofort ein Feuerball. Die Flammen schienen aus den Holzstücken herauszuwachsen. Fauchend verbreitete sich das Feuer über den ganzen Stapel.

Vom Zentrum aus fegte die Hitzewelle über uns hinweg, und wir duckten uns auf den Boden, die Krallen sprungbereit in den Boden gedrückt.

Daniela wollte vor dem Feuer weggelaufen, aber ich griff sie zusammen mit Cäsar an und hinderte sie an der Flucht. Ich schnellte meinen Körper nach oben, sprang ihr die Brust hoch und krallte mich tief in ihren Schultern und ihrem Hals fest. Der schwere Kartäuserkater tatzte ihr zwischen die Beine, dass sie ins Stolpern kam.

»Lasst mich«, schrie die junge Frau panisch auf, packte meinen Körper und schleuderte ihn von sich. In der Luft drehte ich mich und landete sicher auf meinen Pfoten. Ich lief wieder auf meinen Platz, und wir schlossen erneut den Ring.

Zwanzig mandelförmige Augenpaare rings um den brennenden Holzstapel beobachteten jede ihrer Bewegungen. Der kleinste Versuch, eine Lücke zur Flucht zu nutzen, wurde sofort mit wütendem Knurren und Krallenschlagen beantwortet.

Im Tal erschallte der Alarmton der Sirene.

Die fünfzehn Meter lange und sechs Meter hohe Feuerwand erhellte die Pees und warf ein weithin sichtbares Licht über das Bolsdorfer Tal. Das Feuer war gut bis nach Niederbettingen, Dohm-Lammerdorf, Oberbettingen und Hillesheim zu sehen.

Daniela sah, wie in Bolsdorf und den Nachbardörfern immer mehr Lichter angingen und die Menschen von dem Alarm wachwurden. In anderen Dörfern heulten ebenfalls Sirenen los. Endlich war ein Feuer von ihr so weit zu sehen, dass sein Schein über die Hügelkette hinaus trug.

War es hell genug? Konnte Peter das Licht sehen? Würde er endlich zu ihr zurückkommen? Sie zitterte vor Angst und Hoffnung.

Gleichzeitig wurde die Hitze hinter Daniela unerträglich und versengte ihr die Haut. Sie wollte sofort nach Hause laufen, aber jeder Versuch, von der Anhöhe zu fliehen, wurde von den Dorfkatzen mit Attacken beantwortet. Die Tiere hockten in ein paar Metern Entfernung und starrten sie angriffsbereit an. Jede noch so kleine Bewegung wurde aufmerksam registriert. Und sobald sich Daniela einen Meter von ihrer Position entfernte, hechtete einer der Katzen los und sprang sie an.

Inzwischen hatte sie tiefe Kratzer an Beinen, Armen und Rücken, Blut lief in Rinnsalen die Haut hinunter.

Sie hockte sich auf den Boden, weil hier die Hitze des Feuers noch am erträglichsten war.

Ihr gegenüber saß eine getigerte Katze mit weißer Brust und Pfoten und blickte sie unverwandt an. Die schräg gestellten grünen Augen hatten einen wilden Glanz und die junge Frau glaubte, so etwas wie Mordlust in ihnen zu erkennen.

›So sieht ein Jäger seine Beute an‹, dachte Daniela und trotz der großen Hitze lief ihr ein kalter Schauer über den Rücken.

Inzwischen war ganz Bolsdorf wach und auf den Beinen. Dunkle Gestalten rannten durch die Gassen auf den Dorfhügel zu. Vor dem Feuerwehrhaus bog gerade der Löschwagen um die Ecke und nahm Fahrt auf. Weißblaue Lichter blitzen auf seinem Dach.

Zwei Feuerwehrmänner hatten den Fuß der Pees erreicht und rannten keuchend den Hügel hinauf. Sie waren noch gut 200 Meter von der brennenden Wand entfernt und hörten schon das Fauchen und Knacken des Feuers.

Vor der Flammenwand sahen sie eine Person am Boden kauern und beschleunigten ihre Schritte.

»Jetzt kriegen wir das Schwein endlich«, schrie Mischa Bartels seinen älteren Kameraden Jonas an. Beide waren vom Brandmeister Willi Henckels vorausgeschickt worden. Andere Männer rannten mit dicken Schläuchen zur Werkshalle von Schreibers Landtechnik, um sie dort an den Hydranten anzuschließen.

Mischa und Jonas hatten jetzt die Wiese unterhalb der Hügelspitze erreicht und bogen links zum Holzplatz ab. Der junge Mischa Bartels war sehr sportlich und hatte schnell einen Vorsprung vor Jonas.

»Warte auf mich«, rief der hinterher.

Viele kleine Schatten huschten vom Feuer weg. Die Männer sahen, wie sie im hohen Gras und in den Büschen hinter dem brennenden Holzstapel verschwanden.

»Juuulee«, schrie Jonas. Aber im Nu waren die kleinen Schatten unsichtbar.

»Das ist ja eine Frau«, hörte Jonas den überraschten Ausruf von Mischa. Die beiden Feuerwehrmänner waren nur noch wenige Meter entfernt, und jetzt konnte auch Jonas die Gestalt am Boden erkennen.

»Daniela«, rief er geschockt aus.

Dass ausgerechnet die Frau seines Freundes Peter der Bolsdorfer Brandstifter war, hätte er nie vermutet. Er hatte das Drama um die Entführung des Soldaten in Afghanistan und die anschließende Fehlgeburt der jungen Frau aus der Nachbarschaft mitbekommen und sich bemüht, der Familie so gut es ging, beizustehen. Mehrmals hatten seine Frau Marieke und er versucht, Daniela auf einen Plausch oder zum Kaffeetrinken einzuladen. Aber alle Angebote waren vergebens, sie lächelte dann blass und ihr Blick ging in die Ferne.

»Neiiiin«, schrie Daniela jetzt auf, »verschwindet. Er muss doch das Licht sehen.«

Sie sprang auf und wendete sich zur Wiese hin. Mischa rannte in einem Bogen, um ihr den Weg nach unten zu versperren. Jonas war jetzt nah genug herangekommen und verlangsamte seine Schritte. Mit hoch erhobenen Händen kam er auf die junge Frau zu.

»Daniela, was meinst du damit?«

Er versuchte angestrengt, seine Stimme ruhig klingen zu lassen, was nach dem Sprint den Berg hinauf in voller Einsatzmontur und vor der Feuerwand sehr schwierig war.

»Du bist dumm. Er ist verschwunden, und das in einem Land, das er nicht mal kennt. Er weiß nicht, wohin er sich wenden muss, um nach Hause zu kommen.«

Jonas erkannte, dass sie von ihrem Mann sprach.

Daniela wendete dem Feuer ihr Gesicht zu und schloss für einen Moment die Augen.

»Er muss es sehen können, wo er doch so weit weg ist«, erklärte sie wie in Trance, »nur mit einem großen Licht findet er heim zu mir.«

Plötzlich war alles ganz leicht zu verstehen. Jonas sah den entrückten Ausdruck auf dem Gesicht der jungen Frau. Die Hitze des Feuers hatte ihre Haut schon sehr gerötet, aber sie schien gleichgültig gegenüber dem Schmerz zu sein.

Daniela sah ihn direkt an.

»Was willst du von mir?«, fragte sie misstrauisch und ruckte mit dem Kopf zwischen Mischa und ihm hin und her, »bleibt, wo ihr seid!«

Ablenken, schoss es Jonas durch den Kopf.

»Und wenn ich dir helfe? Er ist schließlich auch mein Freund!« In Danielas Augen flackerte ein wenig Interesse auf.

»Wie soll das gehen?«, fragte sie.

»Wir fliegen zusammen nach Afghanistan und suchen ihn selbst«, schlug er vor.

Im Augenwinkel bekam er mit, wie sein Kamerad Mischa etwas abrückte und versuchte, hinter Daniela zu kommen. Alarmiert riss sie den Kopf herum.

»Scheißkerl«, fauchte sie ihm zu.

Mischa sah sie angespannt an: »Daniela«, rief er und sah ihr eindringlich in die Augen, »du musst keine Lichter mehr anzünden. Das ist nicht mehr nötig, verstehst du? Es ist wirklich besser, wenn du zu Hause bleibst.«

Lag es an seinem beschwörendem Blick oder der Panik in seiner Stimme – was immer auch der Grund war, sie sah ihn an und ihre Augen weiteten sich entsetzt. Daniela öffnete den Mund zu einem unmenschlichen Schrei, sprang zurück und warf den Kopf hoch wie ein Tier, das Gefahr wittert. Ehe auch nur einer der beiden Männer reagieren konnte, war sie herumgewirbelt und sprang auf die Feuerwand zu.

»Neiiiiin«, schrien beide Feuerwehrmänner gleichzeitig und stürzten einen Schritt nach vorn. Weiter kamen sie nicht, weil das Risiko, selbst ein Flammenopfer zu werden, zu groß war.

Daniela rannte in vollem Lauf in den lodernden Holzstapel und schlug mit ihrem Schwung eine Bresche hinein. Mit hochschießenden Flammen und einem ohrenbetäubendem Knall krachten die brennenden Scheite herunter und polterten über ihren Körper hinweg.

Im Stolpern wurde sie unter dem zusammenbrechendem Stapel begraben. Funken stoben meterhoch in den Nachthimmel.

Die beiden Männer rannten weg, so schnell sie konnten. Nach ein paar Metern stoppten sie und drehten sich um. Die fünfzehn Meter lange Feuerwand hatte in ihrer Mitte eine Lücke mit einem zusammengefallenen Haufen. Einzelne Scheite waren gefährlich nahe an das Buschwerk gefallen, und das Feuer drohte auch noch darauf überzuspringen.

Entsetzt sahen die beiden Feuerwehrmänner zu den Flammen hin. Hier konnten sie nicht mehr helfen. Der Schock ließ Jonas‘ Schultern hängen, er beugte sich vor und stützte sich erschöpft mit den Händen auf seinen Oberschenkeln ab. Hinter sich hörte er das Löschfahrzeug heran rumpeln und weitere Männer, die die dicken Schläuche inzwischen bis fast an die Bergspitze heran verlegt hatten. Rufe und Kommandos überschallten nun das Prasseln der Flammen. Und nach kurzer Zeit fauchte der Wasserstrahl aus dem C-Rohr in einem Bogen auf den Brandherd zu.

Jonas spürte eine Hand auf seiner Schulter und sah seinen Einsatzleiter an der Seite stehen.

»Was ist passiert?«, fragte Willi Henckels sonore Stimme.

»Es war Daniela Henning«, sagte Jonas deprimiert und richtete sich langsam auf, »sie muss durchgedreht sein nach allem, was ihr und Peter passiert ist.«

Mischa platzte nervös heraus: »Ja, sie glaubte, Leuchtfeuer würden ihren Mann nach Hause führen. So etwas Verrücktes.«

Jonas fuhr den jungen Kameraden an: »Sag mal, was hast du dir eigentlich dabei gedacht? ‚Du musst keine Lichter mehr anzünden?‘ Das sei nicht mehr nötig?«

Er war wütend. Er hatte die grauenvolle Erkenntnis in Danielas Augen gesehen, sie musste geglaubt haben, dass ihr Mann längst tot war.

Mischa Bartels schaute verwirrt unter dem Helm hervor: »W-wieso?«

Der Einsatzleiter ging dazwischen: »Ruhig Blut, Jungens, das klären wir später.«

Jonas ließ die beiden stehen und ging schweigend zu den anderen Feuerwehrmännern. In der nächsten halben Stunde half er bei den Löscharbeiten. Sein Holz war in der Sommerhitze gut durchgetrocknet und somit ein leichtes Futter für die Flammen. Aber Massivholz brennt nicht so schnell durch. Und so waren die meisten der Scheite zwar geschwärzt oder bis in einen Zentimeter Tiefe angekokelt, aber nur wenige durchgehend verkohlt. Er würde die Hälfte seines Wintervorrates noch verwenden können.

Nach dem Löschen des Feuers legten die Feuerwehrmänner den übrigen Stapel mit Brechstangen flach. Vorsichtig begannen sie, den zusammengebrochenen Teil in der Mitte, der über Daniela gefallen war, Stück für Stück abzuräumen. Schon bald erkannten sie die geschwärzte Form eines sehr schlanken Menschen.

Einen Augenblick verharrten die Männer schweigend um den Haufen. Ohne, dass sie sich abgesprochen hatten, beteten sie spontan und jeder bekreuzigte sich. Dann legten sie die Leiche von Daniela Henning frei.

Als es hell wurde, war Daniela bereits in einem Metallsarg auf dem Weg in die Rechtsmedizin. Die Kommissare Wolf und Leimann standen mit Jonas und Mischa Bartels vor dem ehemaligen Holzstapel und hörten sich die Aussage der beiden an.

»Was im Kopf eines Menschen vor sich geht, stellt uns immer wieder vor neue Überraschungen«, meinte Wolf, während er sich Notizen machte. »Immerhin kann jetzt dieser Böhnke von dem Vorwurf der Brandstiftung entlastet werden. Aber für den Mord an seinen Eltern wird er selbstverständlich ins Gefängnis gehen.«

Seine Kollegin Sybille Diesel sprach unterdessen mit den Schwiegereltern der Selbstmörderin. Gisela und Alwis Henning waren von ihren aufgeregten Nachbarn geweckt worden. Es hatte sich wie ein Lauffeuer im Dorf verbreitet, dass ihre Schwiegertochter Daniela der Feuerteufel von Bolsdorf war. Schnell zogen sie sich an und rannten zur Pees hinauf. Aber sie kamen zu spät.

Jetzt hielt Alwis seine weinende Frau im Arm und blickte zu Boden. Den Mund hatte er zu einem dünnen Strich zusammengepresst. Er schämte sich zutiefst für die Katastrophen, die auf das Konto von Daniela gegangen waren. Die Schrecken, die seine Familie seit Wochen erlebte, hatten ihn stark altern lassen.

»War Ihre Schwiegertochter in psychiatrischer Behandlung?«, fragte Sybille Diesel die beiden.

Alwis schüttelte den Kopf, aber Gisela Henning stockte einen Augenblick.

»Der Arzt im Krankenhaus, als Daniela die Fehlgeburt hatte«, sie blickte kurz ihren Mann an, »er hatte gemeint, sie sollte besser in Behandlung gehen. Aber Daniela wollte nicht und wir haben sie nicht bedrängt.«

Erneut schluchzte sie auf. Der Gedanke, dass sie vielleicht alles hätten verhindern können, wenn sie den Zustand ihrer Schwiegertochter nur besser erkannt hätten, war zu viel für die Frau.

Die Kommissarin sah das und sagte: »Ich werde später noch einmal zu Ihnen kommen. Für den Augenblick ist das alles.«

Ein paar Tropfen klatschten auf ihr Gesicht. Überrascht blickte sie nach oben zu den tiefhängenden, grauen Wolken. Und, als wenn der Himmel seine Schleusen geöffnet hätte, fing es an, in Strömen zu regnen.

Oktober

»*Jetzt trödel nicht so rum, komm schon*«, rief ich meinem Sohn zu. Mit drei Monaten war der kleine Kater alt genug für einen Ausflug durch das Dorf, fand ich. Es wurde Zeit, ihn mit seiner Umgebung vertraut zu machen und ihm die besten Jagdreviere zu zeigen. Die Katzenschule begann.

Der aufregende Sommer war zu Ende. Nach einem verregneten September schien heute eine goldene Oktobersonne über der Eifel. Sie verzauberte alles mit ihrem weichen Licht, sodass die vergangenen Wochen allmählich ihren Schrecken verloren.

Ich hatte die Katastrophe auf der Pees von einem Busch aus beobachtet. Als die brennenden Scheite über

Daniela Henning zusammenbrachen und sie unter sich begruben, krallte ich meine Pfoten in der Erde fest. Mein Herz klopfte zum Zerspringen.

Ich spuckte ein peitschenknallähnliches Fauchen aus. Der Feuerteufel, der meine Kinder auf dem Gewissen hatte, starb selbst durch das Feuer. Ein Gefühl der Befreiung durchströmte mich und kribbelte mir bis in die Fellspitzen.

Ich drehte mich um und lief den Hügel hinunter. Unten angekommen, blickte ich in Richtung des verbrannten Heuschobers, in dem meine Familie gestorben war. Dann sah ich zu, wie das Feuer auf der Pees langsam unter dem Wasserstrahl der Feuerwehr erstarb. Ich wendete mich ab in Richtung Dorf. Mit hoch erhobenem Schwanz ging ich nach Hause.

In den nächsten Tagen erholte ich mich von den Strapazen und kümmerte mich ausgiebig um mein Junges. Ich hatte so viel nachzuholen. Albranco wuchs jetzt sehr schnell und wurde mit jedem Tag frecher. Ausgelassen tobte er durch das Haus, und vor seinen Streichen war niemand sicher.

»Dieser kleine schwarze Teufel«, schimpfte Marieke-Kochlöffel-Weitwerferin. Albranco hatte seine Pfote in die frisch geschlagene Sahne gesteckt, die auf dem Küchentisch stand und für den Sonntagskuchen vorgesehen war, und war dann blitzschnell davongerannt, als er beim Naschen erwischt wurde. Ich schleckte schon mal die Sahnespuren, die er bei seinem Sprint hinterlassen hatte, vom Boden ab.

»Der ist schlimmer als ein Hunne«, rief sie ihm hinterher. Jonas-oben-ohne-Fell lachte dazu: »Dann sollten wir ihm vielleicht den Namen Attila geben.«

»Nein. Dann schon besser so was wie Al Capone für den kleinen Gauner.«

Marieke-immer-noch-wütend blickte mich an: »Was meinst du, Jule?«

Ich gurrte zustimmend. ›*Al*‹, dachte ich, ›*wenn's denn sein muss. Immer noch besser als Felix oder Lucky.*‹

»*Al, wo bleibst du?*«, rief ich jetzt in der schmalen Gasse, die von der Margarethenkirche Richtung Kirchhof führt.

»*Jaja*«, kam es hinter mir. Ich verdrehte die Augen.

»*Ich weiß, was das heißt*«, knurrte ich leise. In leichtem Trab kam er heran gelaufen und stoppte neben mir. Die grünen Augen, mit denen er mich ansah, waren eindeutig von mir.

»*Wir gehen in den Wald zum Jagen, aber vorher besuchen wir noch eine alte Freundin von mir*«, verkündigte ich und bog ab zum alten Böhnkes-Hof, der jetzt eine verkohlte Ruine war. Ich dachte an Christian Böhnke, den Sohn, der zum Mörder geworden war. Jonas-oben-ohne-Fell hatte in der Zeitung gelesen, dass in der kommenden Woche der Gerichtsprozess beginnen sollte.

Ich ging direkt auf den Apfelbaum zu.

»*Wo ist denn deine Freundin?*«, fragte mein Sohn neugierig und blickte sich suchend um.

»Hier liegt sie begraben«, sagte ich traurig und zeigte mit der Pfote auf eine kleine Erhebung in der Erde, gleich neben dem Baumstamm.

Die Beamtin von der Spurensicherung hatte Wort gehalten und Jonas angerufen, als sie mit ihren Untersuchungen an der alten Katze fertig war. Jonas hatte Kimba abgeholt und mich dann mitgenommen, als er unter dem Apfelbaum ein Grab aushob und sie dort hineinlegte. Dann schaufelte er Erde über die Katzenleiche und klopfte alles mit der Schaufel glatt. Als Kimba unter Erdkrümeln unsichtbar wurde, hockte ich mit untergeschlagenen Pfoten daneben und sah niedergeschlagen zu. Jonas sagte die ganze Zeit kein Wort. Wir verstanden uns auch so.

Jetzt erzählte ich Albranco von der alten Kimba. Er selbst konnte sich nur wenig an die Schildpattkatze erinnern, die uns in der Nacht des Feuers geholfen hatte. Er hörte mir aufmerksam zu und sah sich dabei scheu in dem zerstörten Gehöft um.

Ein schwerer Wagen bog um die Kurve zum Friedhof. Das Motorengeräusch war unbekannt hier im Dorf, daher wendete ich den Kopf und sah neugierig hin, was für ein Wagen zum Friedhof wollte. Von Weitem sah ich einen Jeep die Anhöhe hinauffahren. Ich drehte mich um und ging vom Hof über die Wiese auf die Hecke zu, die um den Friedhof herumläuft. Mein Sohn Al rannte mir hinterher. Wir zwängten uns durch die Hecke durch und sahen auf der anderen Seite der Gräber einen Mann.

Er stand an einem abseits gelegenen Grab, das erst vor Kurzem angelegt worden war.

Neugierig schlichen wir uns näher heran. Der Mann war groß und schlank, seine Haut war gebräunt und in den braunen Haaren glänzten ein paar sonnenhelle Reflexe. Die graublauen Augen kamen mir bekannt vor, aber ich konnte seinen Geruch zuerst nicht zuordnen. Es haftete ihm ein durchdringender mineralischer, staubiger Duft an. Eine merkwürdige Kleidung trug er, über einer graubraunen Hose hatte er eine Art Wolldecke über seine Schultern gelegt. Leise sprach er zu dem Grab.

Ich schlich mich weiter geduckt an den Fremden heran, hinter mir hörte ich Albranco über den Kies folgen. Das frische Grab gehörte Daniela Henning. Es lag etwas abseits der anderen Gräber. Das war ein Kompromiss, denn zuerst wollten die Hennings die Brandstifterin und Schande der Familie in Hillesheim bestatten.

Jonas und Marieke hatten zusammen auf die Schwiegereltern eingewirkt, dass Daniela wenigstens auf dem kleinen Dorffriedhof am Rande des Eifelsteiges beerdigt wurde, wenn schon kein Platz im Familiengrab für sie vorgesehen war. Jonas hatte Alwis Henning gefragt, wie wohl sein Sohn entscheiden würde, wenn er hier wäre. Das brachte den Vater zum Einlenken.

Jetzt wusste ich auch, wer der fremde Mann an dem Grab war: Peter Henning.

Der Soldat war vor über dreißig Stunden aus seiner Gefangenschaft freigekommen. Peter war noch ganz benommen von der unverhofften Wendung der Ereignisse. Noch vor zwei Tagen war er über steinige Pfade in der kargen afghanischen Bergwelt gewandert, immer mit einem Gewehrlauf im Rücken.

Die Verhandlungen über den Vermittler Beheshti-kashi mit dem Zahreddin-Clan, der Peter gekidnappt hatte, waren erst richtig in Gang gekommen, nachdem die Herzoperation der kleinen Aminah erfolgreich verlaufen war und es dem Mädchen immer besser ging. Inzwischen spielte sie schon mit den anderen Patienten auf der Kinderstation der Berliner Charité und hatte ein paar Brocken Deutsch aufgeschnappt.

Robert Malejew, der Stabsmitarbeiter, war persönlich nach Afghanistan geflogen, hatte die guten Nachrichten überbracht und dafür gesorgt, dass der Clanchef direkt mit seiner Enkelin im Krankenhaus telefonieren konnte.

Trotzdem dauerte es dann noch zwei Wochen endlosem Schacherns, bis auch die geldwerten Bedingungen ausgehandelt waren. Ein Umstand, der von offizieller Seite der Bundesregierung natürlich niemals bestätigt würde.

Die Nachricht, dass Peter endlich frei käme und nach Hause fliegen könne, erreichte die kleine Bewachergruppe in den Bergen keine Sekunde zu früh. Der Treffpunkt, an dem Peter Henning von einem Armeehubschrauber aufgenommen werden sollte, lag unter Beschuss.

Die Taliban hatten die Gruppe wochenlang in den Bergen gesucht und am Ende in einer kleinen Schlucht gestellt. Peter und seine Wächter saßen in der Falle. Sie suchten Deckung hinter einer Felsengruppe, als auch schon die Schießerei losging. Das MG von Peters Bewacher ratterte ohrenbetäubend über seinen Kopf hinweg. Er presste sich verzweifelt auf den nackten Sandboden und hielt die Hände über den Ohren. Seine Angst wuchs schier ins Unermessliche, als es in der Talibanstellung plötzlich zu einer Explosion kam und ein Schauer kleiner Steine und Splitter auf sie niederprasselte.

Sofort verstummten die Gewehre und in der plötzlichen Stille hörte man deutlich die Motoren von zwei Hubschraubern, die in der Schlucht aufgetaucht waren und die Taliban unter Raketenbeschuss nahmen.

Der erste Hubschrauber setzte zur Landung an, während sein Begleiter in der Luft blieb und die Feindstellung mit dem Bord-MG solange unter Feuer hielt, bis sich dort niemand mehr rührte.

Dann ging alles rasend schnell.

Peter erhob sich zitternd vom Boden und stolperte mehr, als er rannte, hin zum rettenden Hubschrauber. Umständlich kletterte er hinein und blieb dann einfach am Boden liegen. Er konnte nicht mehr. Er fühlte sich so elend, dass er sich nicht einmal umdrehte, als der Hubschrauber abhob und seine Bewachter allein in den afghanischen Bergen zurückließ.

Zurück in Masar-e Scharif bekam Peter im Lazarett eine medizinische Erstversorgung. Er hatte enorm viel an Gewicht verloren und lag hohlwangig und mit rissigen Lippen in den sauberen Kissen.

Im Schutze der Beruhigungsmittel erzählte man ihm behutsam, was in der Zwischenzeit zuhause passiert war.

Und vom Tod seiner Frau.

Der vermisste Soldat war also wieder zurück. Und sein erster Weg führte ihn zu seiner toten Liebe. Ich versuchte mir vorzustellen, welch ein Schock es gewesen sein musste, nach seiner Freilassung zu Hause zu erfahren, was seine Frau getan hatte.

Meine Ohren vernahmen das leise Schluchzen und ich sah seine Schultern unter der groben Decke zittern. Er bückte sich und legte eine rote Rose vor das Holzkreuz.

»Dani, ich habe das Licht im Herzen gemeint, nur das habe ich gesehen«, sagte er leise zum Abschied. Dann drehte er sich um und ging den Mittelweg hinunter bis zum Tor.

Ich sah dem Mann nach und dachte, dass die Strecke von Afghanistan zur Eifel nicht halb so lang sein konnte, wie der Weg, den seine Seele noch vor sich hatte, bis sie geheilt war.

Für mich und meinen Sohn dagegen war es an der Zeit, die Toten hinter uns zu lassen und das Leben zu feiern. Ich seufzte kurz auf und erhob mich.

»Gehen wir«, sagte ich zu Albranco.

Die grünen Augen des kleinen Katers leuchteten auf und sein Schwanz zitterte aufgeregt bis in die Spitze.

»Jetzt wird gejaaaagt«, rief ich lachend aus und stürmte durch die Hecke in den Bolsdorfer Wald hinein.

Schrödinger's Katze

Eine Bonusgeschichte

Schrödinger's Katze

Den Mitgliedern der Königlich Schwedischen Akademie der Wissenschaften wäre es bestimmt höchst peinlich, wenn bei der Verleihung des berühmten Nobelpreises die makabren Hintergründe so mancher brillanten und bahnbrechenden Idee bekannt würden. So wurde 1933 mit Prof. Erwin Schrödinger eigentlich die falsche Person mit dem Nobelpreis für Physik bedacht – nach Meinung seiner Katze Lili jedenfalls. Schrödingers Katze war der Überzeugung, dass es allein ihrer Existenz zu verdanken war, dass die „Merkwürdigkeiten der Quantenmechanik" zu den bekanntesten Entdeckungen der Atomtheorie wurden. Diese Theorie besagt, dass sich ein instabiler Atomkern im Zustand der Überlagerung befindet (zerfallen und gleichzeitig nicht-zerfallen) und erst im Moment der Beobachtung entscheidet, welchen Zustand er annimmt.

Soweit die Theorie.

In der Praxis stellen wir uns das Heim der Familie Schrödinger in Oxford vor, wohin sie nach der Machtergreifung der Nazis gezogen waren. Mit Erwin Rudolf, seiner Ehefrau Annemarie und der Katze Lili. Diese wunderhübsche Siamkatze war der Augapfel der im akademischen Komfort der Universitätsstadt etwas gelangweilten Professorengattin. Aus ihrem übervollen Herzen verwöhnte sie die rauchfarbene Schönheit nach Strich und Faden, herzte und streichelte sie und legte ihr teure Leckereien vor. Lili danke es ihr mit dem königlichen Selbstverständnis, dass Zweibeiner nur dem Wohle ihrer Rasse zu dienen hatten.

Sehr zum Leidwesen des Gatten, der erkannte, dass einem Haustier mehr Aufmerksamkeit und Fürsorge zuteilwurde als ihm, dem international geehrten Professor für Physik, Zeitgenossen von Hahn, Heisenberg und Einstein.

Mit befremdlichen Stirnrunzeln beobachtete Erwin Schrödinger am Morgen seine Frau. Sie kniete auf dem chinesischen Teppich und versuchte die Katze mit allerhand kindlichem Gebrabbel zu locken: „Lililein komm zu Mami."

Der Professor faltete geräuschvoll die Zeitung zusammen und sagte: „Annemarie, lass doch die Katze, können wir bitte zu Ende frühstücken?"

Frau Schrödinger seufzte und erhob sich vom Boden. Sie zog den Gürtel ihres seidenen Morgenmantels enger und setzte sich gegenüber ihrem Mann an den Frühstückstisch. „Lili will einfach nicht fressen", jammerte sie.

„Was denn? Kein Lachs in Sahnesoße zum Frühstück?", stichelte der Professor „Nicht mal den Tartar zum Abendbrot?"

Annemarie funkelte ihren Mann über die Teetasse hinweg an. „Ich mache mir eben Sorgen", verteidigte sie sich.

„Du übertreibst es aber dabei“, meinte Erwin Schrödinger. „Es ist nur eine Katze.“

„Sie ist ein Lebewesen. Und mit mehr Sensibilität ausgestattet, als du sie aufbringen kannst“, giftete Annemarie zurück, „Und sie braucht unsere Liebe und Fürsorge.“

Verstimmt stellte der Professor seine Teetasse auf den Unterteller, dass es klirrte, und stand auf. „Meine Liebe, es gibt hier auch noch andere Lebewesen, die deiner hoch geschätzten Fürsorge bedürfen. Es wäre schön, wenn du diese über die blöde Katze nicht ganz vergessen würdest.“ Erwin Schrödinger drehte sich um und verließ grußlos das Haus. Auf seinem Weg zur Universität verfolgte er in Gedanken die Veränderungen in seinem Familienleben, seit die Siamkatze vor einem halben Jahr ins Haus gekommen war.

Seine Frau Annemarie ging zu einer dieser unzähligen Teepartys, welche die Oxford-Gattinnen untereinander veranstalteten. Es war eben amüsanter, sich mit Gleichgesinnten gepflegt zu langweilen, als alleine. Von dort kam sie mit der Idee zu einer Katze und praktischerweise auch gleich einer Züchteradresse für edle Siam zurück.

Als Lili dann einzog, wurden die Rollen und Ränge im Haus neu verteilt. Ehe er sich versah, rangierte der Hausherr an letzter Stelle in der Versorgungsreihe. Egal, ob es um Futter oder Streicheleinheiten ging, immer hatte die Katze den Vorrang.

Erwin Schrödinger hatte nichts gegen Katzen, im Gegenteil. Auch ihm gefielen die Achatblauen Augen und das samtweiche Fell von Lili ausnehmend gut. Und er mochte es, wenn sie sich schnurrend zu ihm gesellte. Es entspannte ihn und er konnte in Ruhe seinen Gedanken nachhängen. Aber das Getue, das seine Frau veranstaltete, ging ihm zunehmend auf die Nerven.

Mit der Zeit wurde er immer eifersüchtiger und ging zu praktischen Überlegungen zur unauffälligen Entfernung der samtpfotigen Konkurrenz über.

Wie jeden Morgen ging der Professor in sein Arbeitszimmer im Magdalen College. Es setzte sich in einen alten Ledersessel und holte seine Pfeife aus der Jackentasche. Ungeduldig stopfte er etwas Tabak in den Pfeifenkopf und zündete ihn mit einem Streichholz an. Mit einem leisen Aufseufzen lehnte er sich in den Ohrensessel zurück und blickte auf die schwarze Tafel an der Wand. Mit Kreide waren dort unzählige Zahlen und Symbole, die Formel für seine Theorie, aufgezeichnet. Sie beschrieb in der Quantenmechanik, dass ein Teilchen in einem sogenannten Überlagerungszustand schwebte, in dem es sowohl den einen wie auch einen anderen Zustand annehmen konnte und erst im Moment der Messung einen konkreten Zustand annahm.

Das Problem lag nun in der Konvertierung in ein verständliches Modell, dass Erwin Schrödinger der Welt präsentieren konnte. Wie sollte man etwas so Abstraktes wie dieses Gedankenkonstrukt umsetzen?

Schon wieder schoben sich die blauen Augen der Katze vor seine Überlegungen. Kalt wie Stein blickten sie ihn an. Verärgert legte er seine Pfeife auf den Schreibtisch zurück. Wenn er die verdammte Katze nur in ihre atomaren Bestandteile zerlegen könnte, wie seine Formel, dachte er.

Professor Schrödinger erstarrte mitten in der Bewegung.

Er blickte wieder zur Tafel hin und vor seinem geistigen Auge bildete sich ein Kasten um die lästige Katze. Ein luftdichter Kasten, ergänzte er boshaft in Gedanken. Schrödinger lehnte sich behaglich in seinen Ledersessel zurück und bastelte weiter an seinem Gedankenbild. Er fügte in dem Kasten einen instabilen Atomkern und einen Sensor hinzu. An dem Sensor schloss er eine Apparatur mit einer Giftphiole an. Der Sensor würde den Zerfall des Atomkerns detektieren und die Apparatur in Gang setzen, setzte der Professor seine Gedanken fort, die Giftphiole zerstören und damit ein tödliches Gas freisetzen. Lili, die Katze würde bei der Freisetzung des Giftgases natürlich sterben. Schrödingers Herz pochte sehr stark und seine Augen glänzten übermütig.

Sein Theoriemodell sah nun gleichzeitig zwei Zustände vor. Um bei dem Gedankenbild zu bleiben: In dem verschlossenen Kasten befand sich die Katze mit einer tödlichen Bedrohung, hervorgerufen durch einen instabilen Atomkern. Niemand wusste, wann er zerfallen würde. Vor aller Augen verschlossen, konnte Lili also entweder tot oder lebendig sein. Nur ein Öffnen der Kiste konnte den Zustand aufzeigen. Aber unter Verschluss – vor den Augen und Messgeräten verborgen – war beides möglich. Erwin Schrödinger grinste breit.

Das war es!

Er hatte seiner Theorie ein Bild gegeben, dass jeder auf der Welt nachvollziehen konnte. Damit war sie einfach zu verstehen.

Der Professor sprang auf und suchte auf seinem Schreibtisch nach Papier und Stiften. Bis zum Mittag hatte er mehrere Skizzen der Versuchsanordnung gefertigt. Ein diabolisches Lächeln umspielte seine Lippen, denn die Katze Lili hatte er sehr genau getroffen. Er nahm die zuoberst liegende Zeichnung, faltete sie und steckte sie in seine Jackentasche. Dann ging er zum Mittagessen nach Hause. Unterwegs drehten sich seine Gedanken um den zweiten Nutzen, den er mit seinem Gedankenexperiment zu gewinnen hoffte.

Zu Hause trug seine Frau noch immer eine beleidigte Miene zur Schau und auch Lili drehte ihm auf typische Katzenart den Rücken zu.

Scheinbar unabsichtlich legte er den Zettel mit der Zeichnung auf den Sekretär neben die Post. In heiterer Stimmung setzte er sich an den gedeckten Tisch und ließ sich das Roastbeef gut schmecken. Aufgeräumt erzählte der Professor ein paar Anekdoten aus dem Unialltag. Für den Nachmittag war noch eine Konferenz vorgesehen, verkündete er, in der weitere Prüfungen für Studenten festgelegt würden. Es würde also spät werden und er können sich nicht auch noch um die Post kümmern. Ob sie so freundlich wäre, das zu übernehmen?

Den Nachmittag verbrachte Professor Schrödinger auf dem Campus und wartete gespannt auf den Abend.

Er musste sich sehr zurückhalten, um nicht zu früh nach Hause zu eilen.

Als er gegen halb neun am Abend die Haustüre aufschloss, klang ihm schon im Flur leise Mozartmusik entgegen. Im Wohnzimmer stand der kleine Esstisch für ein intimes Dinner im Kerzenlicht gedeckt. In einem Sektkühler stand eine Flasche Champagner bereit.

Lili sprang von der Couch herunter und strich ihm schnurrend um die Beine. Annemarie Schrödinger kam aus der Küche mit einer Platte Odeuvres und stellte sie auf den Tisch. Sie trug ein weinrotes Cocktailkleid und hatte sich apart frisiert.

„Endlich bist du da, mein Lieber“, flötete sie und begrüßte ihn mit einem Kuss.

Er machte ein erstauntes Gesicht, „Gibt es etwas zu feiern? Hab ich etwa unseren Hochzeitstag vergessen?“

„Diesmal nicht,“, lachte seine Frau, „aber du hattest in letzter Zeit so viel zu tun, wir haben kaum noch Zeit für uns.“ Annemarie wendete sich um und ging zur Küchentür. „Bitte öffne doch schon mal den Champagner, ich hole noch das geröstete Brot.“

Erwin Schrödinger griff zur Flasche und machte sich am Drahtverschluss zu schaffen. Ein Triumphgefühl weitete seine Brust und er lachte still in sich hinein. Ihm gegenüber hatte sich Lili wieder auf der Couch niedergelassen und fixierte ihn.

Schrödinger ging auf die zu und sah ihr tief und lange in die Achatblauen Augen.

„Experiment gelungen“, sagte er leise zu ihr.

Liebe Leserinnen und Leser,

ich bedanke mich bei Ihnen, dass Sie mein Buch gekauft und gelesen haben. Haben Sie meine Katzengeschichten gut unterhalten? Das würde mich sehr freuen. Sollte Ihnen das Sammelbuch gefallen haben, würde ich mich riesig über eine Rezension bei Online-Shops oder auf Facebook freuen.

Sie finden mich auf https://www.facebook.com/eifelkrimi/

Vielen Dank dafür im Voraus.

Herzliche Grüße
Ihre Manu Wirtz

Über die Autorin

Manu Wirtz ist Jahrgang 1959 und gebürtige Solingerin. Nach einer Lehre absolvierte sie an der Bergischen Universität Wuppertal ein Studium zur Kom- munikationsdesignerin.

Seit Jahren arbeitet sie als freiberufliche Grafikdesignerin für Buchverlage und in der Werbung. Daneben ist sie Autorin von Krimis, Kurzgeschichten und Sachbüchern sowie Herausgeberin von mehreren Anthologien.

Manu Wirtz lebt in der Vulkaneifel mit ihrem Ehemann und ihren Tieren.

Mehr Infos finden Sie unter www.katzenkrimi.com und www.manuwirtz.de

Mitglied bei: Mörderischen Schwestern e. V., Literaturwerk Rheinland-Pfalz-Saar e. V. (Schatzmeisterin) und Selfpublisher Verband e. V.

Das könnte Sie auch interessieren:

Wie kam die Katze ins Rheinland? Auf den Spuren der römischen Legionen gelangt die Kätzin Murilega zu Lucius Ovinius Secundus, einem Unteroffizier aus der Garnisonsstadt Mogontiacum. Als Beneficiarier kommt Lucius einem gefährlichen Geldfälscherring auf die Spur, der Verbindungen in die höchsten Kreise hat. Tatkräftige Unterstützung bei seiner Jagd bekommt Lucius von Muri, wie er seine Katze fortan nennt. Ein Katzenkrimi vom Feinsten, der Freunde der Vierbeiner zugleich abtauchen lässt in die Zeit der Spätantike.